中國語言文字研究輯刊

十五編

許錟輝 主編

第 11 冊

「止攝」字音讀在閩南語中的演變

張茂發 著

花木蘭文化事業有限公司

國家圖書館出版品預行編目資料

「止攝」字音讀在閩南語中的演變／張茂發 著 -- 初版 -- 新
北市：花木蘭文化事業有限公司，2018〔民 107〕
目 2+224 面；21×29.7 公分
（中國語言文字研究輯刊 十五編；第 11 冊）
ISBN 978-986-485-458-5（精裝）
1. 閩南語 2. 聲韻學
802.08   107011565

ISBN-978-986-485-458-5

中國語言文字研究輯刊
十五編　　　第十一冊　　　　　　ISBN：978-986-485-458-5

「止攝」字音讀在閩南語中的演變

作　　者　張茂發
主　　編　許錟輝
總 編 輯　杜潔祥
副總編輯　楊嘉樂
編　　輯　許郁翎、王　筑　美術編輯　陳逸婷
出　　版　花木蘭文化事業有限公司
發 行 人　高小娟
聯絡地址　235 新北市中和區中安街七二號十三樓
　　　　　電話：02-2923-1455／傳眞：02-2923-1452
網　　址　http://www.huamulan.tw 信箱 hml810518@gmail.com
印　　刷　普羅文化出版廣告事業
初　　版　2018 年 9 月
全書字數　139976 字
定　　價　十五編 11 冊（精裝）　台幣 28,000 元

「止攝」字音讀在閩南語中的演變

張茂發 著

作者簡介

張茂發

看黃俊雄《史豔文》和《六合三俠傳》長大

2010 年市北師中文系研究所畢業

提　要

　　「止攝」包含支、脂、之、微四韻，中古音全部屬三等韻。漢音是單音節孤立字，每個字音由「聲韻調」三者構成。今之閩南語主要有廈、漳、泉三個腔音，三者在聲母方面，都和戚繼光 1562 年的福州腔韻書《戚林八音》相同，屬 15 音系統；聲調在平上去入方面均各分陰陽 (清濁)，但各腔目前均已剩 6 個音或 7 個立，且彼此調值不同；但各具方音特色的還是「止攝」韻母部分：以止攝字「皮」來說，泉腔 [p'ə5]、漳腔 [p'ue5]、廈腔則是 [p'e5]。本書不討論葉開恩的《八音定訣》，不談廈腔，只比較漳腔和泉腔，所以選了代表泉腔的《彙音妙悟》、代表漳腔的《彙集雅俗通十五音》、及台灣最暢銷韻書《彙音寶鑑》來討論，而且只論「止攝」。

目 次

緣　起

　　台灣是一個多語言社會，除了法定的「國語」，還有台灣閩南語（漳、泉、廈等）、客語（四縣、海陸等）及原住民各族語言等方言，其中又以「台灣閩南語」使用人口最多。

　　閩地戰國屬越，越爲楚滅後，部分越人南下「避楚」，在閩北與閩人結合爲閩越人。秦統一天下後在閩地設閩中郡，漢代秦立，封閩越國。漢武帝元鼎六年（前 111 年）東越王餘善反漢稱帝，漢武帝派兵滅越並徙江浙東越人至江淮間。閩地閩越人因地處偏遠山區，幸免於戰禍及遷徙。

　　閩越的正式開發治理始於三國東吳，東吳爲和魏、蜀抗衡，必先經營閩越，以防閩越成爲後院的「後患」，誠如《三國志》〈吳書・陸遜傳〉所言：「彊者爲兵，羸者補戶」。吳景帝永安三年（260 年）置建安郡，所轄包含泉州。東吳的統治加上晉室南渡後的經營，閩越地區留下了「吳語」語言層，這個金陵雅音也留在日本大和、飛鳥時代的吳音，及朝鮮漢字音。所以這三種語音所反應的都是六朝的金陵雅音——支、脂、之不分〔註1〕。

　　語言的變動是與時俱進，不斷發展。一個動盪的社會，由於語言接觸頻繁互相影響，語音的變動就會增大，反之則呈現較爲穩定的發展。閩地在地形上封閉如同陶淵明筆下的桃花源，和外面接觸較少，使得語言的分化也相

〔註 1〕有學者認爲這個部分反應的是唐以後的「三韻合流」語音現象（李正芬，2011）。

對較慢。

　　所以，閩南語或許不是時尚的語言，但是也絕不是粗鄙的下里巴語。閩南語裡頭保有許多中古音甚至上古音的化石；閩南語的語音化石可印證眾多的聲韻學理論，她的文讀系統被認為是最接近中古時代官話的方言之一〔註2〕。

（取自 Google 閩南地形圖）

　　以柳宗元例被貶到永州之後寫的詩〈江雪〉為例：

　　　　千山鳥飛絕，萬徑人蹤滅；孤舟蓑笠翁，獨釣寒江雪。

　　這是一首動人的入聲韻詩，詩的意象彷彿鏡頭由遠而近。詩人柳宗元儘管內心感到孤獨鬱悶，還是希望可以如漁翁一般，在風雪中依然保持閒適。

　　被貶的柳宗元企圖藉著寒江獨釣的漁翁、聲音短促的入聲韻，抒發自己孤獨鬱悶的心情。現在用閩南語吟咏，中古保留下來的入聲韻所表現出的「孤獨鬱悶」，仍然韻味十足。但是現代官話方言多已入派三聲，除了文字表達的意象還在外，已失去了入聲獨特的韻律感。

　　所以當我們在用現代「普通話」吟咏唐詩宋詞時，從文字傳達的意境，或許仍會感覺到有如詩人般的優雅，但是如果能試著使用古雅的閩南語吟咏，不論是韻律或是平仄，那種語言上的韻味都會更覺貼切。

　　再看李商隱的〈巴山夜雨〉

　　　　君問歸期未有期（渠之切，七之）

―――――――――――――――

〔註2〕張光宇在〈論閩方言的形成〉一文認為閩方言文讀音系統是以唐代長安音為基礎。

　　巴山夜雨漲秋池（直離切，五支）

　　何當共剪西窗燭

　　卻話巴山夜雨時（市之切，七之）

　　中唐李商隱這首七言絕句〈巴山夜雨〉，押的是「五支七之同用」。現代「北方音系」由於空韻「帀」〔註3〕的出現，使得部分字失去了[-i]韻尾，轉進空韻變成「ㄓ、ㄔ、ㄕ；ㄖ；ㄗ、ㄘ、ㄙ」，原來押同一組韻的變成不押韻〔註4〕。

　　這首詩如果用閩南語吟咏，黃謙泉腔《彙音妙悟》押「基」字母、謝秀嵐漳腔《彙集雅俗通十五音》押「居」字母，仍然押韻。所以閩南語的古老在漢語發展研究上具有很高的價值，是我們上探中古音系甚至上古音系的最佳活化石。

　　雖然閩南語讀〈巴山夜雨〉可押韻，並不表示她就是停留在唐代，代表中唐當時的音系。語言會受到移民、方言接觸及官話等的影響，尤其是文讀音更是脫離不了官話音的左右。

　　陸法言在〈切韻序〉中提到當時：「支脂、魚虞共爲一韻」，但是在《切韻》一書中卻分爲四韻（《廣韻》又規定「支脂之同用」）。在閩南語中，「支脂、魚虞共爲一韻」這句話在泉腔中是對的──支脂屬「基」字母、魚虞多屬「居」字母，另外「虞」也被收錄在「珠」字母。但在漳腔它們均屬「居」字母卻混在一起了，所以泉腔在這部分卻接近《切韻》──《廣韻》的分法。（漳泉兩腔的「居」發音是不一樣的）

　　往前推到發現四聲八病的南北朝時代詩作，以任彥昇〈贈郭桐廬〉爲例

　　　　朝發富春渚，蓄意忍相思（上古之部、中古七之，息茲／之切）

　　　　溯令行春反，冠蓋溢川坻（上古之部、中古六脂，直尼切；11

〔註3〕1941年公布《中華新韻》所附的《國音簡說》裡，「ㄦ」與「帀」同列在第4行、凡（四）行韻符發音由單純韻受聲的影響，或由聲變化而成，叫聲化韻。帀是翹舌尖音和平舌尖的擦聲減去摩擦；ㄦ是舌中韻加捲舌聲讀法，又叫捲舌韻。

　　　因此這一個部份就分出了4個韻：舌尖前元音帀、舌尖後元音帀、ㄦ和囗（分出囗，舌尖前舌尖後對應就整齊了。）。

〔註4〕如果以第一句可不押來看，池、時倒還算押韻。

薺，都禮切）

望久方來萃，悲歡不自持（上古之部、中古七之，直之切）

滄江路窮此，湍險方自茲（上古之部、中古七之，子之切）

疊嶂易成響，重以夜猿悲（上古微部、中古六脂，府眉切）

客心幸自弭，中道遇心期（上古之部、中古七之，渠之切）

親好自斯絕，孤遊從此辭（上古之部、中古七之，似茲／之切）

其押韻顯又和《廣韻》的「支脂之同用」若合符節。

　　從任彥昇「永明體」〔註5〕時期到陸法言的《切韻》〔註6〕時代相隔約 100
餘年，再到《廣韻》成書〔註7〕又隔 400 餘年。假設文人應制、酬和寫詩，是
以通行雅言〔註8〕為主，我們從詩的韻腳來看，500 年來【止攝】的這幾個韻
似乎沒有多大變化。但詩韻通常是採「求寬」〔註9〕，「同用」是因為主要元
音或者韻尾彼此非常接近，不代表是同個音，否則陸法言就不必分了。

　　《切韻》中的三等韻特別多，佔全部韻數的 49%〔註10〕。【止攝】字因為
含有[-i-]介音或主要元音〔註11〕，全攝均屬三等韻（楊劍橋，2005 年）。以閩
南語來說，開口音在漳腔幾全讀前高元音[-i-]，但泉腔卻出現後高元音[-ɯ-]；
合口音在漳腔幾全以後高元音[-u-]為介音，但是泉腔卻出現少數的央元音
[-ə-]，而這些差異也就成了漳泉兩腔在陰聲韻部分的主要差異。

　　元明以後的北方音系，由於空韻「帀」的出現，使得中古音十六攝當中，

〔註5〕永明是南齊武帝蕭賾的年號，其治世由西元 482～493 年共 12 年。南齊武帝在永明
　　　　年間招集的「文學之士」中，以任昉、沈約、謝朓等八人最為著名世稱「竟陵八友」，
　　　　「四聲八病」的提倡標誌著中國詩歌從比較自由的「古體」走向格律嚴整的「近體」
　　　　的一個重要階段，世稱「永明體」。
〔註6〕隋仁壽元年（601 年）──見〈切韻序〉。
〔註7〕成書於宋真宗大中祥符元年（1008 年），一說成書於景德四年（1007 年）。書成後
　　　　皇帝賜名為《大宋重修廣韻》。
〔註8〕此時是南朝「金陵雅音」。
〔註9〕潘耒〈重刊古本廣韻序〉云：「韻為詩設也，詩人用韻樂寬而苦狹」。
〔註10〕丁邦新〈漢語音韻史上有待解決的問題‧中古三等韻的來源〉（2003）。
〔註11〕「支」擬音為[ie]及[ye]這點倒和閩南語相左，因為閩南語沒有[ie]及[ei]的組合
　　　　──至少現代各閩南語片地區的方言志所列的韻母除漳浦有[iei]外都找不到。

止攝音節語音變化相對來說是比較複雜的。止攝音節同時也包含了不少上古音遺跡，這些遺跡可能都保存在語言層較爲古老的「白話音」。

隨著中原文化的擴張，漢語方言大都有文白異讀現象，但遠不如閩南方言豐富。閩南方言約有近半具文白異讀〔註12〕，文白異讀的共時現象乃是歷時層積的結果。從語言堆疊看，較早期語言層往往堆積在底層成爲口語內容，較晚期語言層多半由官話帶入，是文讀的用法。從詞彙使用看，常用的基本詞彙很容易保留白讀、古老傳承的慣用語詞彙也常用白讀，而隨著文學、經典及戲曲等傳入的詞彙則多半用文讀。

所以文白異讀就成了閩南方言的重要特點，這個部分楊秀芳在其著作中曾多有論述。但是也有近半只有一音者，這些只有單一讀音的表示無文白異讀，誠如《福建省志・方言志》中說的：「可能是文讀也可能是白讀」。

說話音是最接近常民使用底層，也最具方言特色的語音。但是不管在發音或語彙上，都可能因爲民族融合、方言接觸而產生變異，閩南語中的廈門腔和台灣閩南語就是兩個最典型的例子。因此，如果我們以每個不同的時間平面來觀察一個方言的說話音，有可能會出現缺乏規則性，比較紊亂的現象。但是我們以讀書音爲主軸，和近代各官話方言的源頭——《廣韻》做一個比較時，因爲讀書音是模擬當時的官話，所以和《廣韻》的對當關係，相對之下會有相當規律的關係。

另一個理由是，今天我們所能看到的最早期的閩南語韻書，不管黃謙泉腔系統的《彙音妙悟》，或謝秀嵐漳腔系統的《彙集雅俗通十五音》，基本上都是參考《康熙字典》取捨的。但是《康熙字典》對於音的反切又以《廣韻》、《集韻》反切爲主。所以可知這兩本韻書基本上是以「讀書音」爲主，再摻以謝秀嵐、黃謙二人蒐集的一些說話音及土語所寫成的〔註13〕。《廣韻》確也是我們研究各區方言「讀書音」，及上推中古音甚至上古音的一個重要跳板。談方言、討論止攝，著眼點應有兩個面向——讀書音和說話音，但從對應上而言，還是以讀書音爲主。

〔註12〕羅常培曾於《廈門方言研究》中粗略統計《方言調查字表》所舉 3758 個漢字當中，有 1529 個有歧讀現象，比例約占 40.6% 強。

〔註13〕如黃謙自序并例言：「俗字土音皆載其中，以便村塾事物什器之便」。

本書旨在比較《廣韻》一書中，【止攝】字音讀在漳泉「讀書音」中的異同。故以質化研究爲主，從《廣韻》分韻，配合上述各具代表的閩南語韻書，以「讀書音」做爲主要觀察材料，做深入的比較。

但《廣韻》的韻數和閩南語的韻數並不一樣，聲母數差距更是大。漢語方言使用的是共同的單音節孤立字，音節數有限，但是有些聲——韻的組合不容易發音，日久一定會消亡。

所以除了透過代表泉州腔的《彙音妙悟》和代表漳州腔的《彙集雅俗通十五音》進行一次共時平面的比較做基礎外，再延續到現代「台灣閩南語」的討論，並做一次歷時性比較。

「台灣閩南語」既然稱爲閩南語，就不能否認她的源頭就是「閩南語」。但數百年來由於政治上的阻隔，她也發展出自己的語音特色——「台灣閩南語」，一種以「漳泉融合」的閩南語通變系統。她有偏漳也有偏泉，偏漳偏泉和當地移民人口的結構有關。

沈富進 1954 年編的《彙音寶鑑》是台灣全面推行國語前的最後一本台語韻書，雖然資料上對謝秀嵐的《彙集雅俗通十五音》多有繼承，但因台灣民間有極多使用者〔註14〕，所以也選用作爲觀察近代臺灣閩南語的材料。

最近官方編修的閩南語韻書有兩套，一套是由五南 2001 年發行，教育部國立編譯館出版，董忠司、張屏生主編的《臺灣閩南語辭典》。姚榮松認爲：「這部由國立編譯館主編的辭典，才是中華民國第一部官方閩南語辭典」〔註15〕

《臺灣閩南語辭典》所收詞彙以在台南市爲主，因爲台南市曾經做爲臺灣的政治、文化、社會、經濟中心達二百餘年之久，對於閩南語的發展有一定的影響。

2007 年，教育部國語推行委員會又委由姚榮松帶領編輯團隊編纂了《臺灣閩南語常用詞辭典》（網路版）。本辭典捨棄董忠司、張屏生《臺灣閩南語辭典》的台南腔，改以最接近通行腔的高雄音來編纂，並提供了所謂第二優勢腔的語音，也提供了鹿港（偏泉腔）、三峽（偏泉腔）、台北（偏泉腔）、宜

〔註14〕 筆者手中的版本是再版第五十刷，可見其發行量可能在十萬本上下。若拋開學術觀點，其影響之大應是摘「台灣閩南語」韻書桂冠而無愧。

〔註15〕 見〈教育部《臺灣閩南語常用詞辭典》姚總編輯序〉。

蘭（偏漳腔）及台南（偏漳腔）等地方言語音和詞彙差異。

　　所以在材料選取的範圍上就包含了《廣韻》【止攝】、代表泉州音的《彙音妙悟》、代表漳州音的《彙集雅俗通十五音》及近代台灣發行的沈富進《彙音寶鑑》、董忠司張屏生編纂的《臺灣閩南語辭典》、姚榮松張屏生編纂的《臺灣閩南語常用詞辭典》。

　　在閩南語原鄉的語料部分，福建省各方言點官方編纂的地方志均附有方言志。地方志方言志所提供的聲韻表、同音字表及詞彙表雖不一定是專家學者編纂，卻富含當地語感，極具參考價值。而其編纂時間多在 1990 年以後，恰可配合 2001 年發行的《臺灣閩南語辭典》做爲閩台兩地分治後再一次的共時語言觀察。

　　《廣韻》的韻數和閩南語的韻數及音節數並不一樣，漢語方言使用的是共同的單音節孤立字，其聲音是由上聲下韻（含聲調）組合而成，所以研究的材料雖然僅定一個攝，但是除非是零聲母字，否則終究脫離不了聲母的影響，因此【止攝】只是界定資料範圍。

　　比較必須建立標準。既然選定以中古【止攝】做範圍，就得分析比較《廣韻》和《韻鏡》的音節〔註 16〕，先製作音節字表。因爲不預做擬音，所以就仿《韻鏡》格式，聲母按唇、舌、牙、齒、喉……排列，每一音節以《廣韻》小韻字代表，再依序歸字。

　　中國社會科學院語言研究所編輯的《漢語方言調查字表》也是依音節取字，但是歸類和《韻鏡》不同，其聲母是採 36 字母，不分等，選字以貼近常民使用爲原則。

　　「台灣閩南語」和「廈門語」一樣是洪惟仁所謂的「漳泉濫」，但是兩者的產生存在有一定程度的差異。廈門五口通商前屬同安管轄，現在同安則歸廈門管轄，所以廈門語接近同安泉系。

　　同安因爲靠近漳州，調類採漳州 7 調（但同安調值較高），所以鄭靜玉才會說「從聲母，韻母系統來看，廈門音比較接近泉州音；從聲調系統看，廈門音卻又和漳州音比較接近」〔註 17〕。台灣閩南語「漳泉濫」的方式是由人口

〔註 16〕《韻圖》分等，《廣韻》不分等。黃侃的聲韻通例說：「……變韻之細爲三等。」意即「止攝」音均今變音。

〔註 17〕鄭靜玉〈廈、漳方言之語音比較〉。

多寡比例來混合，所以會有「偏泉腔」和「偏漳腔」兩種發展面向。

「台灣閩南語」因爲大都是依人口結果比例來混合，所以「台灣閩南語」也不是一成不變。以台南腔爲例：在 20 世紀初台南地區還是屬於泉州腔較濃的地方（小川尚義 1907 年）。但 20 世紀末漳州腔已占七成，泉州腔僅占三成（王育德 1993 年）。

同樣的源頭，百年的阻隔可以使語言產生變異，那麼千年時間的南北通塞呢？

漢民族是建立在北方黃淮平原上的農業民族，歷史上除了短暫的異族入侵時代如東晉、南朝及南宋以外，包含異族統治時代的周、唐〔註18〕及元、清兩朝，統治中心一向都在北方，北方也因此成了全國的政治、文化中心。所以，不論朝代如何更迭，官方語言（官話）總是以北方語系爲依據〔註19〕。即便進入了民國時期，我們使用的標準語（普通話）還是使用北方語系的「北京話」。

從周秦迄今，統治中心有沿黃河由西向東發展的趨勢。周、秦、唐是西方民族所建，所以權力中心就建在陝西的「關中」──西安附近。劉邦先進關中推翻秦朝，後雖因實力不足被迫進入漢中，但最後還是破繭而出建立漢朝，所以建都長安也在陝西的西安附近。

周公平「管蔡之亂」後，爲鞏固王朝在東方的統治建立了「東都洛邑」〔註 20〕，並遷九鼎於此。劉秀「光武中興」建立東漢，都洛陽附近，都城由陝西向東移到河南。到了宋朝又往東方的開封遷。

來自東北的金人在長江以北立朝之後，又越過太行山，在比較靠近女眞發源地的太行山東側，建立中都（今北京西南）；蒙古南下後在金朝中都北方建城，改設爲大都；明成祖「靖難之變」（1399～1403）後改他原屬藩鎮北平爲北京，並著手大修北京城。西元 1421 年正式遷都北京，北京之名自此定矣。

清兵入關也佔據明朝都城，立都北京。1912 年 3 月國民政府從南京遷都

〔註18〕唐是「關隴世族」所建。關隴世族一詞由陳寅恪所創，其實周朝也非中原世族所建。

〔註19〕五胡亂華，中原的衣冠南渡，中原雅音也跟著南移，官話自此逐漸分爲南北兩支，但是不可否認的，南方官話（江淮官話）也是源自北方官話，可算北方官話的一支。

〔註20〕周都鎬京在今陝西省西安市東南部，秦都咸陽在西安市西邊。

北京，至 1928 年北伐戰爭後再遷都南京，北京才改名爲北平。1949 年，中華
人民共和國成立後，又改北平爲北京並建都北京。

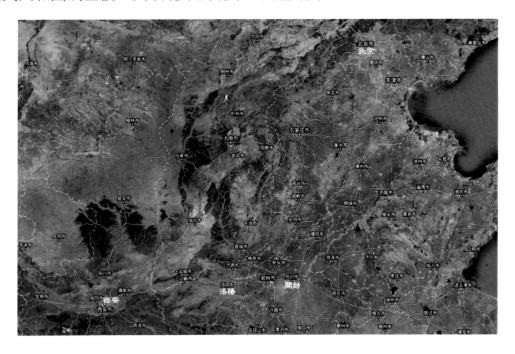

（取自 Google 中國北方空照圖）

（取自 Google 北京地圖）

　　所以我們如果沿歷史縱深的場景走一回，我們將發現整個統治中心都是在黃河流域附近輪轉。周、秦、西漢三朝都以黃河中上游的陝西為統治中心。東漢向東方發展進入了黃河中游，都洛陽。遊牧民族建立的隋、唐立朝後又回到黃河中上游的陝西；宋朝結束了五代十國後則移往更東方，在黃河中下游的開封建立統治中心。金元明清四代近千年時間，統治中心又向東發展，在北京建立現代的北方音系並成為千年來的標準語言〔註21〕。

　　漢語的官話，不談異族融合影響，光是權力中心隨時代的遞移就可能造成語音系統的改變〔註22〕，但是漢語各方言音系普遍存在「模擬官話」的讀書音和本地說話音。

　　秦始皇統一天下後雖然實行「書同文」──罷其不與秦文合者。這種統一字體的政策，雖然可能影響、約束方言的發展，但是古代受教育的人不多，加上農業社會流動性不夠大，無法形成大家通用的通行腔。各地區方言還是明顯的存在，終究沒有能夠「說同音」，也因此才有後來西漢揚雄所著《輶軒使者絕代語釋別國方言》〔註23〕（簡稱《方言》）一書，及賀知章「鄉音無改鬢毛衰」之嘆。所以，千百年來方言就一直存在漢民族的各大地區、各大族群中，其中不只語音的差異，語彙也會因各地而有所不同，而揚雄就是首先記錄下這個現象的人。

　　語言只有強勢弱勢，本無好壞。一個語言的消失不代表這種語言不好，只能說是使用這種語言的人民在政治、經濟上不夠強勢，所以被同化或消滅了。

　　母語是祖先留給我們的珍貴文化遺產，不論母語是那一種方言。時代的巨輪不斷地往前滾，許多新的文化產生也有許多舊的文化消失或滅亡。不管能不能留住這個文化遺產，為她留下一份紀錄是我輩責無旁貸的責任。基於這樣的理念，本書想記錄的就有下述幾點：

〔註21〕鄭張尚芳認為「北京話不是元大都話的后裔，底子應是中原和河北的官話……今天北京話是東北旗人話和北京老話合起來的，東北味很重」
　　　　（http://culture.people.com.cn/BIG5/70485/70513/5216469.html，2006）。

〔註22〕鄭張尚芳認為「歷代都以洛陽太學教書音為標準音，作為讀書音相傳授。」（同註21），但若鄭張觀點正確，後代何必採用「叶韻」的方式改變讀音以求諧調。

〔註23〕東漢應劭《風俗通義‧序》有：「周秦常以歲八月遣輶軒之使，求異代方言，還秦籍之，藏於秘室」。故知各地方言在周秦時代即普遍存在。

1、了解數百年來，【止攝】音節在漳泉的音變現象：漳泉方言聲母基本上還是保留相同的十五音系統〔註24〕，兩者分野主要來自聲調和韻母。

聲調部分：泉州音的去聲不分陰陽，漳州音的陽上歸去（即是音韻學上的「濁上歸去」），故各只七音。黃典誠說：「如果漳泉互補就八音齊備了。」（黃典誠 1979）。分析漳泉調值從調類看，漳泉一缺陽上一缺陽去確實可互補，但是仔細研究漳泉調值，我們會發現兩腔陰平除高低有別外都保持平調，陽平都是上揚，陰去也都下降。而且目前泉州陽上的調值和漳州陽去的調值恰都是[22]，即便在聲調合在一起八音齊備，陽上陽去還是無法區分。

在韻母方面：「央元音[-ə]」及「展唇後高元音[-ɯ]」一直是泉州音重要的註記，尤其是[-ɯ]這個音幾乎都發生在【止攝】。但是這個音的位置由於發音困難，200 年來也一直在往前移，由後高元音轉變到中高元音，而且還有可能再往前發展。

台灣由於交通的便捷，雪隧的開通使宜蘭成為台北的後花園，高鐵的通車更營造了「西部運輸走廊一日生活圈」。這些都會更加速台灣居民彼此的融合，語言新的約定俗成「通行腔」也勢必會襲捲全台。本研究旨在了解數百年來，【止攝】音節在漳泉的音變現象，為後世保留這個化石標本。

2、可以藉此辨析一些容易受普通話影響被訛讀的音：隨著教育的普及及普通話的普遍使用，受普通話影響訛讀的數量上只有更擴大。如「5 支」韻疑母的「危」，受普通話的影響已從[gui5]訛讀為現今通行腔的[ui5]（[hui5]）；蟹攝隊韻並母（濁）的「佩」，易受普通話同音節的同攝滂母（清）「配」字影響，從濁去[pue7]訛讀為清去[p'ue3]；　蟹攝祭韻並母的「弊」易受普通話同音節的梗攝錫韻幫母「壁」的白話音影響，從[pe3]（[pe7]）訛讀〔註25〕為[pia4]……影響這些字最多的正是現代普通話。

3、做閩南語的再尋根：傳統方言學研究的目的，在詳細而且完整的呈現一個方

〔註24〕但是現代泉州音已失去「日」字頭、漳浦的城關、石榴、舊鎮等三片則失去[ts'-]，形成「出歸時」現象。

〔註25〕當然這些訛讀也有可能是語言內部的變異，由姚榮松主編的《臺灣閩南語常用詞辭典》網路版，展現多元尊重，把這樣的訛讀定為「俗讀」。

言的形式內容與結構。中國語言學家周法高在 1963 年的《中國語言論叢》曾有一段發人深省的話：

> 我要給對閩南話的語源探求有興趣的人士一個忠告。首先，得要好好掌握閩南話的音韻體系，然後得理解閩南話與中古音體系之對應關係的梗要，可能的話，進一步具備上古音的音韻體系與其他方言之音韻體系的常識更佳。

中原漢族的向外開拓，自春秋戰國時代已逐漸展開。經歷帝國的統一及北方游牧民族入侵。隨著政治力量的強勢滲透和擴散，北方官話也不斷推向南方，福建閩地自然也不能自外於這股歷史洪流。

福建簡稱閩，地處我國東南部，古稱東越。《史記·東越傳》：「秦已並（并）天下，皆廢爲君長，以其地爲閩中郡。」

> 對於閩的解釋，許慎《說文解字》說：「東南越，蛇種」

一般認爲閩地多蛇，東南越先民以蛇爲圖騰，但更多的恐怕是大漢沙文主義。所以，《周禮·夏官》：「職方氏，掌天下之圖，以掌天下之地，辨其邦國都鄙四夷八蠻七閩九貉五戎六狄之人民。」

《史記·東越傳》又說：

> 及諸侯畔秦，無諸、搖率越歸鄱陽令吳芮，所謂鄱君者也，從諸侯滅秦。當是之時，項籍主命，弗王，以故不附楚。漢擊項籍，無諸、搖率越人佐漢。漢五年，復立無諸爲閩越王，王閩中故地，都東冶。

其後福建歷代沿革不管如何變化，但大都離不開一個閩字。

閩南是一個地域概念，指福建的南部，根據現在的行政區域建置，閩南大致指福建的廈門市、泉州市、漳州市以及龍巖市和三明市的大田部分地區。

閩南語則是中國八大方言語系之一，在中國大陸，後起漳泉濫的廈門話已被認爲是閩南語的標準，但 1981 年日本天理大學出版的《現代閩南語辭典》收錄的詞條語音卻盡以臺灣閩南語音腔爲主，是因爲日本統治過臺灣，有小川尚義等學者留下的語言資料？或是當時留日的臺灣學生較多就不得而知。

早期對《彙音妙悟》、《彙集雅俗通十五音》及《彙音寶鑑》研究專著不多，茲羅列如下，以供參考：

　　王育德，旅日知名語言學家，東京大學文學博士學位論文《台灣語音の歷史的研究》原名稱爲《閩音系研究》，後來何欣泰譯爲中文改回原論文名收入 2002 年出版的《王育德全集》。論文以《切韻》（《廣韻》）爲中心，參照移民開拓史進行歷時性研究。在文讀音部分，透過大量的一手資料與二手資料排比，呈現波瀾壯闊的現代閩語共時性平面。白話音部分由於語言層的複雜堆積，難以獲致如文讀音般的豐碩成果，但也不失重要資料。文中【止攝】部分對高本漢以福州話上推【止攝】中古音也提出質疑，認爲福州「支[tsie1]」等的發音是語言內部音變。1968 年〈關於《十五音》〉對《彙集雅俗通十五音》音系作了擬音，1970 年〈泉州方言の音韻體系〉再爲《彙音妙悟》的音系作了擬音，也對《彙音妙悟》錯亂處作了修正，並製作了音節表。王育德在〈福建的開發與福建語的形成〉一文中也認爲「泉州的開發比漳州的開發要來得早，所以漳州應是由泉州分裂出來的。」〔註26〕

　　黃典誠 1983 年〈彙音與南曲〉文中對《彙音妙悟》的音系作了擬音。黃典誠、周長楫、李如龍、陳章太、馬重奇等大陸學者因地利之便，容易取得方言材料，其擬音自有一定價值。

　　樋口靖是日本筑波大學學者，王育德的學生。1983 年〈閩南語泉州方言音系についての覺え書〉以鹿港方言爲基礎，爲《彙音妙悟》做了擬音。

　　姚榮松出身台灣師範大學，是近幾年來極重要的閩南語學者之一，最近受教育部國語推行委員會委託，主編了《臺灣閩南語常用詞辭典》。1988 年發表〈彙音妙悟的音系及其鼻音韻母〉，也對《彙音妙悟》音系做了構擬音，其擬音特色是著眼於歷史發展的觀點、注意結構的整齊而又不過度音位化。

　　洪惟仁《《彙音妙悟》與古代泉州音》一書旨在透過各地泉腔方言點和《彙音妙悟》的比較，構擬《彙音妙悟》音系，企圖重建古代泉州音。前述學者都以論文形式發表，只有洪惟仁在國立中央圖書館臺灣分館的補助下，出版了這一本彙集各家的專著。

　　中國國務院學科評議組成員、國家社會科學基金評審專家，福建師範大學馬重奇在 1994 年《漳州方言研究》、2004 年《清代三種漳州十五音韻書研究》、2008 年《閩台閩南方言韻書比較研究》對漳泉方言韻書都有深入的研究

〔註26〕《日本中國學會報》21 集，1969 年，12 月。

及可供參考的語音資料，也分別爲《彙音妙悟》及《彙集雅俗通十五音》做過擬音，在《漳州方言研究》一書中更指出

> 止攝開口三等支脂之三韻，漳州文讀音除去受精、莊系聲母的
> 影響的開口韻變作[u]韻外，其餘大部分均讀作[i]韻。

所以是本論文重要的擬音參考人之一。

董忠司是近來在鄉土語言學界相當活耀的學者，除了著書外也主編了《臺灣閩南語辭典》，對閩南語的研究有一定的貢獻。《臺灣閩南語辭典》是一本以台南音爲主兼收各地腔音的官方辭典。

張耀文《《彙集雅俗通十五音》研究》是臺北市立師院應用語言文學研究所2004年碩士論文，本論文針對此書做一較全面的探討，包括其體例、版本、性質、音系等方面，其中更集中於音系方面的研究。以《彙集雅俗通十五音》爲框架，來觀察現代閩地漳州方言與臺灣各地漳州腔，以明瞭漳州方言共時及歷時的時空遞變，是研究《彙集雅俗通十五音》比較完整的一本論文。

張嫏雅《《彙音寶鑑》研究》主要討論其音系，包括音韻種類、音節結構方式以及音韻配合關係，並將《彙音寶鑑》的音系與《十五音》及梅山方音做比較，以觀察音變現象。其研究結果顯示《彙音寶鑑》爲漳州系韻書，韻目簡化爲漳州腔特色，但整體來說，其音系更接近南部的通行腔。（原書寫爲優勢腔）

文獻的時代定位直接影響到擬音的時代定位，歷史語音學的研究必須非常講究文獻學。本書爲有所本，選擇以能和《廣韻》對當的文讀音爲主，白讀音爲輔，不談文白語言層的先後層次。

在方言材料方面，我想最直接的莫過官修方志了。這一方面，大陸官修「福建省情資料庫——地方志之窗」已建立了福建省大部分縣市的地方志，並彙整在 http://www.fjsq.gov.cn:88/DSXZ.ASP〔註 27〕。其中各地區的方言志均整理了聲、韻、調的特色，並建立同音字表，恰可提供最佳的方言材料。

〔註 27〕後來關閉，移到 http://www.fjsq.gov.cn/，且大部份資料需經注冊才能使用。

第一章　《廣韻》【止攝】音節探討

　　《廣韻》的全名是《大宋重修廣韻》，宋朝眞宗大中祥符元年（1008 年）陳彭年、丘雍等人奉詔成書。是中國第一部由官府主導編修的官方韻書，其成書的目的是爲科舉服務。所以每卷的韻目下面都有一些爲某韻字加註「獨用」，或與其它某韻相同字「同用」的字樣。

　　現行《廣韻》傳世的版本很多，筆者使用的版本有二：

　　洪葉文化事業有限公司的《新校宋本廣韻》是「張氏澤存堂重刊宋本」，據《四庫總目提要》記載，此本爲蘇州張士俊從宋槧翻雕。其音讀構擬則依陳新雄《音略證補》暨《古音研究》考定。

　　《宋本廣韻データ》〔註1〕是 2003 年度に日本学術振興会補助的「漢字データベース」，採用的也是「張氏澤存堂重刊宋本」，但由周祖謨校訂擬音。

第一節　《廣韻》【止攝】的音韻特點

　　《切韻》韻類在四個等中的分佈並不均勻：〔註2〕

〔註 1〕http://kanji-database.sourceforge.net/dict/sbgy/index.html

〔註 2〕潘悟雲〈三等顎介音的來源〉http://www.eastling.org/paper/panwuyun/pwyMCi.doc

等	一等	二等	三等	四等	總計
韻　數	14	12	30	5	61
百分比	23%	20%	49%	8%	100%

從上表看，三等韻特別多，佔全部韻數的 49%。

三等韻主要特色表現在細音介音：高本漢、董同龢認為三等韻的介音是一個輔音性質的齶化介音[-j-]、陸志韋認為三等的介音有[-i-]、[-ɪ-]兩種，李榮則認為只有[-ɪ-]、王力則主張只有[-ɹ-]。但是在閩南語的白讀層中三等字卻不一定具有齶化細介音。

關於[-i-]介音，對同樣屬細音的四等韻，李榮在《切韻音系》書中引高本漢說法表示：

　　　　[i]介音後面的主要元音總是[e]，主要元音[e]前頭總有[i]介音，

[ie]老在一塊，[ie]能解釋的方言音變，[e]也能解釋〔註3〕。

但是如果我們從現行閩南語看，不管漳、泉、廈甚至台灣閩南語，當主要元音是[-e-]時，不論是介音或韻尾都不會有[-i-]，換言之，[-e-]和[-i-]是互斥不同時存在，所以閩南語不會有[-ei-]和[-ie-]的組合〔註4〕。

試以台灣人所謂的「台灣國語」看，大致有如下幾個特色：

1、ㄈ、ㄏ不分，所以不易分辨「飛、揮」——無ㄈ，傾向「揮」。

2、ㄧ、ㄩ不分，所以不易分辨「吉、局」——無ㄩ，傾向「吉」。

3、ㄗ、ㄓ不分，不易分辨「資、知、珠」——無「帀」所以無ㄓ傾向「珠」。

4、ㄣ、ㄥ不分，所以不易分辨「因」、「應」——ㄥ前無[-i]介音，傾向「因」。

5、ㄛ、ㄡ，閩南語只有[o]無[uo]及[ou]，躲[uo]唸[o]，后[ou]也唸[o]〔註5〕。

6、ㄝ、ㄟ這個部分就是和高本漢論點相左的地方。由於閩南語沒有[ei]和

〔註3〕李榮《切韻音系》，113 頁。

〔註4〕泉州方言音位結構法（phonotactics）有一條中元音「同位禁制」（assimilation constraint）：不容許有兩個[+後]元音特徵值或兩個[-後]元音特徵值並存。漳浦以東的閩南方言音位結構法即存在這樣的禁制，所以[i/e]、[o/u]無法並存。——「同位禁制」參閱洪惟仁 1998〈閩南語的音系衍化類型〉。

〔註5〕仝註4。

[ie]的組合，所以通通唸成ㄝ[e]。鐵唸成[t'e3]、龜唸成[kue1]〔註6〕。

閩南語[e]和[i]互斥不同時存在的事實或許是一個方言特例，不能證明中古時期的漢語也一定會有這樣的歷史現象，但是，至少我們知道高本漢所提的「[-i-]介音後面的主要元音總是[e]，主要元音[e]前頭總有[-i-]介音」的語言現象並不是一體適用。

【止攝】字因爲主要元音爲[i]，全攝均屬三等韻。又，《廣韻》反切上字一、二、四基本上爲一套，三等字另爲一套〔註7〕，更見三等韻的特殊。

關於三等韻的主要元音，竺家寧認爲

> 中古三等韻的主要元音必是開口度較大的央元音[ə]，而不應該是[i]。央元音是個較弱的音，很容易失落，所以現代方言往往變成了以[i]爲主要元音。

換言之，竺家寧認爲像【止攝】這樣，以[i]爲主要元音是因爲央元音的失落造成的。

竺家寧並在其書中舉了的幾個擬音：「其」[gjə]、「今」[kjəm]、「近」[gjən]、「審」[ɕjəm]、「蒸」[tɕjəN]、「尤」[jəu]；又把止攝的幾個音節擬爲：之[jə]、支[je]、脂[jei]、微[jəi]。

董同龢對止攝的擬音則是支開[je]、支合[jue]、脂開[jei]、脂合[juei]、之[i]、微開[jəi]、微合[juəi]。

竺家寧的擬音重點是配合其對三等韻主要元音的構擬，修正了董對之的擬音：之[i]→之[jə]。

可是假設三等韻主要元音是央元音[ə]，三等韻的聲母會[j]齶化，那云母的「尤」[jəu]中的元音[j]又是從何而來？又，之擬爲[jə]、支擬爲[je]、脂擬爲[jei]、微擬爲[jəi]，那支和脂就違反了「中古三等韻的主要元音必是開口度較大的央元音[ə]」的說法，且這樣的擬音不應「支脂之同用」，而是「支脂同用」、「之微同用」；六朝時期也不應出現「脂微同用」的詩韻了。

〔註6〕以數字標調號。

〔註7〕以上引自竺家寧《聲韻學》頁335，但據邵榮芬《切韻研究》指出，二等與三等有混切現象，據其統計，《廣韻》聲母三等與一二四等混用佔9.1%。

黃典誠〈關於上古高元音的探討〉（1978）論文中就提到：

> 上古韻部擬音，就其韻腹主元音而言，只有【a、e、o、ə】四
> 個，……竟然獨缺高元音【i／u】（王力《漢語史稿》）

黃典誠在其解決方案中以閩南語三大語系：漳州、泉州及廈門，三地方言對「魚居去」等讀音恰在高元音的前中後[i／ɯ／u]來做解釋。所以他認為支脂之微可以做這樣的擬音：支[e]、脂[ei]、微[i]、之[ɯ]。

尉遲治平研究長安方言指出

> 「止」攝字也是既可對譯梵文的[-i-]，又可對譯梵文的[-e-]
> 〔註8〕。

因此陳志清認為【止攝】的「支」、「脂」、「之」、「微」各韻皆有如梵文[i]的特性，而且這個[i]是屬介音性質，所以主要元音不會太低。其擬音因「支」、「脂」有重紐現象分 A、B 兩類：支開[ɪe]／[ie]、支合[ɪue]／[iue]，脂開[ɪei]／[iei]、脂合[ɪuei]／[iuei]，之[ɪi]，微開[ɪəi]、微合[ɪuəi]〔註9〕。

從「支脂之同用」及六朝的「脂微同用」的語音現實看，並考慮陸法言的「支、脂、之、微分韻」，個人是比較贊同董同龢的擬音。但雖然各家擬音均有所長，實務上恐怕古人的舌頭都要極為靈巧。以微合的「巍」為例：巍─語韋切，如果我們真的構擬為[Njuəi]（竺、董）、[Nɪuəi]（陳），舌位要從鼻音的次濁聲母帶出前高元音→後高元音→中央元音再回到前高元音，口形舌位的變化是：鼻音次濁聲母開→高、扁→高、圓→中央、圓→高、扁，恐怕舌頭不夠巧的會打結。竺家寧講聲韻的進化曾提到人的嘴巴都是懶的：

> 語音的變化取決於表達上的省時省力，它演變的趨向是在不
> 礙辨義的原則下讓我們的發音器官覺得更輕鬆、更容易〔註10〕。

現在閩南話已簡化為[gui]，客語也簡化為[Nui]，閩客語的元音都只從「高、圓」到「高、扁」應該就是進化吧！

〔註8〕尉遲治平〈周隋長安方音初探〉，《語言研究》第 2 期，頁 25（1982）。

〔註9〕陳志清《《切韻》聲母韻母及其音值研究》頁 92。

〔註10〕竺家寧《古音之旅‧善變的嘴巴》。

第二節　【止攝】的音節探討

林慶勳在和竺家寧合著的《古音學入門—中古音入門》一書中，把[i]、[j]併爲同一個音位，他指出〔註11〕：

> 《廣韻》的介音有四種，即[-Φ-]、[-i-]（或[-j-]）、[-u-]（或[-w-]）、[-iu-]（或[-ju-]等）。

又說

> 由《廣韻》一千多個反切下字歸納的韻類，本身是無法分別等與呼，除了借助於方言外，最重要的恐怕是等韻圖。

現在把【止攝】各韻的音節切語列表，並對照《韻鏡》的韻圖做一比較：

一、支／紙／寘

日	來	喻	匣	曉	影	邪	心	從	清	精	等	疑	群	溪	見	泥	定	透	端	明	並	滂	幫	
齒音舌		音		喉		音			齒			音		牙		音		舌		音		脣		內轉第四開合
清濁	清濁	清	濁	濁	清	濁	清	濁	次清	清		清濁	次濁	次清	清	清濁	濁	次清	清	清濁	次濁	次清	清	
○	○	○	○	○	○	○	○	○	○	○	一	○	○	○	○	○	○	○	○	○	○	○	○	（支）
○	○	○	○	○	○	○	釃	齹	差	齜	二	○	○	○	○	○	○	○	○	○	○	○	○	
兒	離	○	○	犧	猗	匙	施	○	眵	支	三	宜	奇	鮕	羈	○	馳	摛	知	糜	皮	鈹	陂	
○	○	○	○	詑	○	○	斯	疵	雌	貲	四	○	祇	○	○	○	○	○	○	彌	陴	披	卑	
○	○	○	○	○	○	○	○	○	○	○	一	○	○	○	○	○	○	○	○	○	○	○	○	（紙）
○	○	○	○	○	○	○	躧	○	○	扻	二	○	○	○	○	○	○	○	○	○	○	○	○	
爾	邐	○	○	○	○	氏	弛	舓	侈	紙	三	蟻	技	綺	椅	狔	豸	褫	掋	靡	被	破	彼	
○	○	酏	○	○	○	徙	○	此	紫		四	○	○	企	跂	○	○	○	○	弭	婢	諀	俾	
○	○	○	○	○	○	○	○	○	○	○	一	○	○	○	○	○	○	○	○	○	○	○	○	（寘）
○	○	○	○	○	○	○	屣	○	○	柴	二	○	○	○	○	○	○	○	○	○	○	○	○	
○	詈	○	○	戲	倚	豉	翅	○	卶	寘	三	義	芰	㩼	寄	○	○	○	智	○	髲	帔	賁	
○	○	易	○	○	○	賜	漬	刺	積		四	○	○	企	馶	○	○	○	○	○	○	○	○	

〔註11〕林慶勳、竺家寧《古音學入門——中古音入門》頁63。

韻	等	日	來	喻	匣	曉	影	邪	心	從	清	精	疑	群	溪	見	泥	定	透	端	明	並	滂	幫	內轉第五合
		齒音舌		喉音				齒音					牙音				舌音				脣音				
		清濁	清濁	清濁	濁	清	清			濁	次清	清	清濁	濁	次清	清	清濁	濁	次清	清	清濁	濁	次清	清	
支	一	○	○	○	○	○	○	○	○	○	○	○	○	○	○	○	○	○	○	○	○	○	○	○	
	二	○	○	○	○	○	○	○	○	○	○	○	○	○	○	○	○	○	○	○	○	○	○	○	
	三	痿	羸	爲	○	麾	逶	垂	○	○	吹	騤	危	頯	虧	嬀	○	鬐	○	腄	○	○	○	○	
	四	○	○	蠵	○	隳	○	隨	眭	○	○	劑	○	○	闚	規	○	錘	○	○	○	○	○	○	
紙	一	○	○	○	○	○	○	○	○	○	○	○	○	○	○	○	○	○	○	○	○	○	○	○	
	二	○	○	○	○	○	○	○	○	○	○	○	○	○	○	○	○	○	○	○	○	○	○	○	
	三	蘂	累	蔦	○	毀	委	蔿	○	○	揣	捶	硊	跪	○	詭	○	○	○	○	○	○	○	○	
	四	○	○	茷	○	○	○	灑	髓	惢	○	觜	○	○	跬	○	○	○	○	○	○	○	○	○	
寘	一	○	○	○	○	○	○	○	○	○	○	○	○	○	○	○	○	○	○	○	○	○	○	○	
	二	○	○	○	○	○	○	○	○	○	○	○	○	○	○	○	○	○	○	○	○	○	○	○	
	三	枘	累	爲	○	毀	餧	睡	○	○	吹	惴	僞	○	○	賶	諉	縋	○	娷	○	○	○	○	
	四	○	○	瓗	○	孈	恚	○	邃	○	○	稜	○	○	觖	瞡	○	○	○	○	○	○	○	○	

　　《韻鏡》是根據《切韻》音系所歸納的音韻系統,《韻鏡》的開合等第代表的是介音的不同。以上兩表是對支韻平上去的歸納,只要稍做點算即可發現「支韻」包含支開33、支合22,紙開31、紙合17,寘開24、寘合19,平上去的音節數並不一致。(音節及音節數和早稻田大學的元祿版稍有差異)試以《廣韻》音節表來比較看看。

平聲五支韻音節表								
聲類	小韻	切語	小韻	切語	小韻	切語	小韻	切語
幫	14 陂	彼 爲	30 卑	府 移				
滂	13 鈹	敷 羈	55 跛	匹 支				
並	23 皮	符 羈	31 陴	符 支				
明	7 糜	靡 爲	36 彌	武 移				
知	38 知	陟 離	51 腄	竹 垂				
徹	35 摛	丑 知						
澄	9 鬐	直 垂	40 馳	直 離				
娘								
見	4 嬀	居 爲	29 羈	居 宜	48 觽	居 隋		
溪	16 虧	去 爲	17 闚	去 隨	21 䡾	去 奇		
群	18 奇	渠 羈	19 祇	巨 支				
疑	22 宜	魚 羈	42 危	魚 爲				

影	6 逶	於	為	39 漪	於	離						
曉	5 麾	許	為	8 隓	許	規	20 犧	許	羈	43 詑	香	支
匣												
為	3 為	薳	支									
喻	2 移	弋	支	56 藬	悅	吹						
精	28 貲	即	移	47 厜〔註12〕	姊	規	49 劑	遵	為	52 騒	子	垂
清	37 雌	此	移									
從	27 疵	疾	移									
心	33 斯	息	移	41 眭	息	為						
邪	15 隨	旬	為									
莊	54 齜	側	宜									
初	34 差	楚	宜	50 衰	楚	危						
牀	57 齹	士	宜									
疏	44 釃	所	宜	45 韉	山	垂						
照	1 支	章	移									
穿	12 吹	昌	垂	53 眵	叱	支						
神												
審	32 絁	式	支									
禪	10 坙	是	為	24 提	是	支						
來	11 贏	力	為	26 離	呂	支						
日	25 兒	汝	移	46 痿	人	垂						

　　支韻的切語下字共有【移、支、為、規、垂、羈、隨、奇、知、離、宜、隋、吹、危】等十三個，若以系聯方式歸納，至少可以歸納爲以下幾類：

　　移：移（弋支）、支（章移）

　　爲：爲（薳支又王僞──賓）、規（居隋）、垂（是爲）、隋（旬爲）、

　　　　吹（昌垂）

　　宜：宜（魚羈）、羈（居宜）、奇（渠羈──群母又居宜──見母）

　　統計《廣韻》支韻共得 57 個音節，和《韻鏡》的 55 個音節小有出入。再仔細看，《韻鏡》第四轉標【開合】，把重唇的幫系、輕唇的非系摻雜在三四等，這點證明至少在《韻鏡》的時代〔註13〕輕重唇尚未分化〔註14〕；「爲／

〔註12〕依 2003 年度日本學術振興會『漢字データベースプロジェクト』《宋本廣韻データ》。

〔註13〕《韻鏡》爲現存最古的韻圖，作者不詳，一般推測成書於五代時期，南宋張麟之

蓮支切」大多數的學者都認為誤切〔註15〕，大陸部分學者如張渭毅就認為

> 隋唐時期，有一批喉牙唇音字的反切，被切字的開合，由反切
> 上字決定，一般是反切上字為合口，被切字也為合口。

　　像這樣的反切和一般上字定清濁下字定開合是大相徑庭，但反切上字的開合和被切字是一致的。換言之，張渭毅把「為」字的反切形態視為特例，且舉出「有一批」形成少數的特例。

　　所謂「孤證無力」，這樣的解釋只要有第二個就行的通。如果從零聲母角度來看，也許可以得到另一種解釋。

　　「為」字在《韻鏡》中是置於「內轉第五合一喻三」，顯示其為合口，然而在《廣韻》中，其切語下字卻是開口的「支」韻。切語上字表聲下字表韻是普遍的認知，但是對於零聲母字的切語，如果把也是零聲母的「蓮」字的切語做一系聯將可看到如下結果：

蓮：上4紙／云母／韋委切；韋：平8微／云母／雨非切；委：上4紙／
　　影母／於詭切（委：五支也有一切——影母／於為切）

　　以現代音來看，「蓮／韋委切」上下切語太接近，其實不太好切。「為／蓮支切」，如果假設定切語的人是把上字的介音或主要元音搭配下字的主要元音及韻尾，那就零聲母而言，似無不可，比起「蓮／韋委切」上字是云母雙聲好切太多了。

　　《韻鏡》內轉第四開合的唇音出現「陂／彼為切」以及「糜／靡為切」兩開口韻，如果定「為」韻合口，那麼在當時應該已有央元音[-ə]或後高展唇元音[-ɯ]出現。

　　以糜字來說，在泉腔的《彙音妙悟》中分別屬於「科韻」的央元音[ə]和「基韻」的前高元音[i]，而且常民白讀均是說央元音[ə]。在漳腔的《彙集雅俗通十五音》中則分別屬於「糜韻」的合口鼻化音[uẽ]和「居韻」的前高元音的[i]，

　　　校正刊行（初刊1161年、第二刊1197年、第三刊1203年）。北宋時因避宋太祖祖
　　　父諱而改名《韻鑑》。

〔註14〕二十世紀初敦煌發現了兩份載錄唐代字母的文獻：歸三十字母例、守溫韻學殘卷。
　　　兩份材料中都只記載重唇音。

〔註15〕這個部分陳新雄〈今本《廣韻》切語下字系聯〉引《王二》另有討論。

而且常民白讀均是說合口鼻化音。如果是泉系的央元音[ə]，雖然元音圖把它定位在圓脣（合口），但是當時應該沒有這樣的語音知識。

所以如果把五支韻看成【移、爲、宜】三類的話，以上的 57 個音節中有許多其實屬是同一音節（重紐）。例如：

嬀（居爲）、樣（居隋）；虧（去爲）、闚（去隨）；麾（許爲）、隓（許規）

劑（遵爲）、騒（子垂）、厜（姊規－《韻鏡》無此音節）

如此，五支韻其實只得 53 個音節，但是其中的「衰／楚危切」、「䪻／山垂切」是《韻鏡》所無的音節。又《韻鏡》第四開合的「祇」與第五合的「趏」同音節，應刪、第四開合四等韻的「披」非是，應改爲「跛／匹支切」，但學者依《切二》、《切三》及故宮《全王》又認爲「跛／匹支切」係《廣韻》加進去的。

上聲四紙韻音節表									
聲類	小韻	切語		小韻	切語		小韻	切語		小韻	切語	
幫	4彼	甫	委	26俾	并	弭				
滂	38破	匹	靡	39諀	匹	婢				
並	5被	皮	彼	29婢	便	俾				
明	3靡	文	彼	28渳	綿	婢				
知	47掜	陟	侈							
徹	46褫	敕	豸							
澄	21豸	池	爾							
娘	43狔	女	氏							
見	9詭	過	委	14掎	居	綺	51枳	居	帋	
溪	8跪	去	委	15綺	墟	彼	42跂	丘	弭	49企	丘	弭
群	12技	渠	綺	45跪	渠	委				
疑	16螘	魚	倚	44硊	魚	毀				
影	7委	於	詭	13倚	於	綺				
曉	6毀	許	委	48䜆	興	倚				
匣										
爲	17蔿	韋	委							
喻	23酏	移	爾	40衪	羊	捶				
精	18觜	即	委	32紫	將	此				
清	20此	雌	氏							
從	41惢	才	捶							

心	10髄	息	委	22徙	斯	氏							
邪	35隨	隨	婢										
莊	37批	側	氏										
初	34揣	初	委										
牀													
疏	25躧	所	綺										
照	1紙	諸	氏	33捶	之	累							
穿	30侈	尺	氏										
神	36舐	神	尔										
審	31弛	施	是										
禪	2是	承	紙	50菙	時	髄							
來	11絫	力	委	24邐	力	紙							
日	19蘂	如	累	27爾	兒	氏							

　　紙韻的切語下字共有【氏、紙、侈、豸、爾、綺、尔、倚、毁、詭、捶、此、累、髄、婢、俾、彼、弭、靡、委】等20個，若以系聯方式歸納，可以把它們歸納爲以下三類：

　　　　氏：氏（承紙）、紙（諸氏）、豸（池爾）、爾（兒氏）

　　　　委：委（於詭）、詭（過委）、累（力委）、彼（甫委）、捶（之累）、
　　　　　　靡（文彼）、綺（墟彼）

　　　　俾：俾（並弭）、婢（便俾）、弭（綿婢）

　　「委」一看就知又牽涉開合問題了，統計《廣韻》紙韻共得51個音節，和《韻鏡》的49個音節小有出入。再仔細看，《韻鏡》第四轉標【開合】，「紙韻」同樣有重唇的幫系和輕唇的非系摻雜三四等的情形；「倚／於綺切」出現較「爲」更離奇的情形：

　　　　委（於詭）／倚（於綺）／綺（墟彼）／彼（甫委）／詭（過委）

　　如果按照陳澧的基本系聯條例第二條：[註16]

　　　　　　切語下字同用、互用、遞用者，韻必同類。

　　「委」和「倚」是同一音節；但是分析條例第三條又說：

〔註16〕系聯條例是陳澧歸納《廣韻》切語得到的規律，《廣韻》的編寫卻也不一定得照這個條例。

同音之字不作兩切語。

「委」和「倚」既是同一音節就不應作兩切語；更有甚者，《韻鏡》把「倚」置於第四轉開口，「委」卻置於第五轉合口。

查《彙音妙悟》，「委」和「倚」分屬合口飛韻和開口基韻，「彼」的正音也在合口飛韻、「綺」又在開口基韻。和「委」關聯的居然有開有合，莫非又是央元音作祟？

另一個牽涉開合的音節是「跬／丘弭切、企／丘弭切」，在《韻鏡》中，企在第四開，跬在第五合。同一個切語爲何擺在不同位置且開合不同？依康世統的研究是以脣音開口切牙音合口，但依舊無法合理解釋。「丘」字屬流攝三等去鳩切，如果依漳州腔白讀音[k'u]，[丘弭切]是可切出合口的「跬」，但是三等音有[i]介音或主要元音，所以不論漳泉的文讀音都是[k'iu]，因此要用同一切語是不可能的，故《集韻》已修正爲[跬／犬橤切]。

紙韻的見母字只有一個「氏」類：枳／居弞切、又枳／諸氏切，但此一音節《韻鏡》不收；另「跪」小韻在溪母及群母均有，但《韻鏡》不收溪母跪字；曉母字《廣韻》有開有合，但《韻鏡》不收開口的「豨／興倚切」。

本韻重紐的字有：

> 詭（過委）、掎（居綺）；跪（去委）、綺（墟彼）；跬（丘弭）、
> 企（丘弭）；技（渠綺）、跽（渠委）；螘（魚倚）、硊（魚毀）；
> 委（於詭）、倚（於綺）；毀（許委）、豨（興倚）。

除了「跬／企」外，其餘都是「委」類開合問題。這類開合問題依康世統的研究，是以喉音合口切脣音開口所致，但是在音理上仍欠缺一個合理解釋。

紙韻的51個音節去掉以上七個音節實際應是44個音節，其中的「枳／居弞切」、「跪／去委切」、「豨／興倚切」三組是《韻鏡》所沒有的音節。

聲類	小韻	切語		小韻	切語		小韻	切語		小韻	切語	
幫	11 賁	彼	義	15 臂	卑	義						
滂	10 帔	披	義	20 譬	匹	賜						
並	2 避	毗	義	12 髲	平	義						
明												

去聲五寘韻音節表

知	22智	知	義	41娷	竹	恚						
徹												
澄	24縋	馳	僞									
娘	43諉	女	恚									
見	9觤	詭	僞	14寄	居	義	37馶	居	企	44瞡	規	恚
溪	27企	去	智	31觖	窺	瑞	47焬	卿	義			
群	16芰	奇	寄									
疑	19議	宜	寄	33僞	危	睡						
影	23倚	於	義	28縊	於	賜	32餧	於	僞	35恚	於	避
曉	26戲	香	義	34毀	況	僞	46嫿	呼	恚			
匣												
爲	8爲	于	僞									
喻	18易	以	豉	42瓕	以	睡						
精	6積	子	智									
清	17刺	七	賜									
從	21漬	疾	智									
心	7賜	斯	義	40䅲	思	累						
邪												
莊	45縒	爭	義									
初												
牀												
疏	30屣	所	寄									
照	1寘	支	義	3惴	之	睡						
穿	25吹	尺	僞	39剸	充	豉						
神												
審	29翅	施	智									
禪	5豉	是	義	36睡	是	僞						
來	4詈	力	智	13累	良	僞						
日	38枘	而	瑞									

寘韻的切語下字共有【義、賜、恚、僞、企、智、寄、睡、避、豉、累、瑞】等12個，若以系聯方式歸納，可以把它們歸爲兩類：

義：義（宜寄）、寄（居義）、賜（斯義）、避（毗義）、豉（是義）、
　　恚（於避）、智（知義）、企（去智）

僞：僞（危睡）、睡（是僞）、累（良僞）、瑞（是僞）

　　這兩類的切語下字開合分明，似乎沒有問題，但是看到零聲母的影母，就會發現又發生了「恚／於避切」的開口韻切合口字現象。理論上寘韻並沒有兩類的合口字，但是在影母卻看到刻意用一開一合的切語下字來表現讀音的差異，只有一個解釋：

　　影母是零聲母，止攝合口字含有圓唇後高元音[u]介音，「為／蔿支切」、「恚／於避切」，兩個合口字會切開口音是因為「蔿」含[u-]介音、「於」含同發音部位的後高元音[ɯ]〔註17〕，用這兩個音來切開口一樣可以產生合口的效果。

　　這樣的方式在閩南語韻書也時有所見，例如娘母的「尼」在《彙音妙悟》中，黃謙定為[基柳5]，但謝秀嵐的《彙集雅俗通十五音》中卻定為[栀柳5]。

　　其實「尼」的漳泉讀音都一樣，但是黃謙用陰聲韻元音，謝秀嵐卻用鼻化元音，於是黃謙的[l／n]產生對立音位，但謝秀嵐直接使用鼻化元音切出同樣的音卻不一定要[l／n]的對立音位。

　　比對了「為恚」兩個音及看了「尼」在漳泉韻書的切法，終於可以了解到《廣韻》為什麼會以開口的切語下字切合口字了。

　　有些音節雖然分韻卻應屬同一音節。例如：

　　賁（彼義）、臂（卑義）；帔（披義）、譬（匹賜）；避（毗義）、
　　髲（平義）；智（知義）、娷（竹恚）；寄（居義）、騎（居企）、
　　瞡（規恚）；企（去智）、齮（卿義）；倚（於義）、縊（於賜）、
　　恚（於避）；戲（香義）、孈（呼恚）

　　寘韻47個音節去掉10個音節實際只有37個音節

小　結：

　　《廣韻》【止攝】不配非組和端組聲母，從守溫三十字母中沒有輕唇音看，意味著隋唐時代唇音還沒有輕重之分出。三十字母中已含有端組舌頭音，止攝切語上字不配端組，意味著當時知端分明，知照合流是日後事。

〔註17〕以較古老的泉州音看。

二、脂／旨／至

內轉第六開

韻	日	來	喻	匣	曉	影	邪	心	從	清	精	等	疑	群	溪	見	泥	定	透	端	明	並	滂	幫
脂	○	○	○	○	○	○	○	○	○	○	○	一	○	○	○	○	○	○	○	○	○	○	○	○
	○	○	○	○	○	○	○	師	○	○	○	二	○	○	○	○	○	○	○	○	○	○	○	○
	○	黎	○	○	○	○	○	尸	○	鴟	脂	三	狋	耆	○	飢	尼	墀	絺	胝	眉	邳	丕	悲
	○	○	姨	○	夷	伊	○	私	茨	郪	咨	四	○	○	○	○	○	○	○	○	○	毗	紕	○
旨	○	○	○	○	○	○	○	○	○	○	○	一	○	○	○	○	○	○	○	○	○	○	○	○
	○	○	○	○	○	○	○	○	○	○	○	二	○	○	○	○	○	○	○	○	○	○	○	○
	○	履	○	○	○	欸	○	視	矢	○	旨	三	跜	○	几	○	秜	雉	黹	○	美	否	嚭	鄙
	○	○	○	○	○	○	○	兕	死	○	姊	四	○	○	○	○	○	○	○	○	○	牝	○	匕
至	○	○	○	○	○	○	○	○	○	○	○	一	○	○	○	○	○	○	○	○	○	○	○	○
	○	○	○	○	○	○	○	○	○	○	○	二	○	○	○	○	○	○	○	○	○	○	○	○
	二	利	○	○	鬁	懿	嗜	屍	示	痓	至	三	劓	臮	器	冀	膩	緻	○	致	郿	備	濞	祕
	○	肆	○	○	呬	○	○	四	自	次	恣	四	○	○	弃	○	○	地	○	○	寐	鼻	屁	痹

內轉第七合

韻	日	來	喻	匣	曉	影	邪	心	從	清	精	等	疑	群	溪	見	泥	定	透	端	明	並	滂	幫
脂	○	○	○	○	○	○	○	○	○	○	○	一	○	○	○	○	○	○	○	○	○	○	○	○
	○	○	○	○	○	○	○	衰	○	○	○	二	○	○	○	○	○	○	○	○	○	○	○	○
	蕤	灤	○	○	○	○	誰	○	○	推	錐	三	○	逵	巋	龜	○	鎚	○	追	○	○	○	○
	○	○	惟	○	○	○	○	綏	○	○	嶉	四	○	葵	○	○	○	○	○	○	○	○	○	○
旨	○	○	○	○	○	○	○	○	○	○	○	一	○	○	○	○	○	○	○	○	○	○	○	○
	○	○	○	○	○	○	○	○	○	○	○	二	○	○	○	○	○	○	○	○	○	○	○	○
	蕊	壘	洧	○	瞶	○	○	水	○	○	癸	三	○	郁	巋	軌	○	○	○	○	○	○	○	○
	○	○	唯	○	○	○	○	○	壔	趡	濢	四	○	揆	○	癸	○	○	○	○	○	○	○	○
至	○	○	○	○	○	○	○	○	○	○	○	一	○	○	○	○	○	○	○	○	○	○	○	○
	○	○	○	○	○	○	○	○	○	○	○	二	○	○	○	○	○	○	○	○	○	○	○	○
	○	類	位	○	○	○	○	痵	○	出	○	三	匱	嘳	媿	○	墜	○	轛	○	○	○	○	○
	○	遺	○	血	○	○	遂	邃	萃	翠	醉	四	悸	○	季	○	○	○	○	○	○	○	○	○

《韻鏡》「脂韻」包含脂開 25、脂合 15，旨開 20、旨合 15，至開 33、賓

合 18，平上去的音節數並不一致。（音節及音節數和早稻田大學的元祿版稍有差異）我們以《廣韻》音節表來比較看看。

聲類	小韻	切語		小韻	切語		小韻	切語		小韻	切語	
幫	28悲	府	眉									
滂	33丕	敷	悲	38秠	匹	夷						
並	4貔	房	脂	32邳	符	悲						
明	27眉	武	悲									
知	19追	陟	隹	37胝	丁	尼						
徹	8絺	丑	飢									
澄	12墀	直	尼	35鎚	直	追						
娘	11尼	女	夷									
見	6飢	居	夷	20龜	居	追						
溪	40巋	丘	追									
群	15耆	渠	脂	18葵	渠	追	26逵	渠	追			
疑	41狋	牛	肌									
影	16伊	於	脂									
曉	42咦	喜	夷	34惟	許	維						
匣												
為	31帷	洧	悲									
喻	2姨	以	脂	23惟	以	追						
精	5咨	即	夷	39嶉	醉	綏						
清	9郪	取	私									
從	10茨	疾	資									
心	13私	息	夷	25綏	息	遺						
邪												
莊												
初												
牀												
疏	3師	疏	夷	22衰	所	追						
照	1脂	旨	夷	29錐	職	追						
穿	7鴟	處	脂	36推	尺	隹						
神												
審	14尸	式	之							※尸	式	脂
禪	30誰	視	隹									
來	17黎	力	脂	24灕	力	追						
日	21蕤	儒	隹									

脂韻的切語下字共有【夷、脂、飢、私、資、尼、之、追、佳、遺、悲、眉、維、綏、肌】等十五個，（之在七之韻，出現在脂韻可能錯置，應該是脂才是，會「脂誤植爲之」，應該是廣韻時期已是脂之不分才會誤植。所以實際只算14個切語下字），若以系聯方式歸納，至少可以歸納爲以下幾類：

夷：夷（以脂）、脂（旨夷）、飢（居夷）、私（息夷）、資（即夷）、

尼（女夷）、肌（居夷）

追：追（陟佳）、佳（職追）、遺（以追）、維（以追）、綏（息遺）

悲：悲（府眉）、眉（武悲）

統計《廣韻》脂韻，實際上有三類，共得42音節。三類開合分明，夷、悲類均在六開，追類則在七合，可謂涇渭分明。「脂」韻不配非組及端組，審母的「尸」訂正爲「尸／式脂切」，有些音節雖然分韻卻應屬同一音節。例如：葵（渠追）、逵（渠追），所以六脂韻的42個音節實際只有41個。

葵（渠追）字依《切二》、《切三》、《王二》、《全王》版本字均讀「渠佳切」，似乎和逵（渠追）不同，但是系聯追、佳的切語下字，可得追、佳屬同類韻，所以還是得視爲同一音節。

從上古韻部考查，葵上古屬脂部、逵上古屬幽部，會造成重紐現象和上古來源不同有關，但中古兩者均合流到「脂」韻之故。

上聲五旨韻音節表									
聲類	小韻	切語		小韻	切語		小韻	切語	
幫	4鄙	方	美	8匕	卑	履			
滂	24嚭	匹	鄙						
並	14牝	扶	履	22否	符	鄙			
明	3美	無	鄙						
知	29黹	豬	几						
徹	30縰	楮	几						
澄	12雉	直	几						
娘	20柅	女	履						
見	6几	居	履	9軌	居	洧	21癸	居	誄
溪	35歸	丘	軌						
群	18揆	求	癸	33郂	暨	軌	34跽	暨	几
疑									

影	27歆	於	几			
曉	32瞄	火	癸			
匣						
爲	10洧	榮	美			
喻	26唯	以	水			
精	7姊	將	几	28濟	遵	誄
清	19趡	千	水			
從	23嶵	徂	累			
心	13死	息	姊			
邪	5兕	徐	姊			
照	1旨	職	雉	31跱	止	姊
穿						
神						
審	11矢	式	視	16水	式	軌
禪	2視	承	矢			
來	15履	力	几	17壘	力	軌
日	25蕊	如	壘			

旨韻的切語下字共有【美、鄙、洧、軌、水、壘、履、几、視、矢、累、誄、姊、雉】等 14 個（累在紙韻及寘韻，出現在旨韻可能錯置，應該是誄或壘才是，所以實際只算 13 個切語下字），若以系聯方式歸納，可以把它們歸納爲三類：

　美：美（無鄙）、鄙（方美）、洧（榮美）、軌（居洧）、水（式軌）、

　　　壘（力軌）、誄（力軌）

　視：視（承矢）、矢（式視）

　履：履（力几）、几（居履）、姊（將几）、雉（直几）

本韻除了不配非組及端組外，韻圖也不見假二等，所以也沒搭配莊組。美組有開有合，合口只出現在牙音、齒音、喉音及舌齒音，唇音及舌音則不配合口。

《廣韻》旨韻音節數有 35 個和《韻鏡》同。但是《廣韻》旨韻的照（章）組多了一個「跱／止姊切」，這是《韻鏡》不收的音節，《韻鏡》則有一個照組的「㳁」應是紙韻照組錯置。「㽿／楮几切」依周祖謨《校正宋本廣韻》訂正爲「㽿」。有些音節雖然分韻卻應屬同一音節。例如：

軌（居洧切）、癸（居誄切）；揆（求癸切）、郈（暨軌切）；

旨（職雉切）、跡（止姊切）。

旨韻的 35 個音節去掉以上三個音節實際應是 32 個音節。

去聲六至韻音節表

聲類	小韻	切語		小韻	切語		小韻	切語		小韻	切語	
幫	8 祕	兵	媚	39 痹	必	至						
滂	10 濞	匹	備	19 屁	匹	寐						
並	11 備	平	祕	37 鼻	毗	至						
明	3 郿	明	祕	24 寐	彌	二						
端												
透												
定	41 地	徒	四									
泥												
知	21 致	陟	利	50 轛	追	萃						
徹	25 屎	丑	利									
澄	23 緻	直	利	46 墜	直	類						
娘	18 膩	女	利									
見	12 媿	俱	位	26 冀	几	利	36 季	居	悸			
溪	14 喟	丘	愧	22 棄	詰	利	35 器	去	冀			
群	9 匱	求	位	27 息	其	冀	28 悸	其	季			
疑	20 劓	魚	器									
影	33 懿	乙	冀									
曉	15 豷	許	位	38 齂	香	季	42 齂	虛	器	49 侐	火	季
匣												
爲	2 位	于	愧									
喻	43 肄	羊	至	48 遺	以	醉						
精	5 醉	將	遂	31 恣	資	四						
清	29 翠	七	醉	32 次	七	四						
從	40 萃	秦	醉	45 自	疾	二						
心	6 邃	雖	遂	34 四	息	利						
邪	4 遂	徐	醉									
莊												
初	53 敊	楚	愧									
牀												

疏	13 帥	所	類						
照	1 至	脂	利						
穿	47 出	尺	類	51 痓	充	自			
神	44 示	神	至						
審	52 屍	矢	利	54 痭	釋	類			
禪	16 嗜	常	利						
來	7 類	力	遂	17 利	力	至			
日	30 二	而	至						

至韻的切語下字共有【利、至、愧、祕、醉、遂、媚、位、備、類、寐、器、二、冀、季、四、巽、悸、萃、自】等20個，若以系聯方式歸納，可以把它們歸為五類：

　　利：利（力至）、至（脂利）、二（而至）、自（疾二）、寐（彌二）、

　　　　冀（几利）、巽（几利）、器（去冀）、四（息利）

　　位：位（于愧）、愧（俱位）

　　媚：媚（明祕）、祕（兵媚）、備（平祕）

　　遂：遂（徐醉）、醉（將遂）、類（力遂）、萃（秦醉）

　　悸：悸（其季）、季（居悸）

這是止攝中使用最多類切語的韻類，其中「利、媚」兩類屬開口，「位、遂、悸」三類屬合口。

統計《廣韻》至韻共可得54個音節，在止攝中是僅次於平聲五支韻；在《韻鏡》中則得33開18合共51個音節。

其中曉母合口「豷／許位切、瞲／香季切」及初母的合口「蔡／楚愧切」、疏母合口「帥／所類切」等四個音節是《韻鏡》不收，因此可確定「瞲／香季切、侐／火季切」是同一音節。至於曉母合口音節「豷／許位切」，因為本韻「位」類均在三等，則應是置於曉三的音節〔註18〕。

《韻鏡》六開匣四的「系」這個音節《廣韻》至韻不收，而是置於「霽」韻「系／胡計切」，《韻鏡》的「系」音節應是錯置；鱀、咽共「虛器切」不應分等。「棄／詰利切、器／去冀切」兩音節經系聯結果聲同類韻同類，其實

〔註18〕在韻圖中除了齒音因有三組聲母，依聲母分置二三四等外，喉音則有為（云）三喻（以）四、匣四、曉三曉四及影三影四。

應歸爲同一音節。

至韻54個音節去掉兩個音節剩下52個音節。

小　結：

脂旨至開口韻各用兩類切語下字，但是脂韻（悲）及至韻（媚）中的一類都只配唇音，在邏輯上來說，開口韻有可能兩類也可能一類，在沒有更充足的語料之前，我們寧可相信脂旨至開口只有一類。

至韻合口韻用了位、遂、悸三類切語下字，脂（追）、旨（美）合口韻只用一類切語下字，所以合口韻只有一類。

三、之／止／志

韻	等	日	來	喻	匣	曉	影	邪	心	從	清	精	疑	群	溪	見	泥	定	透	端	明	並	滂	幫	內轉第八開
之	一	○	○	○	○	○	○	○	○	○	○	○	○	○	○	○	○	○	○	○	○	○	○	○	內轉第八開
之	二	○	○	○	○	○	○	○	○	荁	○	菑	○	○	○	○	○	○	○	○	○	○	○	○	
之	三	而	釐	○	○	僖	醫	時	詩	○	蚩	之	疑	其	欺	姬	○	治	癡	○	○	○	○	○	
之	四	○	飴	飴	○	○	○	詞	思	慈	○	茲	○	○	拪	○	○	○	○	○	○	○	○	○	
止	一	○	○	○	○	○	○	○	○	○	○	○	○	○	○	○	○	○	○	○	○	○	○	○	
止	二	○	○	○	○	○	○	俟	史	士	剚	滓	○	○	○	○	○	○	○	○	○	○	○	○	
止	三	耳	里	以	○	喜	譆	市	始	○	齒	止	擬	○	起	紀	你	峙	恥	徵	○	○	○	○	
止	四	○	○	○	○	○	○	似	枲	○	○	子	○	○	○	○	○	○	○	○	○	○	○	○	
志	一	○	○	○	○	○	○	○	○	○	○	○	○	○	○	○	○	○	○	○	○	○	○	○	
志	二	○	○	○	○	○	○	○	駛	事	厠	胾	○	○	○	○	○	○	○	○	○	○	○	○	
志	三	餌	吏	○	○	憙	意	侍	試	○	熾	志	㝹	忌	欯	記	○	值	眙	置	○	○	○	○	
志	四	○	○	異	○	○	○	寺	笥	字	載	恣	○	○	○	○	○	○	○	○	○	○	○	○	

之／止／志沒有合口韻，只有一張【內轉第八開】。本圖全部不切唇音。

平聲七之韻音節表								
聲類	小韻	切語	小韻	切語	小韻	切語	小韻	切語
知								
徹	17痴	丑	之					
澄	18治	直	之					
娘								

見	11 姬	居	之									
溪	10 欺	去	其	24 抾	丘	之						
群	7 其	渠	之									
疑	4 疑	語	其									
影	16 醫	於	其									
曉	15 僖	許	其									
匣												
爲												
喻	2 飴	與	之									
精	21 茲	子	之									
清												
從	20 慈	疾	之									
心	5 思	息	茲									
邪	12 詞	似	茲									
莊	14 菑	側	持									
初	6 輜	楚	持									
牀	22 茌	士	之									
疏	23 漦	俟	甾									
照	1 之	止	而									
穿	19 蚩	赤	之									
神												
審	8 詩	書	之	25 睒	式	其						
禪	3 時	市	之									
來	13 釐	里	之									
日	9 而	如	之									

　　《廣韻》的之系不切唇音的幫組、非組及舌音的端組，又缺少合口韻，在止攝中是屬於音節數較少的音節。

　　之韻的切語下字共有【而、之、其、持、茲、甾】等六個，若以系聯方式歸納可以把它們歸納爲同一類：

　　　　而：而（如之）、之（止而）、其（渠之）、持（直之）、茲（子之）、

　　　　　　甾（側持）

　　所以有些音節雖然分韻卻應屬同一音節。例如：

　　　　詩（書之）、睒（式其）；欺（去其）、抾（丘之）

　　之韻的 25 個音節去掉以上重複兩個音節實際應是 23 個音節。《韻鏡》雖然收了 22 個音節，和《廣韻》比卻不是音節的重複，而是不收初母的「輜／楚持切」，並把群母的「扰／丘之切」置四等，顯然認爲欺（去其）、扰（丘之）是有別的。奇怪的是不收俟母的「漦」，應該是認爲跟牀母的「茬」一樣。

聲類	小韻	切語		小韻	切語		小韻	切語		小韻	切語	
端												
透												
定												
泥	25 伱	乃	里									
知	3 徵	陟	里									
徹	21 恥	敕	里									
澄	13 跱	直	里									
娘												
見	5 紀	居	里									
溪	14 起	墟	里									
群												
疑	19 擬	魚	紀									
影	24 譩	於	擬									
曉	4 喜	虛	里									
匣												
爲	18 矣	于	紀									
喻	6 以	羊	己									
精	17 子	即	里									
清												
從												
心	11 枲	胥	里									
邪	7 似	詳	里									
莊	23 滓	阻	史									
初	22 剿	初	紀									
牀	15 士	鉏	里	16 俟	牀	史						
疏	8 史	疎	士									
照	1 止	諸	市									

穿	20 齒	昌	里									
神												
審	12 始	詩	止									
禪	2 市	時	止									
來	10 里	良	士									
日	9 耳	而	止									

止韻的切語下字共有【里、士、紀、己、擬、史、市、止】等 8 個，若以系聯方式歸納，可以把它們歸為兩類：(「累」分別在紙韻及賓韻，出現在旨韻可能錯置，應該是誄或壘才是)

市：市（時止）、止（諸市）；

紀：紀（居理）、己（居理）、擬（魚紀）、里（良士）、士（鉏里）、史（踈士）

所以有些音節雖然分韻卻應屬同一音節。例如：士（鉏里）、俟（牀史），故止韻的 25 個音節去掉 1 個音節實際應是 24 個音節。《韻鏡》也恰好 24 個音節，但是並不是因為上述音節的合併，而是少（漏）掉了為母（云三）的「矣／于紀切」，並且把喻四的「以／羊己切」違反慣例的置於三等。切語上字屬於崇母的「俟／牀史切」也被置於二等俟母，如果「俟」不是崇母，那麼之韻為何不列和俟聲母互用的「漦」？止攝支系脂系 12 個莊組開合音節中都不含俟母音節，俟母只出現在止韻中，這和其他聲母比較，不可不謂特殊。董同龢把這類聲母稱為「俟」母〔註 19〕，竺家寧則認為是《韻鏡》漏列「漦」。

去聲七志韻音節表												
聲類	小韻	切語		小韻	切語		小韻	切語		小韻	切語	
知	15 置	陟	吏									
徹	10 眙	丑	吏									
澄	2 値	直	吏									
娘												
見	21 記	居	吏									
溪	24 亟	去	吏									
群	18 忌	渠	記									
疑	23 䭲	魚	記									

〔註 19〕竺家寧《聲韻學》頁 268。

影	20意	於	記									
曉	22憙	許	記									
匣												
爲												
喻	14異	羊	吏									
精												
清	4載	七	吏									
從	9字	疾	置									
心	5笥	相	吏									
邪	3寺	祥	吏									
莊	7裁	側	吏									
初	13廁	初	吏									
牀	17事	鉏	吏									
疏	12駛	踈	吏									
照	1志	職	吏									
穿	19熾	昌	志									
神												
審	6試	式	吏									
禪	16侍	時	吏									
來	8吏	力	置									
日	11餌	仍	吏									

　　志韻的切語下字共有【吏、志、置、記】等4個，若以系聯方式歸納，可以把它們歸為同類：

　　吏：吏（力置）、志（職吏）、置（陟吏）、記（居吏）

　　志韻24個音節就建立在同一韻母和24組聲母的不同搭配之下，《韻鏡》卻罕見的比《廣韻》多了一個「精」母的「恣」，但此字在六開至的假四等已出現過，所以八開志假四等中的「恣」是錯置。

小　結：

　　和支系脂系比較起來，之止至是止攝中很特殊的韻：1. 止攝只有之系不配唇音字。2. 止攝只有之系不配合口。

　　《廣韻》上平聲第一卷標明支脂之同用，以當時的語音來說應該三者已非常接近，和陸法言分韻的時代有一段差距。段玉裁依形聲資料分古韻17部，其

中支脂之各爲獨音的一部，但到底怎麼分法，段玉裁雖明知三者有別，卻也說不出音讀的差異，所以晚年還寫信問江有誥說：

> 能確知所以支脂之分爲三之本乎？何以陳、隋以前，「支」韻必獨用，千萬中不一誤乎？足下沉潛好學，當必能窺其機倪；僕老耄，倘得聞而死，豈非大幸也！

黃典誠從泉州話出發，爲支脂之擬音：支[e]、脂[ei]、之[ɯ]。

> [ɯ]這個高元音和唇音聲母結合是比較困難因而也是少見的，難怪中古「之」韻獨缺了唇音字。上古「之」部唇音字到中古因向前發展混到了「脂」韻裡去了。

其實以泉州話來說，在止攝中[ɯ]不只和唇音結合困難，而是只和齒二、齒四結合。所以支脂之如何區別，以現在的文獻及語料看，可能仍得讓段玉裁再遺憾一段時間。

四、微／尾／未

日	來	喻	匣	曉	影	邪	心	從	清	精	等	疑	群	溪	見	泥	定	透	端	明	並	滂	幫	內轉第九開
齒音舌		音　喉				音　齒						音　牙				音　舌				音　脣				
清濁	清濁	清濁	濁	清	清	濁	清	濁	清	清		清濁	濁	次清	清	清濁	濁	次清	清	清濁	濁	次清	清	
○	○	○	○	○	○	○	○	○	○	○	一	○	○	○	○	○	○	○	○	○	○	○	○	微
○	○	○	○	○	○	○	○	○	○	○	二	○	○	○	○	○	○	○	○	○	○	○	○	
○	○	○	○	希	依	○	○	○	○	○	三	沂	祈	○	機	○	○	○	○	○	○	○	○	
○	○	○	○	○	○	○	○	○	○	○	四	○	○	○	○	○	○	○	○	○	○	○	○	
○	○	○	○	○	○	○	○	○	○	○	一	○	○	○	○	○	○	○	○	○	○	○	○	尾
○	○	○	○	○	○	○	○	○	○	○	二	○	○	○	○	○	○	○	○	○	○	○	○	
○	○	○	○	稀	扆	○	○	○	○	○	三	顗	○	豈	蟣	○	○	○	○	○	○	○	○	
○	○	○	○	○	○	○	○	○	○	○	四	○	○	○	○	○	○	○	○	○	○	○	○	
○	○	○	○	○	○	○	○	○	○	○	一	○	○	○	○	○	○	○	○	○	○	○	○	未
○	○	○	○	○	○	○	○	○	○	○	二	○	○	○	○	○	○	○	○	○	○	○	○	
○	○	○	○	欷	○	○	○	○	○	○	三	毅	醷	氣	既	○	○	○	○	○	○	○	○	
○	○	○	○	○	○	○	○	○	○	○	四	○	○	○	○	○	○	○	○	○	○	○	○	

內轉第十合

韻	等	日	來	喻	匣	曉	影	邪	心	從	清	精	疑	群	溪	見	泥	定	透	端	明	並	滂	幫
微	一	○	○	○	○	○	○	○	○	○	○	○	○	○	○	○	○	○	○	○	○	○	○	○
微	二	○	○	○	○	○	○	○	○	○	○	○	○	○	○	○	○	○	○	○	○	○	○	○
微	三	○	○	○	韋	暉	威	○	○	○	○	○	巍	頎	嬀	歸	○	○	○	○	微	肥	菲	非
微	四	○	○	○	○	○	○	○	○	○	○	○	○	○	○	○	○	○	○	○	○	○	○	○
尾	一	○	○	○	○	○	○	○	○	○	○	○	○	○	○	○	○	○	○	○	○	○	○	○
尾	二	○	○	○	○	○	○	○	○	○	○	○	○	○	○	○	○	○	○	○	○	○	○	○
尾	三	○	○	○	韙	○	磈	○	○	○	○	○	○	○	○	鬼	○	○	○	○	尾	膹	斐	匪
尾	四	○	○	○	○	○	○	○	○	○	○	○	○	○	○	○	○	○	○	○	○	○	○	○
未	一	○	○	○	○	○	○	○	○	○	○	○	○	○	○	○	○	○	○	○	○	○	○	○
未	二	○	○	○	○	○	○	○	○	○	○	○	○	○	○	○	○	○	○	○	○	○	○	○
未	三	○	○	○	胃	諱	尉	○	○	○	○	○	魏	鞼	繄	貴	○	○	○	○	未	痱	費	沸
未	四	○	○	○	○	○	○	○	○	○	○	○	○	○	○	○	○	○	○	○	○	○	○	○

平聲八微韻音節表								
聲類	小韻	切語	小韻	切語	小韻	切語	小韻	切語
非	5斐	甫 微						
敷	4霏	芳 非						
奉	6肥	符 非						
微	1微	無 非						
見	9機	居 依	14歸	舉 韋				
溪	15蘬	丘 韋						
群	8祈	渠 希						
疑	12沂	魚 衣	13巍	語 韋				
影	7威	於 非	11依	於 希				
曉	2揮	許 歸	10希	香 衣				
匣								
為	3幃	雨 非						
喻								

微韻的切語下字共有【非、微、韋、歸、依、衣、希】等七個，若以系聯方式歸納，可以把它們歸納為兩類：

非：非（甫微）、微（無非）、韋（雨非）、歸（舉韋）；

衣：衣（於希）、依（於希）、希（香衣）

微韻的 15 個音節就建立在這兩組韻之下。《韻鏡》的微韻收了 16 個音節，但第十合的「頎／渠希切」和第九開的「祈／渠希切」在《廣韻》同屬一小韻「祈」是同一音節，應是錯置。

上聲七尾韻音節表									
聲類	小韻	切語		小韻	切語		小韻	切語	
非	6 匪	府	尾						
敷	5 斐	敷	尾						
奉	13 膹	浮	鬼						
微	1 尾	無	匪						
見	4 蟣	居	狶	8 鬼	居	偉			
溪	3 豈	袪	狶						
群									
疑	10 顗	魚	豈						
影	2 扆	於	豈	12 磈	於	鬼			
曉	9 烯	許	偉	11 豨	虛	豈			
匣									
為	7 韙	于	鬼						
喻									

尾韻的切語下字共有【尾、匪、鬼、偉、狶、豈】等 6 個，若以系聯方式歸納，可以把它們歸為兩類：

尾：尾（無匪）、匪（府尾）、鬼（居偉）、偉（于鬼）；

豈：豈（袪狶）、狶（虛豈）

尾韻 13 個音節就建立在這兩韻之下，尾韻是《廣韻》、《韻鏡》兩者少數能完全契合的韻類。

去聲八未韻音節表									
聲類	小韻	切語		小韻	切語		小韻	切語	
非	5 沸	方	味						
敷	6 費	芳	未						
奉	10 臂	扶	涕						

微	1未	無	沸									
見	2貴	居	胃	11既	居	豙						
溪	7緊	丘	畏	13氣	去	既						
群	15隸	其	既									
疑	4魏	魚	貴	12毅	魚	既						
影	8尉	於	胃	16衣	於	既						
曉	9諱	許	貴	14歖	許	既						
匣												
為	3胃	于	貴									
喻												

　　未韻的切語下字共有【沸、味、未、畏、胃、貴、豙、既、涕】等9個，其中【涕】屬上聲薺韻及去聲霽韻，出現在未韻疑【沸】的形誤，所以實際只8個切語下字。若以系聯方式歸納，可以把它們歸為三類：

　　　　沸：沸（方味）、未（無沸）、味（無沸）；

　　　　胃：胃（于貴）、畏（於胃）、貴（居胃）；

　　　　既：既（居豙）、豙（魚既）

　　尾韻16個音節就建立在這三韻之下，《韻鏡》也收錄16個音節，但「轙／求位切」應在「六至」韻群母合口，在未韻非是；影母「衣／魚既切」則是漏列了。

小　結：

　　「為」字重紐現象可能是當時有央元音[ə]或後高展唇元音[ɯ]出現。

　　【止攝】不配非組和端組聲母：依晚唐《守溫韻學殘卷》敦煌寫本來看，非組當時尚未正式出場。隋唐時代唇音的分化尚未完成，但是反切的使用早於這一變化的發生，所以守溫書中〈辨類隔切〉的「方美切鄙」、「疋問切忿」等例就以反切上字「輕重交互」的現象提示了唇音的輕重分化已在進行中。而其完成的時間，則最早也要在唐末到五代之間。止攝不配端組且《守溫韻學殘卷》已出現端知分列，代表當時端知分明，最後終於演變出後代的知照合流。

　　如果從切語下字歸類：

　　支有兩開一合、紙有兩開一合、寘有一開一合（開口有8個切語）。在《韻

鏡》內轉第四開合中，脣音及牙音置於三四等格位的音節，其切語下字通常能各自系聯成類，但眞韻開口只一類，所以在三四等位置的音節又成同一類了，故支系實際上可能有兩組開口韻一個合口韻。

脂有兩開一合、旨有兩開一合、至有兩開三合。《韻鏡》內轉第六開中，脣音置於三四等格位的音節，其切語下字通常能各自系聯成類，和支系不同的是舌音牙音開口韻只用一類切語下字；合口部分，至韻雖然有三組合口切語下字，但是比照平上脂旨顯然只有一類，故脂系可能有兩組開口韻一個合口韻。

之有一組、止有兩組、志有一組。止韻雖然有兩組開口切語下字，但是其中的「市、止」只配在章母四音節中的三個音節，巧的是「市、止」本身就是章母字，可能的解釋是止韻本只有一類，但編切語時沒想到陳澧會用來系聯，所以在章母出現[止／諸市切]、[時／詩止切]、[市／時止切]，導致無法和[齒／昌里切]系聯，也無法系聯出去的切語，故之系可能只有一個開口韻。

微有一開一合、尾有一開一合、未有一開兩合。未韻兩類合口切語裡頭，脣音自成一類，而且都是脣音字，顯然是爲了容易切，故微系切語只有一個開口韻一個合口韻。

從以上歸納知，止攝開口韻可能有四到六組，合口韻則只有四組。支系除了眞韻是一開到底外，通常《韻鏡》脣音三等位置的切語下字是獨立的一組，脣音四等位置的切語下字又會和其他發音部位合用。這些切語下字除了脂系的脣音三等出現一組較特殊的切語〔註20〕外，在各組不同發音部位的聲母中並沒有明顯出現特殊歸屬性。

第三節 【止攝】音節的歸納

如果我們以《廣韻》、《韻鏡》相互校訂，並參酌元祿版，統一使用《廣韻》小韻，我們將可得【止攝】平上去如下的音節表。

〔註20〕切語字都在幫母明母。

支開

音類	齒音舌		喉音				齒音次					牙音				舌音				脣音			
清濁	清濁	清濁	清濁	濁	清	清	濁	清	濁	次清	清	清濁	濁	次清	清	清濁	濁	次清	清	清濁	濁	次清	清
聲母	日	來	喻	匣	曉	影	邪	心	從	清	精	疑	群	溪	見	泥	定	透	端	明	並	滂	幫
支34 一	○	○	○	○	○	○	○	○	○	○	○	○	○	○	○	○	○	○	○	○	○	○	○
支34 二	○	○	○	○	○	○	○	醨	蓠	差	齜	○	○	○	○	○	○	○	○	○	○	○	○
支34 三	兒	離	○	○	犧	漪	提	繩	○	眵	支	宜	奇	敧	羈	○	馳	摛	知	糜	皮	鈹	陂
支34 四	○	○	移	○	○	訑	○	斯	疵	雌	貲	○	祇	○	○	○	○	○	○	彌	陴	跛	卑
紙33 一	○	○	○	○	○	○	○	○	○	○	○	○	○	○	○	○	○	○	○	○	○	○	○
紙33 二	○	○	○	○	○	○	○	躧	○	扯	批	○	○	○	○	○	○	○	○	○	○	○	○
紙33 三	爾	邐	○	○	禰	倚	是	弛	髢	侈	紙	螘	技	綺	掎	狔	豸	褫	胝	靡	被	破	彼
紙33 四	○	○	酏	○	○	○	○	徙	○	此	紫	○	○	企	枳	○	○	○	○	洍	婢	諀	俾
寘27 一	○	○	○	○	○	○	○	○	○	○	○	○	○	○	○	○	○	○	○	○	○	○	○
寘27 二	○	○	○	○	○	○	○	屣	○	○	裝	○	○	○	○	○	○	○	○	○	○	○	○
寘27 三	○	詈	○	○	戲	倚	豉	翅	○	卶	寘	議	芰	㩟	寄	○	○	○	智	○	髲	帔	賁
寘27 四	○	○	易	○	○	○	○	賜	漬	刺	積	○	○	企	馶	○	○	○	○	○	避	譬	臂

支合

音類	齒音舌		喉音				齒音次					牙音				舌音				脣音			
清濁	清濁	清濁	清濁	濁	清	清	濁	清	濁	次清	清	清濁	濁	次清	清	清濁	濁	次清	清	清濁	濁	次清	清
聲母	日	來	喻	匣	曉	影	邪	心	從	清	精	疑	群	溪	見	泥	定	透	端	明	並	滂	幫
支19 一	○	○	○	○	○	○	○	○	○	○	○	○	○	○	○	○	○	○	○	○	○	○	○
支19 二	○	○	○	○	○	○	○	衰	鸇	○	○	○	○	○	○	○	○	○	○	○	○	○	○
支19 三	痿	蠃	爲	○	麾	逶	垂	○	○	吹	鑴	危	○	虧	嬀	○	鬌	○	腄	○	○	○	○
支19 四	○	○	蘰	○	○	○	隨	眭	○	○	劑	○	○	○	○	○	○	○	○	○	○	○	○
紙17 一	○	○	○	○	○	○	○	○	○	○	○	○	○	○	○	○	○	○	○	○	○	○	○
紙17 二	○	○	○	○	○	○	○	○	○	揣	○	○	○	○	○	○	○	○	○	○	○	○	○
紙17 三	蘂	絫	蔿	○	毀	委	菙	○	○	捶	○	硊	跪	跪	詭	○	○	○	○	○	○	○	○
紙17 四	○	○	莢	○	○	○	蘬	髄	惢	○	觜	○	○	○	○	○	○	○	○	○	○	○	○
寘19 一	○	○	○	○	○	○	○	○	○	○	○	○	○	○	○	○	○	○	○	○	○	○	○
寘19 二	○	○	○	○	○	○	○	○	○	○	○	○	○	○	○	○	○	○	○	○	○	○	○
寘19 三	枘	累	爲	○	毀	餧	睡	○	○	吹	惴	僞	○	○	聭	諉	縋	○	娷	○	○	○	○
寘19 四	○	○	瓗	○	孈	恚	○	○	○	○	檇	○	○	觖	瞡	○	○	○	○	○	○	○	○

　　※陂／彼爲切、縻／靡爲切，兩個可能因爲央元音而不易歸開合者，暫依慣例歸開口三等；彼／甫委切、玻／匹靡切、被／皮彼切、縻／文彼切亦同。

　　※枳／居帋切暫放四等，跂／丘弭切、企／丘弭切《韻鏡》分開合，在此視爲同一音節。繠／隨婢切《韻鏡》置邪四合、恚／於避切《韻鏡》置影四合，

應是受聲母影響如「為／薳支切」

音の分類（各表共通）：日（齒音舌）・來（舌）；喻・匣・曉・影（喉音）；邪・心・從・清・精（齒音）；疑・群・溪・見（牙音）；泥・定・透・端（舌音）；明・並・滂・幫（脣音）。○＝空格。

脂開

韻	日	來	喻	匣	曉	影	邪	心	從	清	精	等	疑	群	溪	見	泥	定	透	端	明	並	滂	幫
清濁	清濁	清濁	清濁	濁	清	清	濁	清	濁	次清	清		清濁	濁	次清	清	清濁	濁	次清	清	清濁	濁	次清	清
脂25	○	○	○	○	○	○	○	○	○	○	○	一	○	○	○	○	○	○	○	○	○	○	○	○
	○	○	○	○	○	○	○	師	○	○	○	二	○	○	○	○	○	○	○	○	○	○	○	○
	○	黎	○	○	○	○	○	尸	○	鴟	脂	三	狋	鬐	○	飢	尼	墀	絺	胝	眉	邳	丕	悲
	○	○	姨	○	咦	伊	○	私	茨	郪	咨	四	○	○	○	○	○	○	○	○	○	砒	紕	○
旨20	○	○	○	○	○	○	○	○	○	○	○	一	○	○	○	○	○	○	○	○	○	○	○	○
	○	○	○	○	○	○	○	○	○	○	○	二	○	○	○	○	○	○	○	○	○	○	○	○
	○	履	○	○	歆	○	視	矢	○	○	旨	三	○	跽	○	几	柅	雉	○	黹	美	否	嚭	鄙
	○	○	○	○	○	○	兕	死	○	○	姊	四	○	○	○	○	○	○	○	○	○	牝	○	匕
至31	○	○	○	○	○	○	○	○	○	○	○	一	○	○	○	○	○	○	○	○	○	○	○	○
	○	○	○	○	○	○	○	○	○	○	○	二	○	○	○	○	○	○	○	○	○	○	○	○
	二	利	○	○	齂	懿	嗜	屍	示	痓	至	三	劓	臮	器	冀	膩	緻	屎	致	郿	備	濞	祕
	○	○	肄	○	○	○	○	○	自	次	恣	四	○	○	○	○	○	地	○	○	寐	鼻	屁	痹

脂合

韻	日	來	喻	匣	曉	影	邪	心	從	清	精	等	疑	群	溪	見	泥	定	透	端	明	並	滂	幫
清濁	清濁	清濁	清濁	濁	清	清	濁	清	濁	次清	清		清濁	濁	次清	清	清濁	濁	次清	清	清濁	濁	次清	清
脂15	○	○	○	○	○	○	○	○	○	○	○	一	○	○	○	○	○	○	○	○	○	○	○	○
	○	○	○	○	○	○	○	衰	○	○	○	二	○	○	○	○	○	○	○	○	○	○	○	○
	蕤	纍	○	○	○	○	誰	○	○	推	錐	三	○	葵	巋	龜	○	鎚	○	追	○	○	○	○
	○	○	惟	○	○	倠	○	綏	○	○	嶉	四	○	○	○	○	○	○	○	○	○	○	○	○
旨14	○	○	○	○	○	○	○	○	○	○	○	一	○	○	○	○	○	○	○	○	○	○	○	○
	○	○	○	○	○	○	○	○	○	○	○	二	○	○	○	○	○	○	○	○	○	○	○	○
	蕊	壘	○	洧	瞔	○	○	水	○	○	○	三	○	揆	○	軌	○	○	○	○	○	○	○	○
	○	○	唯	○	○	○	○	○	嶵	趡	濢	四	○	○	○	癸	○	○	○	○	○	○	○	○
至19	○	○	○	○	○	○	○	○	○	○	○	一	○	○	○	○	○	○	○	○	○	○	○	○
	○	○	○	○	○	○	○	○	○	○	○	二	○	○	○	○	○	○	○	○	○	○	○	○
	○	類	位	○	豷	○	○	○	○	出	○	三	○	匱	喟	媿	○	墜	○	轛	○	○	○	○
	○	○	遺	○	侐	○	遂	邃	萃	翠	醉	四	○	悸	○	季	○	○	○	○	○	○	○	○

　　※葵、逵並「渠追切」，雖然有版本依切三王韻改逵為「渠佳切」，但是從「追：陟佳切」知追佳實同韻，故葵、逵應視為同一音節；姨、夷並「以脂切」也宜視為同一音節；至韻的「侐：火季切」及「瞔：香季切」兩者同屬曉母，應視為同一音節。

　　《韻鏡》置「夷」於曉開四非是，曉開四的音節應該是「咦／喜夷切」；《韻鏡》漏列曉合三「豷／許位切」；旨韻合口「洧／榮美切」可能以喻母合口聲母切開口下字的特例之一（如爲、恚、㣆等。）

齒音舌		喉 音				齒 音					等	牙 音				舌 音				脣 音				之開
日	來	喻	匣	曉	影	邪	心	從	清	精		疑	群	溪	見	泥	定	透	端	明	並	滂	幫	
清	清	清		清		次						清	次			清	次			清	次			
濁	濁	濁	濁	清	清	濁	清	濁	清	清		濁	濁	清	清	濁	濁	清	清	濁	濁	清	清	
											一													
						漦		茬	輜	菑	二													
而	釐			僖	醫	時	詩		蚩	之	三	疑	其	欺	姬		治	痴						之23
		飴				詞	思	慈		茲	四													
											一													
						俟	史	士	剚	滓	二													
耳	里	矣		喜	譩	市	始		齒	止	三	擬		起	紀	伱	峙	恥	徵					止25
		以				似	枲			子	四													
											一													
							駛	事	廁	戴	二													
餌	吏			憙	意	侍	試		熾	志	三	魏	忌	亟	記		值	眙	置					志24
		異				寺	笥	字		載	四													

※經系聯，「欺、抾」同音節不應分等，「詩、眕」同音節。

齒音舌		喉 音				齒 音					等	牙 音				舌 音				脣 音				微開
日	來	喻	匣	曉	影	邪	心	從	清	精		疑	群	溪	見	泥	定	透	端	明	並	滂	幫	
清	清	清		清		次						清	次			清	次			清	次			
濁	濁	濁	濁	清	清	濁	清	濁	清	清		濁	濁	清	清	濁	濁	清	清	濁	濁	清	清	
											一													
											二													
				希	依						三	沂	祈		機									微5
											四													
											一													
											二													
				豨	扆						三	顗		豈	蟣									尾5
											四													
											一													
											二													
				欷	衣						三	毅	酨	氣	既									未6
											四													

韻	日	來	喻	匣	曉	影	邪	心	從	清	精	等	疑	群	溪	見	泥	定	透	端	明	並	滂	幫	微合
	齒音舌		音		喉		音		齒				音		牙		音		舌		音		脣		
	清濁	清濁	清濁	濁	清	清	濁	清	濁	次清	清		清濁	次濁	清	清	清濁	濁	次清	清	清濁	濁	次清	清	
微10	○	○	○	○	○	○	○	○	○	○	○	一	○	○	○	○	○	○	○	○	○	○	○	○	
	○	○	○	○	○	○	○	○	○	○	○	二	○	○	○	○	○	○	○	○	○	○	○	○	
	○	○	幰	○	揮	威	○	○	○	○	○	三	巍	○	蘬	歸	○	○	○	○	微	肥	霏	奜	
	○	○	○	○	○	○	○	○	○	○	○	四	○	○	○	○	○	○	○	○	○	○	○	○	
尾8	○	○	○	○	○	○	○	○	○	○	○	一	○	○	○	○	○	○	○	○	○	○	○	○	
	○	○	○	○	○	○	○	○	○	○	○	二	○	○	○	○	○	○	○	○	○	○	○	○	
	○	○	颺	○	虺	磈	○	○	○	○	○	三	○	○	○	鬼	○	○	○	○	尾	膹	斐	匪	
	○	○	○	○	○	○	○	○	○	○	○	四	○	○	○	○	○	○	○	○	○	○	○	○	
未10	○	○	○	○	○	○	○	○	○	○	○	一	○	○	○	○	○	○	○	○	○	○	○	○	
	○	○	○	○	○	○	○	○	○	○	○	二	○	○	○	○	○	○	○	○	○	○	○	○	
	○	○	胃	○	諱	尉	○	○	○	○	○	三	魏	○	緊	貴	○	○	○	○	未	○	費	沸	
	○	○	○	○	○	○	○	○	○	○	○	四	○	○	○	○	○	○	○	○	○	○	○	○	

※微韻群三開祈、頎同音，不另立開合；未韻群三合「靝／求位切」在 6 至韻，刪；未韻影三開「衣／於既切」《韻鏡》漏

總的來說，《廣韻·止攝》音節經過重新整可得如下結果：

平	支開34	支合19	脂開25	脂合15	之23	微開5	微合10	合計131
上	紙開33	紙合17	旨開20	旨合14	止25	尾開5	尾合8	合計122
去	寘開27	寘合19	至開31	至合19	志24	未開6	未合10	合計136

平上去合計 389 個音節，這是我們檢驗止攝從《廣韻》到《彙音妙悟》、《彙集雅俗通十五音》及《彙音寶鑑》間音節流失或歸併的一個重要依據。

附錄：《漢語方言調查字表——止攝》

另外一個研究方言的標準——《漢語方言調查字表》也是依音節取字，但是歸類和《韻鏡》不同，其聲母是採 36 字母，不分等且刪除許多音節（方言不用或少用），選字也和《廣韻》各小韻韻字無關，非常貼近常民生活。

《漢語方言調查字表》是中國科學院語言研究所依中央研究院歷史語言研究所 1930 年編的「方音調查表格」，刪去了原表格中不必要的羅馬字注音和一些不常用的字，改正了字的音韻地位，加入了一些常用字。

首版 1955 年 7 月由北京科學出版社出版。1964 年 9 月第 2 版修訂本刪去

了一些不常用的字和又音字，增加了一些方言常用字，改正了個別字的音韻地位，刪改和增補了一些字的注釋。新一版修訂本 1983 年 5 月在北京由商務印書館出版，在第 2 版的基礎上，改正了 3 個字的音韻地位。

《漢語方言調查字表》選擇了比較常用的單字 3700 多個，字的次序按切韻、廣韻一系韻書書所代表的古音系統排列。先按十六攝排列，再分開合口、一二三四等，每頁第一橫行的韻目舉平以賅上去。〔註21〕

《漢語方言調查字表》製作目的就是依據《廣韻》將每個調查字的中古音聲韻調標出，以方便記錄者從中找到方言語音的歷史演變規律。

以下將 1981 年 12 月新 1 版，商務印書館 1999 年 4 月北京第 5 次印刷版本的【止攝】部份摘出如下：

止開三：支		
平	上	去
支	紙	寘
幫 滂 並 明	碑、卑 披 皮疲、脾 麋麇子糜粥・彌*彌（籩）竹篾	彼、俾 被被臥，被子・婢 靡	・臂 ・譬譬喻 被被打，被迫・避
端 透 定			
泥（娘） 來	離離別籬璃玻璃		荔荔支離離開半寸
精 清 從 心 邪	雌 疵吹毛求疵 斯廝*撕（斯）	紫 此 璽徙	刺 賜
知 徹 澄	知蜘蜘蛛 池馳		智

照莊 穿初 牀崇 審生	差參差 篩（籭）篩子		
照章 穿昌 牀船 審書 禪	支枝肢梔梔子花 眵眼眵 施 匙湯匙，鑰匙	紙只只有 侈奢侈 舐以舌取物 豕 是氏	 翅 跂豆跂
日	兒	爾	
見 溪 群 疑	 奇騎·岐 宜儀	 ·企 徛立技妓 蟻	寄 誼義議
曉 匣	犧		戲
影 喻云 喻以	 移	倚椅（倚）	 易難易

止開三：脂			
	平	上	去
	脂	旨	至
幫	悲	鄙·比比較秕秕子，秕穀	祕泌繯，庇痹麻痹
滂	丕		·屁
並	·琵琵琶枇枇杷		備·鼻篦（枇）
明	眉楣黴	美	媚·寐
端			
透			
定			地
泥（娘）	尼		膩
來	梨	履	利痢
精	資姿咨	姊	
清			次

從 心 邪	瓷瓷器餐餐巴 私	死	自 四肆
知 徹 澄	遲	雉雉雞	致 稚幼稚
照莊 穿初 牀崇 審生	師獅		
照章 穿昌 牀船 審書 禪	脂 尸屍	旨指 矢屎	至 示 視嗜
日			二貳貳心
見 溪 群 疑	飢飢餓肌 祁鰭	几茶几	冀 器・棄
曉 匣			
影 喻云 喻以	・伊 夷姨		肄肄業

止開三：之		
平	上	去
之	止	志
幫 滂 並 明		

端 透 定			
泥（娘） 來	嫠狸野貓	你 李里裏理鯉	吏
精 清 從 心 邪	茲滋 慈磁磁石 司絲思 辭詞祠	子梓 似祀祭祀巳辰巳	 字牸牝牛 伺思 寺嗣飼
知 徹 澄	 癡 持	 恥 痔	置 治
照莊 穿初 牀崇 審生	輜輜重	滓 士仕柿俟 使史駛	 廁廁所，茅廁 事
照章 穿昌 牀船 審書 禪	之芝 嗤嗤笑 詩 時鰣	止趾址 齒 始 市恃	志誌痣 試 侍
日	而	耳	餌
見 溪 群 疑	基 欺 其棋期時期旗 疑	己紀紀律，世紀，年紀 起杞 擬	記 忌
曉 匣	嬉熙	喜蟢蟢子	
影 喻云 喻以	醫 飴高粱飴	 矣 巳以	意 異

止開三：微			
	平	上	去
	微	尾	未
幫滂並明			
端透定			
泥（娘）來			
精清從心邪			
知徹澄			
照莊穿初牀崇審生			
照章穿昌牀船審書禪			
日			
見溪群疑	幾幾乎機譏饑饑荒 祈 沂沂河	幾幾個 豈	既 氣*汽（氣） 毅

曉 匣	希稀		
影 喻云 喻以	衣依		

止合三：支			
	平	上	去
	支	紙	寘
幫 滂 並 明			
端 透 定			
泥（娘） 來		累累積	累連累
精 清 從 心 邪	隨	嘴 髓	
知 徹 澄			
照莊 穿初 牀崇 審生		揣揣度	
照章 穿昌 牀船 審書 禪	吹炊 垂		睡瑞

日		藥	
見 溪 群 疑	·規 虧·窺 危	詭 跪 	 僞
曉 匣	麾	毀	
影 喻云 喻以	萎氣萎，買簀萎 爲作爲	委	餧 爲爲什麼

止合三：脂		
平	**上**	**去**
脂	**旨**	**至**

	脂	旨	至
幫 滂 並 明			
端 透 定			
泥（娘） 來		壘	類淚
精 清 從 心 邪	 雖綏 		醉 翠 粹純粹 遂隧隧道穗
知 徹 澄	追 槌錘		 墜與墮異
照莊 穿初 牀崇 審生	 衰[捽]		 帥

照章 穿昌 牀船 審書 禪	錐 誰	水	
日			
見 溪 群 疑	龜 逵·葵	軌·癸	愧·季 櫃
曉 匣			
影 喻云 喻以	維惟遺	唯	位

止合三：微		
平	**上**	**去**
微	**尾**	**未**
幫 滂 並 明	非飛 妃 肥 微	匪榧棐子 尾	疿疿子 費費用 翡翡翠 未味
端 透 定			
泥（娘） 來			
精 清 從 心 邪			

知 徹 澄			
照莊 穿初 牀崇 審生			
照章 穿昌 牀船 審書 禪			
日			
見 溪 群 疑	歸	鬼	貴 魏
曉 匣	揮輝徽		諱
影 喻云 喻以	威 違圍	偉葦蘆葦	畏慰 緯胃謂蝟彙

第二章 《彙音妙悟》中【止攝】音節探析

第一節 《彙音妙悟》成書年代研究

　　《彙音妙悟》是目前存在的第一本閩南語韻書，約成書於西元 1800 年〔註1〕，作者爲署名「栢山主人黃謙思遜氏」所著。《彙音妙悟》成書 200 年來，對於閩南語主要使用地區包括閩南漳泉廈金、台灣等地的閩南語韻書編纂及語音的發展都起了很大作用。

　　依周長楫的說法〔註2〕，黃謙是福建省南安縣文斗鄉人：

　　　　有人提出黃謙是福建省南安縣文斗鄉人〔註3〕。當時南安縣隸屬泉州府治。

　　但《南安縣志・卷四十人物・人物傳》關於「黃謙」及「彙音妙悟」的記

〔註1〕作者黃謙的叔叔黃大振在爲《彙音妙悟》寫的弁言後署年「嘉慶五年」，故本書最晚也是西元 1800 年成書。

〔註2〕見洪惟仁《彙音妙悟》與古代泉州音》P25 註④。

〔註3〕正確的說應是「南安縣（市）水頭鄉（鎮）文斗村」，市、鎮是現代行政單位。

載如下：

> 黃謙，字思遜，號柏山主人，生於清乾隆年間（1736～1795）。
> 南安水頭文斗人。一生淡泊仕途，蟄居鄉野。以教書為生，課餘潛
> 心研究韻書，《彙音妙語》一書便是他苦心孤詣，經歷幾多寒暑，傾
> 注心血寫成的。

又，根據「政協福建省泉州市委員會」的資料記載：

> 黃謙，字思遜，號柏山主人，南安官橋文斗鄉人。〔註4〕

2008 年 12 月 03 日《泉州晚報》則說：

> 《匯音妙悟》為清朝嘉慶 5 年（1800 年）晉江人黃謙據《閩音
> 必辨》（清朝晉江富允諧著，2 卷）一書所編寫的，是一部以泉州音
> 南安腔為主的閩南語音韻學書籍。

到底黃謙是晉江人還是南安人？過去的《福建通志》、《南安縣志》以及
《晉江縣志》都沒有記載。90 年代後出版的刊物書籍中，在《南安縣志》可
以找到《彙音妙悟》以及黃謙，《晉江市志》卻找不到。

其實晉江是泉州境內最大的河川，唐開元六年（718），因州治無縣，遂析
南安縣東南地正式立縣並名晉江。後來歷代幾乎都是泉州府治所在，所以晉江
常常也是泉州的代詞。

南安、晉江、惠安在很長的一段歷史時間裡均隸屬泉州府，世稱泉州「三
邑」。下圖南安市官橋鎮還有一個「晉江三民小學」，如果我們從這點去理解，
就不難了解《泉州晚報》在介紹王建設談惠安新發現的《彙音妙悟》時會說黃
是晉江人了。但現在的文斗村從地圖上看倒是屬於南安市轄下的水頭鎮（事實
上文斗村現在的確屬水頭鎮）。

〔註 4〕黃典誠也認黃謙可能是「南安官橋文斗鄉人」（見《黃典誠論文集‧泉州《彙音妙
悟》述評》P254 及姚榮松、李如龍《閩南方言》P242 及董欣勝《《彙音妙悟》音系
及其流變》）。

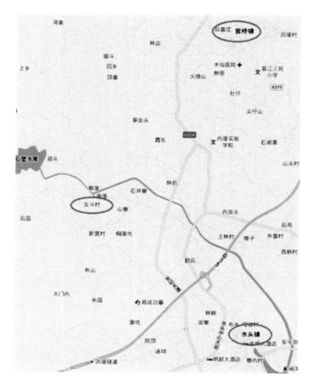

南安市官橋鎮、水頭鎮 Google 地圖

　　以下是《泉州市志·卷四十一〈著述〉·第三章〈社會科學類〉·第五節〈語言文字〉》中對《彙音妙悟》的記錄：

　　　　《彙音妙悟》（清·南安）黃謙撰。泉圖藏。黃謙，字思遜，號柏山主人〔註5〕。

　　　　《彙音（妙悟）》始作之年約在乾隆六十年（1795）前後，第一版爲「薰園藏版」，係木刻本。現存的版本是民國 8 年（1919）的石印本。……最近，泉州歷史文化中心和方言研究會，依據清光緒 31 年（1905）廈門會文書莊的石印本，重新影印這部方言韻書〔註6〕。

　　黃謙卒於 1795 年，所以其成書付梓應在 1795 年之前，而第二版或第三版當在 1800 年前後，其叔黃大振的弁文不一定非得在初付梓時即付上，或許是黃謙《彙音妙悟》出版後送書給其叔大振，歿後其叔才幫他在第二版或第三版寫弁言也說不定。

〔註 5〕見 http://www.fjsq.gov.cn:88/ShowText.asp?ToBook=3222&index=3285&

〔註 6〕以上見《南安縣志——人物傳》：http://www.fjsq.gov.cn:88/ShowText.asp?ToBook= 3218&index=1480&

大振弁言：

　　著爲《彙音妙悟》，其苦心用功閱幾寒暑而成。郵寄來與以相質，

置之座右……

然弁言末又說：

　　可以不學而能也，思遜心有所歉，欲梓以正於當代之鴻儒碩彥，

用出數言以弁於首，時嘉慶五年正月上元日

　　其時黃謙已近六十，大振或只是黃謙爲官族叔，因公事繁忙或鄙視其非
正統韻書，故只置之座右。直到謙歿，興安府學官署諸生「見之皆稱賞焉」，
乃「觀其平仄無訛」，最後終於提筆爲其寫弁言。但「欲梓」似又是傳抄郵寄
尚未付梓之前。

　　再看自序：

　　悉用泉音，不能達之外郡固不免貽大方之誚也，藏之家塾爲手

姓之用，親友見之，以爲有裨於初學不淺，慫恿付梓，以供同人……

〈「新鐫」彙音妙悟‧三推成字歌〉末聲明：

　　一是書「增補」千餘字

　　一是法專爲忘記而作，非係大用。四方謀利者若放樣翻刻便是

（吾孫）

　　則黃謙在世時不僅《彙音妙悟》已付梓，更因大受歡迎而增補再版。

小　結：

　　1、黃謙是泉州府南安縣水頭鄉文斗村人。當然《彙音妙悟》很有可能是泉
州南安的腔口。

　　2、《彙音妙悟》首版早於 1795 年的 18 世紀末，而非一般從大振弁言推定
的嘉慶五年 1800 年。

第二節　《彙音妙悟》研究

一、《彙音妙悟》的性質

　　《彙音妙悟》可說是一部以泉州音南安腔爲主的閩南語音韻學書籍，洪惟

仁以為黃謙出身書香門第，語音較一般庶民保守且精確，認為《彙音妙悟》所
代表的語音是 200 年前的泉州音。

　　《彙音妙悟》沿襲傳統韻書「因韻求字」的方式，但在分韻上則承襲《戚
參軍八音字義便覽》。〈自序〉上說：

　　　　以「五十字母（韻母）」為經，以「十五音（聲母）」為緯，以
　　　「四聲（分陰陽即為八聲調）」為梳櫛。俗字土音皆載其中，並首創
　　　「三推成字法」。

　　《彙音妙悟》的五十字母是：

擬音人／字母	1970 王育德〔註7〕	1983 黃典誠	1983 樋口靖	1988 姚榮松	1996 洪惟仁	2004 馬重奇	2000 泉州市志
1 春	[-uɨn]	[-un]	[-un]	[-un]	[-un]	[-un]	[-un]
2 朝	[-iau]	[-iau]	[-iau]	[-iau]	[-iau]	[-iau]	[-iau]
3 飛	[-uɨi]	[-ui]	[-ui]	[-ui]	[-ui]	[-ui]	[-ui]
4 花	[-ua]	[-ua]	[-ua]	[-ua]	[-ua]	[-ua]	[-ua]
5 香	[-iɔŋ]	[-iɔŋ]	[-iɔŋ]	[-iɔŋ]	[-iɔŋ]	[-iɔŋ]	[-iɔŋ]
6 歡	[-uã]	[-uã]	[-uã]	[-uã]	[-uã]	[-uã]	[-uã]
7 高	[-ɔ]	[-ɔ]	[-ɔ]	[-ɔ]	[-ɔ]	[-ɔ]	[-ɔ]
8 卿	[-iɨŋ]	[-iŋ]	[-iŋ]	[-iŋ]	[-iɨŋ]	[-iŋ]	[-iŋ]
9 杯	[-ue]	[-ue]	[-ue]	[-ue]	[-ue]	[-ue]	[-ue]
10 商	[-iaŋ]	[-iaŋ]	[-iaŋ]	[-iaŋ]	[-iaŋ]	[-iaŋ]	[-iɔŋ]〔註8〕
11 東	[-ɔŋ]	[-ɔŋ]	[-ɔŋ]	[-ɔŋ]	[-ɔŋ]	[-ɔŋ]	[-ɔŋ]
12 郊	[-au]	[-au]	[-au]	[-au]	[-au]	[-au]	[-au]
13 開	[-ai]	[-ai]	[-ai]	[-ai]	[-ai]	[-ai]	[-ai]
14 居	[-ɨ]	[-ɯ]	[-ï]	[-ɯ]	[-ɨ]	[-ɯ]	[-ɯ]〔註9〕
15 珠	[-uɨ]	[-u]	[-u]	[-u]	[-u]	[-u]	[-u]
16 嘉	[-a]	[-a]	[-a]	[-a]	[-a]	[-a]	[-a]

〔註 7〕〈泉州方言的音韻體系〉，1970 年。

〔註 8〕《泉州市志・方言卷》：[siaŋ]音只收陽平（誰）、去聲（倒下）；

　　　《南安市志・方言卷》：不收[siaŋ]音。

〔註 9〕《南安市志・方言卷》也只收[ɯ]。

17 賓	[-iɨn]	[-in]	[-in]	[-in]	[-iɨn]	[-in]	[-in]
18 莪	[-ɔ̃]	[-ɔ̃]	[-ɔ̃]	[-ɔ̃]	[-ɔ̃]	[-ɔ̃]	[-ɔ̃]
19 嗟	[-ia]	[-ia]	[-ia]	[-ia]	[-ia]	[-ia]	[-ia]
20 恩	[-ɨn]	[-ɤn]	[-ən]	[-ɤn]	[-ɨn]	[-ən]	[-un]〔註10〕
21 西	[-e]	[-e]	[-e]	[-e]	[-e]	[-e]	[-e]
22 軒	[-ian]	[-ian]	[-ian]	[-ian]	[-ian]	[-ian]	[-ian]
23 三	[-am]	[-am]	[-am]	[-am]	[-am]	[-am]	[-am]
24 秋	[-iɨu]	[-iu]	[-iu]	[-iu]	[-iɨu]	[-iu]	[-iu]
25 箴	[-ɔm]	[-ɤm]	[-əm]	[-ɤm]	[-ɨm]	[-əm]	[-əm]
26 江	[-aŋ]	[-aŋ]	[-aŋ]	[-aŋ]	[-aŋ]	[-aŋ]	[-aŋ]
27 關	[-ə̃ĩ]	[-uãĩ]	[-uĩ]	[-uĩ]	[-uɨ̃ĩ]	[-uãĩ]〔註11〕	[-uĩ]
28 丹	[-an]	[-an]	[-an]	[-an]	[-an]	[-an]	[-an]
29 金	[-iɨm]	[-im]	[-im]	[-im]	[-iɨm]	[-im]	[-im]
30 鉤	[-eu]	[-ɤu]	[-əu]	[-ɤu]	[-əu]	[-əu]	[-au]
31 川	[-uan]	[-uan]	[-uan]	[-uan]	[-uan]	[-uan]	[-uan]
32 乖	[-uai]	[-uai]	[-uai]	[-uai]	[-uai]	[-uai]	[-uai]
33 兼	[-iam]	[-iam]	[-iam]	[-iam]	[-iam]	[-iam]	[-iam]
34 管	[-uĩ̃]	[-uĩ]	[-uĩ]	[-uãĩ]	[-uĩ]	[-uĩ]	[ŋ]〔註12〕
35 生	[əŋ]	[ɤŋ]	[əŋ]	[ɤŋ]	[ɨŋ]	[əŋ]	[ŋ / ĩ]〔註13〕
36 基	[-ɨi]	[-i]	[-i]	[-i]	[-i]	[-i]	[-i]
37 貓	[-iaũ]	[-iãũ]	[-iaũ]	[-iaũ]	[-iaũ]	[-iãũ]	[-iaũ]
38 刀	[-o]	[-o]	[-o]	[-o]	[-o]	[-o]	[-o]
39 科	[-ə]	[-ɤ]	[-ə]	[-ɤ]	[-ə]	[-ə]	[-ə]〔註14〕
40 梅	[-m̩]	[-m̩]	[-m̩]	[-m̩]	[-m̩]	[-m̩]	[-m̩]

〔註10〕 《泉州市志·方言卷》只有[un]韻，[ən]韻已消失，
　　　　《南安市志·方言卷》則保有恩[ən]/[un]兩種韻及君[un]。

〔註11〕 黃典誠、馬重奇以連續兩個鼻化韻[ãĩ]記錄和本地習慣記法[ãi]或[aĩ]不太一樣。

〔註12〕 「管」泉州、南安並[ŋ]。又，「關／管」的擬音：樋口靖同韻，姚榮松馬重奇兩人
　　　　對擬音相反，黃典誠馬重奇兩位福建人擬音一致。泉州志南安志[uaĩ]韻只餘少數狀
　　　　聲字。

〔註13〕 「生」南安收[əŋ/ĩ]。

〔註14〕 「科」這個音泉州收[o/ɔ/ə]三韻，南安則收[o/ə]兩韻，且「科」為[ə]韻代表字，故
　　　　泉音應擬為[ə]。

41 京	[-iã]	[-iã]	[-iã]	[-iã]	[-iã]	[-iã]	[-iã]
42 雞	[-əi]	[-ɯe]	[-əi]	[-ɣi]	[-əe]	[-əe]	[-ue]
43 毛	[-ɨŋ]	[-ŋ]	[-ŋ]	[-ŋ]	[-ŋ]	[-ŋ]	[-ŋ / õ]
44 青	[-ii͂]	[-ĩ]	[-ĩ]	[-ĩ]	[-ĩ]	[-ĩ]	[-ĩ]
45 燒	[-io]	[-io]	[-io]	[-io]	[-io]	[-io]	[-io]
46 風	[-uaŋ]	[-uaŋ]	[-uaŋ]	[-uaŋ]	[-uaŋ]	[-uaŋ]	[-uaŋ]
47 箱	[-iiũ]	[-iũ]	[-iũ]	[-iũ]	[-iũ]	[-iũ]	[-iũ]
48 弎	[-ã]	[-ã]	[-ã]	[-ã]	[-ã]	[-ã]	[-ã]
49 雙	[-aĩ]	[-aĩ]	[-aĩ]	[-aĩ]	[-aĩ]	[-aĩ]	[-ãi]〔註15〕
50 嘐	[-aũ]	[-aũ]	[-aũ]	[-aũ]	[-aũ]	[-aũ]	（無字）

　　止攝音節都是由元音構成，以下是筆者依《泉州市志》、《南安縣志》方言韻母資料整理繪製的現代泉州方言和南安方言的元音圖，從元音圖上看，兩者沒有差異，所以從止攝音節看，也不會有差異。

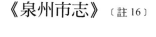

《泉州市志》〔註16〕　　　　　　　《南安縣志》〔註17〕

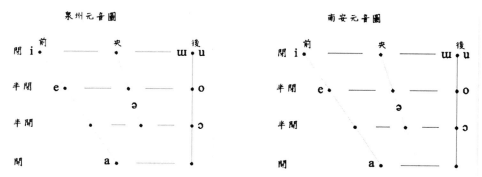

　　再看現代泉州音及南安音的複元音，兩者均是[ai、au、ia、io、iu、iau、ua、ui、ue、uai]共十個。

　　在聲母方面，泉州和南安有相同的 14 個聲母：[p、p'、b／m、t、t'、l／n、ts、ts'、s、k、k'、g／ŋ、Φ、h]

〔註15〕泉州志、南安志都記成[ãi]，把鼻化韻尾改成主要元音和使用鼻化韻尾方式有點不統一。

〔註16〕http://www.fjsq.gov.cn/frmBokkList.aspx?key=107C49EA8B734B4EAE395301504269E4

〔註17〕http://www.fjsq.gov.cn/frmBokkList.aspx?key=2C80E48C8011428CB58216727EB8A ADD

調值則有相同的 7 個：陰平 33、陽平 24、陰上 55、陽上 22、去聲 41、陰入 5、陽入 23

《彙音妙悟》的十五音是：

柳邊求氣地，普他爭入時，英文語出喜。

黃謙編纂《彙音妙悟》，從其自序及其叔弁言大約可看出以下幾個特點：

1、成書目的在「因音以識字」，使農工商賈按卷而稽，無事載酒問字之勞。

2、是編「欲便末學，故悉用泉音」，不能達之外郡。（此泉音當指泉州或南安腔和黃謙對「郡」的認定有關）。

3、有音有字者固不憚搜羅，「即有音無字者亦以土音俗解（訓讀）增入」為末學計也（得意的設計）〔註18〕……。

董忠司認為《彙音妙悟》記錄的泉州音比較適合臺灣海口腔者使用，尤其是鹿港地區。在聲調方面，由於泉州音去聲不分陰陽，黃雖勉為八音，但在陰上陽上的配字方面顯得有些勉強。董忠司也認為：

> 其上去和下去兩調相當混淆，大抵由於泉州話單字調只有七調之故。〔註19〕

小　結：

1、從泉州和南安現代音的聲調結構看，其實這是相同的方言，《彙音妙悟》到底是泉州音或南安音只能存在著者黃謙心中了。

2、《彙音妙悟》雖然收錄以讀書音為主〔註20〕，但其土音俗解不乏珍貴的庶民語料。

二、刊　本

根據「政協福建省泉州市委員會」的資料：

> 人們所能見到的版本多達 12 種以上。其中泉州市圖書館所收藏

〔註18〕見自序及卷首黃大振弁言。

〔註19〕以上併見《福爾摩沙的烙印》P196。

〔註20〕黃大振弁言：蓋不獨學士大夫執筆為詩有所補益，即農工商賈閱之，於俗語俗字所不經見者亦出其中。

　　的「薰園藏版」《彙音妙悟》列入我國善本書目錄，而泉州歷史文化
　　中心所收藏的大版式《彙音妙悟》是一個最接近原著的珍貴版本。

　　該書在閩南一帶影響很大，係閩南各地韻書的藍本。

目前台灣所見的版本是：

1、清嘉慶 5 年（1800 年）薰園藏版《彙音妙悟》。

2、泉州歷史文化中心「大版式」《彙音妙悟》。

3、道光辛卯（1831 年）薰園藏版《增補彙音妙悟》。

4、光緒庚辰（1880 年）綺文居薰園藏版《增補彙音妙悟》。

5、光緒甲午（1894 年）文德堂梓行版《增補彙音妙悟》。

6、光緒癸卯（1903 年）福州集新堂本《詳註彙音妙悟》。

7、光緒乙巳（1905 年）廈門會文書莊石印本。

8、上海萃英、大一統書局影印本。

9、瑞成書局手抄影印本，民國 59 年（1970 年）。

三、《彙音妙悟》字頭和《廣韻》聲類的關係

　　《彙音妙悟》的 15 字頭是歸併自《廣韻》41 聲類。採用黃季剛的 41 聲類是因為它是根據反切系聯客觀分析而得，非唐末守溫 30 字母或宋代胡僧了義 36 字母所代表的一時一地之音。我們只要依據《彙音妙悟》對《廣韻》41 聲類字的反切即可得到兩者關聯。

1、脣　音

幫：東邊 1	滂：東普 5
並：卿邊 5／青邊 5	明：卿文 5
非：飛喜 1	敷：珠喜 1
奉：東喜 6	微：基文 5

以上共得邊、普、文、喜 4 個字頭，其中文有[b-]和[m-]兩個互補讀法。

2、舌　音

端：川地 1	透：郊他 7／鉤他 3
定：京地 7／卿地 3	泥：西柳 5
知：基地 1	徹：軒地 8／軒他 4
澄：卿地 1	娘：商柳 1／京柳 5／箱柳 5

以上共得柳、地、他 3 個字頭，其中徹字兩音反應的正是「直（澄母）列」、「丑列」兩切，這裡應歸入他字頭，如此即可和透類對應整齊。

3、牙　音

見：軒求 3／青求 7　　　　溪：基求 1／雞氣 1／西氣 1

群：春求 5　　　　　　　　疑：基語 5

以上共得求、氣、語 3 個字頭。其中溪在《廣韻》屬蟹攝苦奚切，故取氣字頭。

4、齒　音

精：青爭 1／卿爭 1　　　　　清：卿出 1／商出 1（正）／賓出 3（解）

從：香爭 5　　　　　　　　　心：金時 1

邪：嗟時 5／嗟英 5／嗟出 5　莊：毛爭 1／東爭 1

初：高出 1／雞出 1　　　　　牀：東出 5

疏：高時 1　　　　　　　　　照：燒爭 7／朝爭 3

穿：川出 1／毛出 1　　　　　神：賓時 5

審：金時 2　　　　　　　　　禪：軒時 5

以上共得爭、出、時 3 個字頭。其中邪字《廣韻》只有「以（以母）遮」、「似嗟」兩切，所以這裡歸入時字頭。

5、喉　音

影：京英 2／毛英 2　　　　曉：朝喜 2

匣：嘉英 7／兼喜 8／三英 8　喻：珠入 7

為：飛英 5

以上共得英、喜、入 3 個字頭。其中匣在《廣韻》屬咸攝胡甲切，故應歸入喜字頭。

6、舌齒音

來：開柳 5　　　　　　　　日：賓入 8／歡地 7（土）

以上共得柳、入 2 個字頭，地字頭因屬土話，不採計。

以上分析知「柳」字頭來源有來、娘兩個聲類，「邊」字頭來源有幫、並兩個聲類，「求」字頭來源有見、群兩個聲類，「氣」字頭來源只有溪，「地」字頭來源有端、定及知、澄共四個聲類。這裡兩兩相對的恰是一清一濁，閩南語留下的是音韻史上「濁音清化」的痕跡，而「端、定」「知、澄」兩組除

了濁音清化更見證了「古無舌上聲」的音韻遺跡。

「普」字頭來源只有滂，「他」字頭來源有透、徹兩個聲類，「爭」字頭來源有精、從、莊、照四個聲類，「入」字頭來源有喻和日兩個聲類，「時」字頭來源有「心、邪」、「疏」及「神、審、禪」三組共六個聲類。

「英」字頭來源有影、為兩個聲類，「文」字頭來源有明、微兩個聲類，「語」字頭來源只有疑，「出」字頭來源有清、切、牀、穿四個聲類，「喜」字頭來源有曉、匣兩個聲類及輕唇化的唇音字。

齒音分精組、莊組及照（章）組三組，在現代漢語中，原屬齒頭音的精組字因為和不同洪細的介音結合而產生了「尖團分化」。到了十八世紀，和細音介音結合以後產生「齶化作用」，出現了團音，其餘則維持原發音部位稱為尖音。但這三組在閩南語中主要還是歸入爭、出、時三個尖音字頭，加上見系的見、溪、群及曉、匣五個聲類在閩南語中主要歸入求、氣、喜三個舌根字頭，所以有些閩南語學者否認團音的存在，認為所謂的團音只不過是尖音配上[-i]介音。

但是堅持有尖團音的一派認為團音不只是來自尖音配上[-i]介音，事實上屬舌根音的見系見、溪、群及曉、匣五個聲類配上[-i]介音，在現代漢語也演化成團音，所以注音符號就出現了只能配細音介音ㄧ、ㄩ的團音ㄐ、ㄑ、ㄒ，以及不能配細音介音ㄧ、ㄩ的尖音ㄗ、ㄘ、ㄙ，這就是何大安所說的「音節結構限定：syllable structure constraint」。

第三節　止攝音節在《彙音妙悟》中的表現

要了解止攝字在《彙音妙悟》中的表現，首要工作莫過於逐字整理，這個工作具有以下三大功用：

1、釐清哪些音節《彙音妙悟》不收錄，在閩南語泉音中幾乎已消逝？這些音節可以依聲韻調的配合規則予以重建。

2、哪些字因為少用，已不被《彙音妙悟》納入？這些字音的重建較簡單，只要依小韻字的讀法套進去即可。

3、建立的音節資料由於對應關係明確，不但可以方便鄉土語言師資取用，對於文白對立更是一目了然。例如 5 支韻的椑，依規律應是讀[基

　　邊 1]，讀到[開邊 5]不是白讀便是訛讀。

　　以下仿《漢語方言調查字表》將《廣韻》止攝中的每音節在《彙音妙悟》中的音讀標出，以方便從中找到其語音的歷史演變規律。

支	聲	切語	彙音音	小韻	收 錄 字	不 收 錄 字
唇音開	幫	彼爲	基邊1	陂	陂碑	詖羆鬟鑷㒤鑒籠襬龐
	幫	府移	基邊1	卑	卑裨椑[開邊 5]	痺鵯箄鞞頔淠錍椑
	滂	敷羈	基普5	鈹	鈹／披狓秛（均陰平）	岥鮍畈秛狓旇岥殏
	滂	匹支		跛		跛
	並	符羈	基普5	皮	皮又[科普 5]疲郫罷	椑攞
	並	符支	基邊5	陴	陴※訛入脾郫埤（陰平）	鞞焷麴裨蜱蠯蠃廬椑魮紕
	明	靡爲	基文5	糜	糜[科文 5]糜靡醿（釄）	麖麼糷麇麚
	明	武移	西文5	彌	采孊灡／彌弥※訛上	獼鷫蠵采索瞇彅篗搣麊罊禰
舌音開	知	陟移	基地1	知	知（[開手 1]，解）䵷䵞蜘	智賀
	徹	丑知	基他1	摛	摛螭	謧魑鷘熇离嵩鼭
	澄	直離	基地5	馳	馳迻池簃踟	篨鰽裭扡貾誃傂趍
舌音合	知	竹垂	科出5	腄	箠錣	腄
	澄	直垂	飛他5	鬌	錘[訂：澄母，飛地 5]	鬌甀
牙音開	見	居宜	基求1	羈	羈畸羇奇[嗟氣 1]土解	掎攲殢妓觭
	溪	去奇	基氣1	敧	敧崎[嗟求 5]埼[基氣 5]	觭猗踦觭碕犄倚攲
	群	渠羈	基求5	奇	奇奇琦騎䓪錡（陰平）	鵸弜魌敧碕
	群	巨支	基求5	衹	岐穀軝芪粆碕衸[基求 1]	示衹歧郂馶疧蚑低赿羠衹涋跂舓衹莇伎鼓
	疑	魚羈	基語5	宜	宜㝪儀轙	笁議鄯鸃涯崖
牙音合	見	居隋	飛求1	樏	規	樏槻槻蠵雉摫
	見	居爲	飛求1	嬀	嬀潙	
	溪	去爲	飛氣1	虧	虧	
	溪	去隨	飛求1	闚	闚窺（訛聲母）	
	疑	魚爲	飛語5	危	危	詤洈峗
齒音開	莊	側移		齜		齜
	初	楚宜	居出1	差	縒嵯	差鹺
	崇	士移		齹		齹
	生	所宜	基時1	釃	釃籭[開時 1]	簁欐襹蠶褷
	章	章移	基爭1	支	支汥厄栀枝肢胑徥	絞只廷衹疧衼馶駞氏疷衼媰雉觶楮薏篤螔眵較輪

	昌	叱支		眵		眵纚
	書	式支	基時 1	纚	施葹鍦	纚絁䙾鍦鉈䴓鼊簁攱
	常	是支	基時 5	提	匙堤	提翅啑篪堤禔忯姼眂柢鯷
	精	即移	居爭 1	貲	貲頿觜訾鄑藖	齜鴜啙媊邶欪鈭姕蚩觜
	精	姊移	飛爭 5	厜	厜※訛開合	觜惢纗嫢紫
	清	此移	居出 1	雌	雌	眥娑鈭茈
	從	疾移	居出 5	疵	疵鴜[居爭 5；珠出 5]	骴玼茈枇鮆鴜姕
	心	息移	居時 1	斯	斯廝	虒鸒榹漲傂澌磃虒傂謕鷈鷉蜤鼜螔頋纚蕲菥磃蜤燍禠鐁
齒音合	初	楚危		衰		衰夂
	生	山垂		韉		韉鐫
	昌	昌垂	飛出 1	吹	吹炊（又[科出 1]）	籥歈（古文）
	常	是爲	飛時 5	埀	埀垂邳	陲倕甀雖圌箠篇
	精	遵爲	居爭 1	劑	劑	紫蘃臇熸熼
	精	子垂		騹		騹
	心	息爲		眭		眭
	邪	旬爲	飛時 5	隨	隨	隋隨
喉喉音開	影	於離	基英 1	漪	漪猗禕欹旖[基英 5]	椅陭痵犄巇檹
	曉	許羈	基喜 1	犧	犧羲羛瀸曦虘㕧[珠邊 1]	桸巇戲攕蠘觛獵巇獻壦隵
	曉	香支		詑		詑㕧
	以	弋支	基英 5	移	移迻箷扅池（迤）酏匜虵	秜㕧杝鉹衺箷慌詑簃栘烿袘暆絼栘㪿拸誃袳蛇螔黴欿颩
喉音合	影	於爲	飛英 1	逶	萎痿蜲殘棲覣倭委餧蝸	
	曉	許爲	飛喜 1	麾	麾撝	麾嗚鴂隖
	曉	許規	杯英 1	隓	隳	隓墮眭觿睢讏鑴蘳
	云	薳支	飛英 5	爲	爲	溈隖鄬鴂
	以	悅吹		蓨		蓨蘬蠵欈蠵貗
舌齒開	來	呂支	基柳 5	離	離籬驪鸝縭褵离漓慞酈羅孋	醨罹璃斄䍦樆鵹鵹蘺蘼麗欐蠡穲灑蠗熪蠊攡貍矖穲灑謧劙
	日	汝移	基入 5	兒	兒唲	臾婼
舌齒合	來	力爲	杯入 5	羸	羸	瀛
	日	人垂		痿		痿颹

支韻 502 字《彙音妙悟》收錄 156 字，有 346 字不被收錄，音節部份，在

53 個音節中有脣音皺、齒音衰齜齹眵提韉韉眭衰、喉音詑等 11 個音節不被收錄。

《廣韻》總計 41 聲母 206 韻，包括平聲 57 韻，上聲 55 韻，去聲 60 韻，入聲 34 韻。明代邵光祖《切韻指掌圖檢例》說：

> 按《廣韻》凡二萬五千三百字，其中有切韻者三千八百九十文。

根據最新的校正，應爲 3874 個小韻（音節），儘管其中如前文所述，因爲重紐關係，有些韻應該要合併使得音節數還會再少一些，但還是相當可觀。和《廣韻》比起來，有些論者總謂閩南語有 50 字母表達約 80 個左右的韻母，再加上平上去入八個聲調，認爲其音節數應遠超過《廣韻》。殊不知《廣韻》是詩韻，以便於押韻來處理韻部，而且如錢玄同先生所云：「兼賅古今南北之音」。所以一個韻部如「5 支」韻包含的並不是單一的韻母，以唇音爲例，不配「非敷奉微」仍可得到「陂鈹皮糜卑皺陴彌」8 個小韻，而閩南語的 8 個聲調其實也只有平上去入四種，陰陽之分是因 41 聲類清濁不同而產生出不同調値，所以實際上還是只有平上去入而已。

由於閩南語聲母的簡化，實際上的音節數比《廣韻》少很多。以「5 支」韻爲例，《廣韻》有 53 個音節，而閩南語以泉州音文讀系統而言，只能產生

唇音：[pi1]陂卑、[p’i1]鈹皺、[pi5]陴、[p’i5]皮、[bi5]糜彌

舌音：[ti1]知、[t’i1]摛、[ti5]馳、[tui1]腄、[tui5]鬌

牙音：[ki1]羈、[k’i1]攲、[ki5]奇祇、[gi5]宜、[kui1]隳嬀、[k’ui1]虧闚、[gui5]危

齒音：[tsɯ1]齜貲〔註 21〕、[ts’ɯ1]差雌、[sɯ1]釃斯、[sɯ5]齹、[tsi1]支、[ts’i1]眵、[si1]纚、[si5]提、[tsui1]劑騅、[ts’ui1]衰吹、[sui1]韉眭、[sui5]隨埀

喉音：[i1]漪、[hi1]犧詑、[i5]移、[ui1]逶、[hui1]麾隓、[ui5]爲蘤

舌齒音：[li5]離、[dzi5]兒、[lui5]羸、[dzui5]痿

〔註 21〕這裡的擬音有兩原則，以下各韻均同。

A. 居韻採用國內學者姚榮松擬音[ɯ]，理由是福建學者黃典誠與馬重奇也都擬成[ɯ]（雖然兩人都是漳州人），《泉州市志》也記錄是[ɯ]。

B. 假設莊精二組文讀音都配居韻。

共 39 個音節。

在止攝中，由於《廣韻》齒音的照章精系 15 母閩南語只剩爭出時各含清濁的 6 聲母，再加上除了齒音有[ɯ]外，其餘發音部位都只剩開[i]合[ui]兩個韻母，所以音節數從《廣韻》的 53 個，到閩南語只餘 39 個音節，整整少了四分之一多，這樣的情況也一定會發生在其他韻中。

在「支」韻中，《彙音妙悟》發生清濁錯置的有滂母的「鈹」、精母的「厜」；開合錯置的恰都在精母「厜劑」，其中開口的「厜」誤合疑受「垂」影響，合口「劑」疑收蟹攝音，但蟹攝「劑」在濁去，聲調也不對，「羸」柳[l]誤入[dz]。

紙	聲	切語	彙音音	小韻	收　　錄　　字	不　收　錄　字
唇音開	幫	甫委	基邊2	彼	彼佊（又[乖邊2]）	柀睥儸
	幫	并弭	基邊2	俾	俾髀鞞（又[卿邊2]）	裨箄豍崥薜㾒捭
	滂	匹靡		破		鈹綷披
	滂	匹婢	基普2	諀	仳吡※訛平	諀庀疕訛
	並	皮彼	基普6	被	被（又[科普6]）	罷
	並	便俾	基邊6	婢	婢	庳
	明	文彼	基文2	靡	靡	躄廯骳䃜䉤麛
	明	綿婢	基文2	渳	弭瀰	灖芈敉㣇黽蝉䦕㹠
舌音開	知	陟侈	基爭7	掗		褫
	徹	敕豸		褫		褫
	澄	池爾	開爭6	豸	豸杝[基出2]	偍徥褫哆緹踶傂阤鵻鳾
	娘	女氏		狔		狔旎狔
牙音開	見	居綺	基求2	掎	蹄掎[基英2]敧[基氣2]	庋剞庌掎
	見	居氏		枳		枳
	溪	墟彼	基氣2	綺	綺欹[基英2]	嬌碕赾㤻觭
	溪	丘弭		企		企跂
	群	渠綺	基求6	技	技妓	徛伎錡崎
	疑	魚倚	基語2	蟻	蟻蟻礒	錡蛾齮艤檥犧輢羛敼
牙音合	見	過委	飛求2	詭	詭垝[基求2]祪[基爭5]	垝郿陒鮪恑蛫祪庪庋洈蟡鶬姽桅倵
	溪	去委		跪		跪頠
	溪	丘弭	杯氣2	跬	跬（又[飛求2]）頍[飛氣2]	觖跬
	群	渠委	飛求6	跪	跪	
	疑	魚毀		硊		硊頠鵤姽

齒音開	莊	側氏		批		批跐
	生	所綺	居時2	躧	躧屣灑曬[開時 6]纚※訛平縰（歸去）	躧轞醨鞲筵
	章	諸氏	基爭2	紙	紙（又[居爭 2]、[花爭 2]解）只枳咫抵泜砥[基地 2]	咫坻軹紙泜抧恀積躯
	昌	尺氏	基出2	侈	侈哆[嗟出 2]	姼妳鉹誃廖廖垁灖烒袳奓象恀
	船	神旨	基爭6	舓	舓舐舓（土）	狧
	書	施是	基時2	弛	弛豕阤	
	常	承紙	基時6	是	是氏狧[基時 2]	媞諟恀徥禔妓骶
	精	將此	居爭2	紫	紫呰茈呰訿※訛平	跐訾泚批
	清	雌氏	居出2	此	此佌泚[西出 2]	跐玼鴜伳赿茦
	心	斯氏	居時2	徙	璽[珠時 2]	㒈璽娑
齒音合	初	初委	飛出3	揣	揣	敊
	章	之累	飛地2	捶	箠[飛時 2]捶[飛爭 2]	膇騹
	常	時髓	飛入6	菙	菙	㥶
	精	即委	飛爭2	嘴	觜	嘴
	從	才捶		惢		惢
	心	息委	科出2	髓	髓	嶲靁觽隨
	邪	隨婢		猹		猹
喉音開	影	於綺	基英2	倚	倚椅	猗旑輢
	曉	興倚		�офнаï		橀
	以	移爾	基英2	酏	池	酏匜杝柂肔迤慵孋
喉音合	影	於詭	飛英2	委	委	鬼骫蜲矮
	曉	許委	飛喜2	毀	毀燬※訛平	檓榖檓鬼譭擊烜㷉
	云	韋委	飛英2	蔦	蔿	蔦鄥儰隗蔦瘑闠蘤
	以	羊捶	飛英2	荾	苐撱[飛時 6]	荾蕤獮㾼
舌齒開	來	力紙	基柳2	邐	邐	剓𤲬
	日	兒氏	青入2	爾	尒（尔）邇迩	
舌齒合	來	力委		絫		絫累樏纍厽垒
	日	如累	飛柳2	蕊	蕊（又[飛入 2]，正）蕊	㽼䌂

紙韻289字《彙音妙悟》收錄84字，205字不收錄。音節部份：50個音節中有脣音殼、舌音敼褫狔、牙音企跪硊、齒音批惢猹、喉音橀、舌齒音絫等

12 個音節不被收錄。但是如果把聲母相同的音節予以合併，加上莊精合流，泉州音文讀系統在《廣韻》紙韻中，只能歸納出

　　　唇音：[pi2]彼俾、[p'i2]皱諀、[pi6]婢、[p'i6]被、[bi2]靡洑

　　　舌音：[ti2]揻、[t'i2]褫、[ti6]豸、[ni6]狔

　　　牙音：[ki2]掎枳、[k'i2]綺企、[ki6]技、[gi2]螘、[kui2]詭、[k'ui2]跪跬、
　　　　　　[kui6]跪、[gui6]硊

　　　齒音：[tsɯ2]批紫、[ts'ɯ2]此、[sɯ2]躧徙、[tsi2]紙、[ts'i2]侈、[si2]弛、
　　　　　　[si6]褆是、[tsui2]捶觜、[tsui6]惢、[ts'ui2]揣、[sui2]髓、[sui6]菙
　　　　　　獮

　　　喉音：[i2]倚、[hi2]縼、[i6]酏、[ui2]委、[hui2]毀、[ui6]蔿荵

　　　舌齒音：[li6]邐、[dzi2]爾、[lui2]絫、[dzui2]蘂

　　共 39 個音節。如果包括黃謙莊精沒有完全對應到「居」字母產生的分歧音節就更多些了。

　　紙韻是上聲，大部的漢語方言都已受到濁上歸去影響，但《彙音妙悟》卻仍保有濁上（事實上泉腔上聲分清濁，去聲不分清濁至今仍為其特色），但清濁不分現象仍有，如喉音都只看到陰上，忽略濁聲母，初母的「揣」誤陰去等。「爾」已表現出鼻化韻母。

　　「菙／時髓切」讀[飛入 6]疑誤。

寘	聲	切語	彙音音	小韻	收　錄　字	不　收　錄　字
唇音開	幫	彼義	基邊 7	賁	賁	佊詖貱陂跛龍
	幫	卑義	基邊 7	臂	臂	帔襬
	滂	披義	基普 7	帔	帔柀	
	滂	匹賜	基普 3	譬	譬㜸[基邊 7]	
	並	毗義	基邊 7	避	避	
	並	平義		髲		髲被鞁貱旇㷟
舌音開	知	知義	基地 3	智	智智	瘈
	徹					
舌音合	知	竹恚		娷		娷諈
	澄	馳偽	飛地 7	縋	縋膇硾腄[飛時 3]	槌錘甀
	娘	女恚	飛英 2	諉	諉※訛上	捼矮

牙音開	見	居企		馶		馶翟
	見	居義	基求 3	寄	寄（又[嗟求 7]）| 觭徛
	溪	卿義		尷		尷掎
	溪	去智	基氣 7	企	企（又[青柳 7]）跂跂	跂蚑吱
	群	奇寄	基求 7	芰	芰	騎魑輢賤犨汥誃
	疑	宜寄	基語 7	議	議誼義垍[西語 3]	蟻皚
牙音合	見	規恚		瞡		瞡
	見	詭偽	飛求 3	賹	垝	賹觤歧庪
	溪	窺瑞		觖		觖
	疑	危睡	飛語 3	僞	僞（僞）|
齒音開	莊	爭義		裝		裝㦑
	生	所寄	珠時 3	屣	屣灑曬[雙時 3]	鞭褷
	章	支義	基爭 7	寘	寘忮疷觶	誃伿幘伎
	昌	充豉		翄		翄
	書	施智	基出 7	翅	翅翄孤啻翨	屣施馶鍦蠻雓翄㿻
	常	是義	基時 7	豉	豉枝	㦑鯷舐䴩
	精	子智		積		積欼積藚
	清	七賜	居出 7	刺	刺（又[基出 7]）莿庇[居出 5]| 刾㢴柬庛諫㦝誎
	從	疾智	居爭 7	漬	漬殨齰	藚崒皆髊骴
	心	斯義	居時 7	賜	賜澌※訛平	蕝澌傷杝
齒音合	章	之睡	飛爭 5	惴	惴	腄腨
	昌	尺偽		吹		吹䶌秹
	常	是偽	飛時 7	睡	睡（又[春氣 7]）瑞	種錐
	心	思累		桵		桵瀡
喉音開	影	於義		倚		倚輢㥮
	影	於賜	西英 3	縊	縊	殪螠
	曉	香義	基喜 3	戲	戲	齂
	以	以豉	基英 3	易	易眙※訛平	傷敡伿羅
喉音合	影	於偽		餧		餧萎䭢矮
	影	於避	飛喜 7	恚	恚	媱
	曉	況偽		毀		毀（毀）
	曉	呼恚		孈		孈
	云	于偽		爲		爲
	以	以睡		瓗		瓗纗譖瞖

舌齒開	來	力智	基柳3	詈	詈荔琍[西柳7]	離癇籬
	日					
舌齒合	來	良偽	飛柳3	累	累	
	日	而瑞		枘		枘

　　寘韻181字《彙音妙悟》收錄61字，有120字不被收錄。音節部份46個音節中有唇音髲、舌音娷、牙音駃檇睨觖、齒音裞剚積吹稜、喉音倚餧毀嬀為璃及舌齒音枘等18個音節不被收錄。如果扣掉聲母相同的音節及依去聲不分陰陽原則（都記成陰上），泉州音文讀系統在《廣韻》寘韻中，可以歸納出

　　　　唇音：[pi3]賁臂避髲、[p'i3]帔譬

　　　　舌音：[ti3]智、[tui3]娷縋、[nui3]諉

　　　　牙音：[ki3]駃寄芰、[k'i3]檇企、[gi3]議、[kui3]睨賹、[k'ui3]觖、
　　　　　　　[gui3]偽

　　　　齒音：[tsɯ3]裞積漬、[ts'ɯ3]刺、[sɯ3]屣賜、[tsi3]寘、[ts'i3]剚、
　　　　　　　[si3]翅鼓[tsui3]惴、[ts'ui3]吹、[sui3]睡稜

　　　　喉音：[i3]倚縊易、[hi3]戲、[ui3]餧恚為璃、[hui3]毀嬀

　　　　舌齒音：[li3]詈、[lui3]累、[dzui3]枘

寘韻實際可收27個音節。

　　清濁不分的有唇音賁臂帔、牙音企、齒音寘翅剚賜、喉音易恚，收錄28個音節有10個誤清為濁，比例不可謂不高，難怪洪惟仁批評黃謙「聲韻學並不怎樣」。惴誤為平聲，諉訛上、漸訛平疑受有邊讀邊的常民讀法影響。

小　結：

　　整個支系平上去有個共同特徵：齒音開口的莊組聲母和精組聲母幾乎都搭配「居[-ɯ]」：支系中莊精組的音節共有19個音節，《彙音妙悟》收錄了其中的15個，扣掉讀為[基]䚫、讀為[珠]屣，15個中讀為「居[-ɯ]」的有13個佔86.6%。位於三等位置的章組開口字則和其餘聲母一起讀「基[-i]」。故莊組和精組讀起來有如「ㄗㄘㄙ」，而章組讀起來卻似「ㄐㄑㄒ」

　　現代泉州、南安兩腔去聲不分陰陽，剩下七調；晉江腔則上去都只剩一個調，剩下六調。黃謙記錄的如果是當時讀音而不是純粹從《康熙字典》摘錄，那至少泉州腔在200年前還是八音齊備，但若只依《康熙字典》反切分配就另

當別論。又《彙音妙悟》中不乏常民「有邊讀邊沒邊讀中間」現象，如厜脧諉等，顯示其不夠嚴謹的一面。

脂	聲	切語	彙音音	小韻	收　錄　字	不　收　錄　字
唇音開	幫	府眉	基邊1	悲	悲	
	滂	敷悲	基普1	丕	丕伾	伾秠駓頖怌頯狉髬魾鈈苤
	滂	匹夷		紕	紕※訛去	吡綞誰悂悱
	並	符悲	基普1	邳	邳	悲碩伾魾頯鈈
	並	房脂	基邊5	毗	毗蚍琵貔蚍枇	鵧比椑芘沘狉膍蠠化虮魮鈚砒罷陁蚾
	明	武悲	基文5	眉	眉（又[開文5]※土）省湄楣蘪蘪郿（土）薇	嵋瀰鶥瑂瞷臟薇黴微麋
舌音開	知	丁尼	基爭1	胝	胝疷	秪氐（收蟹攝四等音）
	徹	丑飢	基他1	絺	絺	郗黐篪脪瓻詗
	澄	直尼	基地5	墀	墀墀遲遲泜蚳莖[基出5]	筶譀莉貾坻岻低阺
	娘	女夷	基柳5	尼	尼呢怩（又[西柳5]）	柅蚭跜鈮狔
舌音合	知	陟佳	飛地1	追	追	鐳裰
	澄	直追	飛他5	鎚	鎚槌（又[飛地1]）椎[飛爭1]	棰頧※橙母應讀[地]
牙音開	見	居夷	基求1	飢	飢肌机[飛求1]，解	虮
	群	渠脂	基求5	鬐	耆蓍祁	惸覩晴稽鰭鰭鮨
	疑	牛肌		狋		狋
牙音合	見	居追	飛求1	龜	龜（又[珠求1]）鼬甌（喞）	趹蛫巋
	溪	丘追		巋		巋蘬
	群	渠佳	飛求5	葵	葵（又[科氣5]，土解）	鄈楑鮧悇睽鷑蟤
	群	渠追	飛求5	逵	逵夔馗頄	蘷戣鐼騤襚睽躨尣趶頄頯馗虁犪夰
齒音開	生	疏夷	居時1	師	師獅篩[開時1]蟴[基時1]	鰤葹
	章	旨夷	基爭1	脂	脂	祗泜砥栺鴲湉疻茝滍
	昌	處脂	基他1	鴟	鴟雎	瑡胵魠諸迣
	書	式之	基時1	尸	尸鳲屍著	
	精	即夷	居爭1	咨	咨資齎齍[西爭1]	粢齍齏襦詻姿濱次蒫顀顀賷
	清	取私		郪		郪趀輋赼趑親屍屖蜦
	從	疾資	居爭1	茨	茨薋薺餈[居爭5]瓷[飛喜5]	餕坴積齎濟絺輂顀
	心	息夷	居時1	私	私	鋖（鍶）秫玜厶

齒音合	初	又隹	飛出1	推	推葰	
	生	所追	杯時1	衰	衰（又[飛時1]）榱	痕
	章	職追	飛爭1	錐	錐隹[飛地7]雖[飛爭2]	麠雖奞鵻萑
	常	視佳	飛時5	誰	誰	脽誰
	精	醉綏	飛爭5	嶉	嶉樵	嶵
	心	氏遺	飛時1	綏	綏雖荽眭濉	夌苂葰浽奞夊桵
喉音開	影	於脂	基英1	伊	伊	咿勲蛜夥
	曉	喜夷	基喜1	咦	咦忔脥戻屎	咦忔脥戻
	以	以脂	基英5	姨	姨彛夷峓恞痍黃栘胰珆[開他1]	寅暆樲黃巳陳蛦鮧羠羨鎮徱鶂屖跠洟
喉音合	曉	許維		倠		倠娷脽睢廆
	以	以追	基英5	惟	惟維（土）濰唯遺[飛英5]壝[飛英7]	蘆瞳蓷讙琟蠵
	云	洧悲	飛英5	帷	帷	
舌齒開	來	力脂	基柳5	棃	棃（又[西柳5]）梨藜犁蜊[燒語5]刕[基柳1]	劙秜憗絅鑗鳌螅鄝
	日					
舌齒合	來	力追	飛柳5	灅	纍虆樏（樏）縲（縲）	欙㠜㜅（㜅）瓃曤鸓儽脟蔂欙猵
	日	儒隹	飛入1	蕤	蕤（又[飛柳1]）甤（正）緌[杯入5]捼[川入1]	桵桵㱊

　　脂韻353字《彙音妙悟》收錄122字，有231字不被收錄。音節部份，40個音節中有牙音狋巋、齒音郪、喉音倠等4個音節不被收錄。

　　唇音6音節《彙音妙悟》實際只有4個讀音；舌音6音節均有不同讀音表現；牙音扣除重紐6音節也可擬出6讀音；齒音開口莊章精8音節實際只能有6讀音，莊精兩組全歸「居字母」；齒音合口6音節因為生心兩母讀音相同故只有5讀音，喉音以云兩母讀音相同，6音節實際只有5讀音；舌齒音4音節4讀音。總的來說，脂韻40個音節中泉腔閩南語實際只能歸併成30組讀音。

　　脂韻清濁錯置的有並母「邳」、齒音「茨嶉」，開合錯置的有喉音以合「惟／以追切」誤入開口[基英5]。「胝／丁尼切」讀為[基爭1]，這個部份反應韻圖的結構——知徹澄娘配二三等、端透定泥配一四等。

旨	聲	切語	彙音音	小韻	收　錄　字	不　收　錄　字
唇音開	幫	方美	基普2	鄙	鄙啚痞	娝
	幫	卑履	基邊2	匕	匕妣比秕祗沘朼髀	枇疕
	滂	匹鄙	基普2	嚭	嚭	疕㾗秠庀
	並	符鄙	基普2	否	否痞圮(又[基求2])仳殍[朝邊2]	岯庀
	並	扶履		牝		牝
	明	無鄙	基文2	美	美（土）	嫩㜝渼媄
舌音開	知	豬几	基爭2	黹	黹攵	黹撱
	徹	楮几		絺		絺
	澄	直几	基地6	雉	雉薙[基地2]	滍
	娘	女履		柅		柅
牙音開	見	居履	基求2	几	几	麂麢虮机邔犰脂磯
	群	暨几	基求3	跽	跽（歸去）	
牙音合	見	居洧	飛氣2	軌	軌晷朹漸宄氿[飛求 2]匭（[飛求3]※訛去）	簋杌匦頯䘤
	見	居誄	飛求3	癸	癸（土※訛去）	湀醛
	溪	丘軌		巋		巋蘬
	群	暨軌		郇		郇
	群	求癸	飛求3	揆	揆	楑愧蕘溪
齒音開	章	職雉	基爭2	旨	旨指臨砥[基地2]	恉祁底茋
	章	止姊		跱		跱
	書	式視	基時2	矢	矢夭菡屎（又[開時2]土解）	
	常	承矢		視		視眡眎
	精	將几	居爭2	姊	姊秭	
	心	氏姊	居時2	死	死（又[基時2]※解）	
	邪	徐姊	居時2	兕	兕㠱兕兕	羠薙羪
齒音合	書	式軌	飛時2	水	水	
	精	遵誄		濢		濢嶉膇㠵
	清	千水		趡		趡璀瓀
	從	徂累		靠		靠
喉音開	影	於几	基英2	歆	歆	

喉音合	曉	火癸		瞔		瞔
	云	榮美	飛英2	洧	洧鮪	痏鮪
	以	以水	飛英2	唯	唯濰	蹪嶊鱴壝孈擕
舌齒開	來	力几	基柳2	履	履	
舌齒合	來	力軌	飛柳2	壘	壘誄[杯柳2]藟[飛柳5]	蕋稚櫐蘽濼纍轠鸓耒讄獳
	日	如壘	飛柳2	蕊		甤縈

旨韻144字《彙音妙悟》收錄62字，82字不收錄，音節部份34個音節中有唇音開口並母牝、舌音開口徹母嫠及娘母柅、牙音合口溪母巋及群母郎、齒音開口章母跂及常母視、齒音合口精母澤及清母趡從母崒、喉音合口曉母瞔等共11個音節不被收錄。

旨韻唇音6音節只能有4音讀〔註22〕；舌音4個音節可以有4個音讀；牙音7個音節扣除同聲母的見母及群母，實際有5個音讀；齒音缺少莊組且聲母歸併為「曾出時」，開合口只收11個音節，扣除同音節的「旨跂」之一，實際有10個音讀；喉音四個音節可歸3個泉腔音讀；舌齒音開合中因為合口的「蕊／如壘切」歸入柳字頭，3個音節只有兩個音讀。旨韻34個音節泉腔閩南語實際可歸併為30個音讀。

【止攝】支脂之平上去收錄了8個日母合口音節，《彙音妙悟》收錄其中的6個音節，其中「紙／蘂、脂／蕤、旨／蕊」已轉入柳字頭或兼收柳字頭，日字頭轉入柳字頭在1800年的《彙音妙悟》已有答案。

旨韻「否」是濁聲母並母，泉腔沒有「濁上歸去」應歸在陽上，若是漳腔則「濁上歸去」應在陽去，漳泉兩腔都收在陰上似乎印證周辨明1934年的統計〔註23〕；群母跽誤入陰去，若是濁上歸去也應入陽去才合理；見母癸也誤入陰去，見母是清聲母沒有濁上歸去問題，但標示「土音」，不能說錯置。本韻有1／3音節不被收錄，是比例頗高的韻。

〔註22〕由於濁音並母誤入陰上，《彙音妙悟》實際只收3個音讀。

〔註23〕周辨明1934年討論廈門音韻聲調時統計過有45%會跑到陰上，35%才入陽去，可見濁上歸去在閩南語中並沒有進行的那麼完全。如果這樣，當我們記錄到陽上跑到陰上，可能也不太適合說不辨清濁了。

旨韻知母的「嶽／豬几切」讀爲[基爭2]，脂韻知母的「胝／丁尼切」讀爲[基爭1]，知端已有分離現象。

至	聲	切語	彙音音	小韻	收 錄 字	不 收 錄 字
唇音開	幫	兵媚	基邊7	祕	祕（秘）怭謍泌鄪閟泌[基邊3]	柲眇舭邲鉍費柴渀娝
	幫	必至	基邊7	痹	痹庇畀（[基求7]※訛讀）	比衹薜
	滂	匹備	基普7	濞	渒	濞膍嚊㵦濞
	滂	匹寐	基普7	屁	屁纈	
	並	平祕	基邊7	備	備俻奰贔糒紴[基邊3]鞁（[飛喜7]訛讀）	膞菩蔔蘪犕鞴鞁犕韛
	並	毗至	基邊7	鼻	鼻（又[基普7]）芘	比衹枇痺坒襣頧膍
	明	明祕	基文3	郿	郿媚（又[基文6]，土）魅[關文7]嚜（[生文8]※訛讀）	郿彲箮蝐蘪媚娓
	明	彌二	基文7	寐	寐	媚
舌音開	知	陟利	基地7	致	致懥疐躓輊撳[基爭7]	憕擿躓質摯鷙瓡摮駤
	徹	丑利	基出7	屎	螱	屎㿜誺訵緤趿致
	澄	直利	基地7	緻	緻稚稺（治[基地6]※訛讀）	遟緖鯔俟摕謘鞮緻
	定	徒四	西地7	地	地（又[雞地7][基他7]※正）隊	
	娘	女利	基入3	膩	膩	眤暱酨
舌音合	知	追萃		轛		轛
	澄	直類	飛地7	墜	墜懟	鎚
牙音開	見	几利	基求7	冀	冀裛覬驥洎[基氣7]	概驥懻
	溪	去冀	基氣3	器	器	
	溪	詰利	基氣7	棄	棄弃𥚉[基氣3]	屓盭
	群	其冀	基求7	息	曁洎[基氣7]	息驚垍堅湟
	疑	魚器	基英7	劓	劓	
牙音合	見	居悸	飛求7	季	季	瞡
	見	俱位	飛氣7	媿	媿愧[飛氣3]餽[飛求7]	聭譎騩瞡
	溪	丘愧		喟		喟襀樻嘳髖鬠膪㼒暈
	群	求位	飛求7	匱	匱蕢（凷）饋餽櫃簣	鐀櫃樻韇靘
	群	其季	基氣6	悸	悸（開合、調均訛）	侸猭禭瘁

	聲母	反切				
齒音開	章	脂利	基爭7	至	至憶鷙[基爭3]	摯贄礩鷙鴲螯鞊鞊勢勢
	昌	充自	基出7	痓	痓	
	船	神至	基時7	示	示	眱眎諡諡
	書	矢利		屍		屍誅
	常	常利	基時7	嗜	視	嗜餚酳眂眂
	精	資四	居爭7	恣	恣	欼
	清	七四	居出3	次	次	欼鴌佽鬆紎鳿蜇髿
	從	疾二	居爭7	自	自	嫉
	心	息利	居時7	四	四（[基時7]解）三兕肆（又[基時3]）柶泗鬄駟牭[基時3]	鼆豩鶇脺鷈狔
齒音合	初	楚愧		裞		裞
	生	所類	杯時7	帥	帥	率
	昌	尺類		出		出
	書	釋類		疶		疶衆
	精	將遂	飛爭7	醉	醉	檇
	清	七醉	飛出3	翠	翠	濢臎
	從	秦醉	飛爭7	萃	萃瘁／頗悴[飛爭3]	崒稡
	心	雖遂	飛時7	邃	邃粹崇[杯時7]檖[飛時5]※訛讀誶[飛爭7]※訛讀	睟叇睟譢
	邪	徐醉	飛時7	遂	遂篲鐩燧檖炱／璲穗[飛時3]	旞遂轙鐆鐩蓫蔧緣采篨轊（轊）檖隧檖[5]襚[1]
喉音開	影	乙冀	基英7	懿	懿饐欬擥[西英7]	黳鷖懿
	曉	虛器		齂		齂呬屓呬獩勷
	以	羊至	基英7	肄	肄劓隶[基英3]	殔廙希紛肔
喉音合	曉	許位		豷		豷�
	曉	火季		血		血
	曉	香季		瞲		瞲婎睢
	云	于愧	飛英7	位	位	
	以	以醉		遺		遺壽繸蜼瞶蟪繐
舌齒開	來	力至	基柳3	利	利涖／苙痢[基柳7]	詈竻颲觀
	日	而至	基入3	二	二弍貳樲	髶
舌齒合	來	力遂	飛柳7	類	類（又[飛柳3]）淚纇纇	璱鷭壘纍肆

　　至韻331字《彙音妙悟》收錄123字，208字不收錄，音節部份50個音節中有舌音合口轛、牙音合口喟、齒音開口屍及合口歡出痎、喉音開口鱀及合口豴衁瞳遺等共11個音節不被收錄。

　　唇音收了4個音讀；舌音在至韻一反只收「知徹澄娘」常理，收了「止攝」中唯一的定母字——「地／徒四切」，舌音7個音節有6個音讀；牙音10個音節則可歸併爲7個音讀；齒音開口因爲不收莊系，依章精分收基居字母看9個音節會有9個音讀；齒音合口因爲「帥／所類切」收錄[杯時7]〔註24〕，9個音節可併爲6個音讀；喉音合口有三個曉母，使得喉音8音節只能歸併爲6音讀。至韻再加上舌齒音3個音節，50個音節在泉腔閩南語中實際上可歸併爲41組音讀。但是如果再按泉腔去聲陰陽同調方式，音節會少的更多。

　　至韻清濁錯置特別嚴重，有唇音幫母及滂母清誤濁，舌音知母及徹母清誤濁，牙音見母及溪母清誤濁，齒音章母昌母生母精母心母清誤濁，喉音影母清誤濁，次濁的明母娘母來母日母大都應歸陽去反而歸陰去，這樣的清濁錯誤在至韻中佔了極高的比例。如果是泉音去聲不分清濁影響黃謙，一律記爲陽去也就罷了。《彙音妙悟》去聲含清濁，但對去聲清濁的配置卻錯誤百出。在聲韻發達的清代來說，真的不得不讓人懷疑黃謙的清濁認知。

　　知母「致／陟利切」，除本字讀爲[基地7]外，同韻的字「慣寘躓輊懟」都收在[基爭7]，「致置」現在閩南語各腔也都讀[ti3]，不知從何時錯起。

　　「屖鼜／丑利切」讀爲[基出7]，至此「知照合流」輪廓更爲清楚，但脂系也只發生在「知徹」而已。

之	聲	切語	彙音音	小韻	收　錄　字	不　收　錄　字
舌音開	徹	丑之	基出1	癡	癡／笞痴[基他1]	飴
	澄	直之		治		治持莉
牙音開	見	居之	基求1	姬	姬萁基箕／其[基求5]其居[居求1]	錤稘箕蜌諆
	溪	去之	基氣1	欺	欺顈䫏僛／抾[居氣1]	娸頍麒魌鶀斯
	溪	丘之	居氣1	抾	抾	
	群	渠之	基求5	其	其旗萁基琪麒騏淇萁椇碁祺禥期／期萁綦[基求1]	幕諅鶀錤薺璂瑅魌蘄跠艃麒畁麒亓
	疑	語其	基語5	疑	疑	嶷嫠

〔註24〕 生母屬清聲母應在陰去，但泉州音去聲清濁同調，黃謙雖誤置於陽去讀音卻無不同。

	聲母	反切	代碼	字	例字一	例字二
齒音開	莊	側持	居爭1	菑	菑（菑，又[基爭1]）淄錙緇紂甾[開爭1]	菑嬨茬輜鶅椔鯔緇鄑
	初	楚持		輜	輜	輜颸
	崇	士之		茬		茬（茌）
	俟	俟甾	基時5	漦	漦（應是[居時5]才是）	
	章	止而	基爭1	之	之芝㞢	䃝
	昌	赤之	基出1	蚩	蚩嗤媸翨	姕聲䁑
	書	書之	基時1	詩	詩邿	鉅䜄呞眂
	書	式其		眡		眡
	常	市之	基時5	時	時峕塒蒔鰣	鼭榯
	精	子之	居爭1	兹	兹（茲）孳孜滋鎡孖	嵫嗞黢鼒鰦仔鶅稵
	從	疾之	居爭5	慈	慈兹（茲）礠（磁，又[居爭1]）	鶿（鷀）濨
	心	息兹	居時1	思	思司罳伺偲絲（又[基時1]）蕬	恖緦篘禠覗獃嗣楒
	邪	似兹	居時5	詞	詞祠辝嗣辤	柌絧
喉音開	影	於其	基英1	醫	醫諳噫	瑿癡唉
	曉	許其	基喜1	僖	僖熙嬉禧熹欻	歖嫛譆犛瞦焕嘻娭誒
	以	與之	基英5	飴	飴怡坦貽頤詒眙	螾飴弬嫛异瓵椸鎮舭洍匝跠珁汭宧胎鮧姬台瓵
舌齒開	來	里之	基柳5	釐	釐貍狸氂嫠／嫠[基柳1]	劙棃犛嫠倈鯉耗犛嫠罿痩莉藜庲
	日	如之	基入5	而	而栭臑胹臑洏	檽隭陾陑鬚岴輀輭胹洏鮞咡媔詉鴯

　　之韻239字《彙音妙悟》收了103字，有136字不被收錄。之韻因為不收唇音及合口音，音節數相對的少只有23個〔註25〕。其中舌音治、齒音「輜茬眡」等共4個音節無收錄，這樣的比例和其他韻比起來少很多，在清濁方面則是少見的正確。

　　之韻舌音有兩音節、牙音經歸併溪母可得4音讀、齒音13音節把莊精組合併可得9個音讀。加上喉音舌齒音5音節，之韻23音節在泉腔閩南語中實際可歸併為20個音讀。

〔註25〕扣除牙音及齒音重紐。

莊系精系開口字配「居」，所以俟母「鰲／俟甾切」文讀音不讀[基時 5]，應讀為[居時 5]才合乎文讀音規律。

止	聲	切語	彙音音	小韻	收　錄　字	不　收　錄　字
舌音開	知	陟里	基地 2	徵	諁	徵撇
	徹	敕里	基他 2	恥	恥／衼[基爭 2]，訛讀	褫
	澄	直里	基地 6	峙	峙痔庤／恃[卿柳 4]※訛讀	峙時涖跱偫
	娘	乃里	基柳 2	伱	伱（又[青入 2]）	籎
牙音開	見	居里	基求 2	紀	紀己	改邑
	溪	墟里	基氣 2	起	起杞（又[基求 2]）屺玘芑	邔
	疑	魚紀	基語 2	擬	擬儗薿	舂譺嶷
齒音開	莊	阻史	居爭 2	滓	滓第厊胏	莘
	初	初紀	基出 2	剚	欻歒	剌
	崇	鉏里	居時 6	士	士仕柹（柿）扆仳（又[基時 6]）	
	生	疎士	居時 2	史	史使（又[開時 2]）	駛峻
	俟	牀史	居時 6	俟	俟竢涘	駿累緕俟
	章	諸市	基爭 2	止	止沚趾址阯芷／茝[基出 2]	畤涖底
	昌	昌里	基出 2	齒	齒（又[基氣 2]）	紕
	書	詩止	基時 2	始	始	
	常	時止	基出 6	市	市／恃[基時 3]	時
	精	即里	居爭 2	子	子（又[京求 2]）梓仔（又[嗟語 2；京語 2]）	荸杼耔秄耔
	心	胥里	基時 2	枲	枲葸	葦偲葸諰廙
	邪	詳里	居時 6	似	似侣祀姒汜洍	攺袘襈巳耜耙汜鉛鷹
喉音開	影	於擬		譩		譩醷
	曉	虛里	基喜 2	喜	喜	憙蟢
	云	于紀	基英 2	矣	矣	葕
	以	羊己	基英 2	以	以（[基英 6]）已苢／苡[基英 6]	巳佁改
舌齒開	來	良士	基柳 2	里	里裏鯉李理娌俚	悝瘣鄁
	日	而止	青入 2	洱	駬絤	洱餌

止韻 131 字《彙音妙悟》收了 71 字，有 60 字不被收錄。止韻只有 24 個音節，其中喉音「譩」音節無收錄。除莊精合流可歸併 3 個音節外，止韻在泉腔

閩南語中可歸併為 21 個音讀。

　　本韻全韻沒有濁上歸去現象，濁上除喉音的云母錯歸陰上外，全都歸入陽上，顯具泉州腔特色。娘母「你」除收柳字頭外也收[青入 2]，這部分有兩點可議：

　　1、似乎已在暗示柳字頭和入字頭的合流在泉州音已開始，只不過後來柳字頭佔了上風。例如日母的耳染等文讀音都已讀成柳字頭。甚至漳州音的「耳」雖然還保持入字頭，染卻已入柳字頭了。至於《台日大字典》可能以偏泉（當時）的台南為主，雖然會註明漳泉腔，還是不免耳染都標為[ni2]。

　　2、[l／n]對立的必要性。在現代華語中因為少了鼻化元音，所以[ㄋ／ㄌ]必須有對立音位，但是在有鼻化元音的閩南語系中，標音法可以有如《台日大字典》的[ni2]或《集雅俗通十五音》及《漳州同音字表》的[lĩ2]。換言之[m、n、ŋ]如果以[b、l、g]標音一樣可辦到，像《漳州同音字表》等就這樣表示：罵[bẽ7]、奶[lẽ1]、硬[gẽ7]。

志	聲	切語	彙音音	小韻	收　錄　字	不　收　錄　字
舌音開	知	陟吏	基地 7	置	置	緹
	徹	丑吏	基出 7	眙	謺	眙佁魑誺※訛入
	澄	直吏	基地 3	值	值	植埴箽治※訛上
牙音開	見	居吏	基求 7	記	記	
	溪	去吏		亟		亟唭諰
	群	渠記	基求 7	忌	忌（又[基氣 7]）／畁[基邊 3]（《集韻》已和「畁」混了）	邤綨鱀鴟稘記誋檱幟惎惎※訛上
	疑	魚記		懝		懝儗㘈齮家誽
齒音開	莊	側吏	居爭 7	葘	葘剚／事[居時 7；開時 7]	榐（檔）俥鶅
	初	初吏	西出 7	廁	廁	
	崇	鉏吏	居時 7	事	事（又[開時 7]，解）	餕
	生	疎吏		駛		駛使洓狋㹩齛窒
	章	職吏	基爭 3	志	志／莐[基爭 7]／痣[基爭 7；基求 3]	誌織識娡
	昌	昌志	基出 7	熾	熾幟／饎[基出 3]	糦哆鯻戠埴
	書	式吏	基時 7	試	試／儓※訛入	弒幟
	常	時吏	基時 7	侍	侍	蒔秲

	聲母	反切	彙音妙悟	字	收錄	不收錄
	清	七吏		載		載蚝蟶蚓
	從	疾置	居爭3	字	字	孳孜耔芓芓
	心	相吏	居時7	笥	笥	伺思覗
	邪	祥吏	基時7	寺	寺嗣㠱／飤飼[居時7；基出7]	
喉音開	影	於記	基英3	意	意	鷾薏黟
	曉	許記		憙		憙嬉
	以	羊吏	基英7	異	異异	巳食㵼冀廙
舌齒開	來	力置	基柳7	吏	吏	慈
	日	仍吏	基入7	餌	餌珥衈咡刵	鸸耳佴誀洱聏姼胹珥酾眲瞤瞌

　　志韻有 24 個音節共 123 個字，《彙音妙悟》收錄了其中的 36 個字，有 87 個字不被收錄，音節則有牙音的亟齜、齒音的駛載、喉音的憙等 5 個音節不收錄。本韻扣除 3 個莊精合流音節，在泉腔閩南語中實際可歸併爲 21 個音讀。

　　亟是一個常用字，但用的是入聲職韻的亟，敏也、疾也、急也，本韻的亟意爲頻數也、詐欺也，可能已少人知其意故不用。

　　齜，恐也，已少見。駛，宋代（隋唐）的《廣韻》猶收上去兩個音節，到了清代的《康熙字典》已剩上聲。載，毛毛蟲，在農業社會中是常見用語，但是《彙音妙悟》不收。憙，好也，省做喜，但本字憙不收錄。計有亟、齜、駛、載、憙等 5 音節不收錄。

　　本韻不分清濁大都標示爲陽去，但知母置、徹母眙、見母記、莊母裁、初母厠、昌母熾、書母試、心母笥應該都是陰去。可見黃謙受泉音去聲不分陰陽影響極深，又不願承認八音變七音問題，想強自歸字，結果遇到去聲部分清濁立亂。

　　之系爲何獨缺唇音且缺少相應合口音？黃典誠大膽的使用泉州腔來解釋：

> 上古「之」部字到中古《切韻》主要分兩路走：一路是「蟹止攝」，一路是「流攝」。前者是向高前元音[-i]發展的趨向；後者是向高後元音[-u]發展的趨向。如果上古「之」音值不是[ɯ]，就很難如上所示那樣可[-i]可[-u]了。

> [ɯ]這個高元音和唇音聲母結合是比較困難因而也是少見的，難怪中古「之」韻獨缺了唇音字。上古「之」部唇音字到中古因向前

發展混到了「脂」韻裡去了。

　　上古「之」部向前發展爲[-i]是基本的，向後發展爲[-u]是因唇、牙、喉聲母最便於圓唇化而造成的，因而是有條件的。由於上古「之」部的音值是[ɯ]，因而我們猜想，上古「之」是個獨韻，並無開合口之分。這就是爲什麼中古「之」韻沒有相應的合口呼。上古「之」部到中古或有開合口之分，這是有條件的分化。必須看到：上古「之」部到中古如果分配在合口，則其聲母必定是唇、牙、喉，不可能爲舌、齒音。〔註26〕

　　黃典誠的論點確實合理解釋現象，但是要周延佐證可能得有更多證據呈現才行。

微	聲	切語	彙音音	小韻	收　　錄　　字	不　收　錄　字
唇音合	幫	甫微	飛喜1	斐	飛（又[科邊1]）扉䬠騑／緋[乖文1]／誹[飛喜5]	斐㸈鯡騛䨇
	滂	芳非	飛喜1	霏	霏妃騑／飛[飛喜5]	鼚裴裶菲菲
	並	符非	飛喜5	肥	肥（又[飛邊5]）腓／裴[杯邊5]	箷淝疿痹蜚䖪蟦䝿
	明	無非	基文5	微	微薇	散溦薇鑁癥䐀
牙音開	見	居依	基求1	機	機譏磯饑机幾機璣畿	刉蘄譏蔇䡺䡺越鐖
	群	渠希	基求5	祈	祈頎旂碕／畿幾[基求1]／崎[基氣1；嗟求5]	鸞蟣圻刉饑朦俟蚚蘄螘圻麒
	疑	魚衣	基求5	沂	沂	澄
牙音合	見	舉韋	飛求1	歸	歸媂	騩
	溪	丘韋		蘬		蘬巋
	疑	語韋	飛語5	巍	巍	藝
喉音開	影	於希	基英1	依	依衣譩肸	郼妭陭悠
	曉	香衣	基喜1	希	晞稀俙欷悕	莃鵗睎稀趧桸烯浠
喉音合	影	於非	飛英1	威	威（又[乖英1]）葳蝛	𨸏嵔鰄媁褽
	曉	許歸	飛喜1	揮	揮輝暉翬／幃[飛英5]	煇徽徽楎微潗葷狟
	云	雨非	飛英5	幃	幃圍韋闈違湋口	褘輅鍏溈婎薳寣鼓

　　止攝是三等韻，而三等韻最多音節的就在齒音，共有三組聲母，但是微韻

〔註26〕見《黃典誠語言學論文集》P13〈關於上古漢語高元音的探討〉。

無齒音，故音節數都極少。本韻只有 15 個音節共 142 個字，《彙音妙悟》收錄了其中的 101 個字，有 41 個字不被收錄，反而是收字比例最高的韻。音節方面則只有牙音的鶱等 1 個音節不收錄，收錄音節比例可算極高。清濁方面也都正確收錄。

微系韻母唇音只配合口，上表可以看出唇音合口已經有轉成「喜」字頭趨勢。遺留下的「邊普文」字頭都是白讀音遺緒。「沂／魚衣切」讀[基求 5]疑受「祈」等影響。輕唇化後已失去送氣不送氣的辨義作用，全歸「喜」字頭，所以微韻能表現的閩南語音讀，以泉州音文讀系統而言只能產生

　　　唇音：[hui1]斐霏微〔註27〕、[hui5]肥
　　　牙音：[ki1]機、[ki5]祈、[gi5]沂、[kui1]歸、[k'ui1]鶱、[gui5]巍
　　　喉音：[i1]依、[hi1]希、[ui1]威、[hui1]揮、[ui5]帷

唇音因幫滂輕唇化剩 2 個音讀、加上牙音 6 個音讀、喉音 5 個音讀，15 個音節只剩 13 個音節。

尾	聲	切語	彙音音	小韻	收　錄　字	不　收　錄　字
唇音合	幫	府尾	飛喜2	匪	匪篚棐蜚	糞榧蜚菲
	滂	敷尾	飛喜2	斐	斐菲俳翡	朏騑斐
	並	浮鬼	春喜2	膹	膹	槾檴蟦陫艑
	明	無匪	飛喜2	尾	尾（又[科文 2]）䯢亹娓[基文 2]尾開	浘䵨䵹餥
牙音開	見	居狶		蟣		蟣幾機虮
	溪	袪狶	基氣2	豈	豈闓	
	疑	魚豈	基語2	顗	螘	顗
牙音合	見	居偉	飛求2	鬼	鬼	
	溪					
喉音開	影	於豈	基英2	扆	扆／䨡[開英 2]疑受蟹攝影響訛讀	依庡褽偯
	曉	虛豈	基喜2	豨	𪐠	狶俙唏唏
喉音合	影	於鬼	飛氣2	磈	磈（此音疑來自蟹攝口猥切）	磈崴
	曉	許偉	飛喜2	虺	虫	虺娓虺卉
	云	于鬼	飛英2	韙	韙煒偉瑋葦韡	暐椲颭媁愇鍏撱

〔註27〕黃謙在「微尾未」三字中獨樹一格收合口音「尾[飛喜2]」，如果這個音正確，代表原屬合口「微未」的讀法失落，故幫他補回。

尾韻有 13 個音節 69 個字，《彙音妙悟》收錄了 27 個字，有 42 個字不收錄。本韻一律標陰上，連並母也是。比較特殊的是膪[春喜 2]，其義肉羹算接近《廣韻》義。從聲韻看，應是臻攝吻韻字，可再去除；魊[飛氣 2]，此音疑蟹攝「口猥切」，加上不收牙音蟣，如此只有 10 個音節被收錄。

　　唇音：[hui2]匪斐尾、[hui6]膪

　　牙音：[ki2]蟣、[k'i2]豈、[gi2]顗〔註28〕、[kui2]鬼

　　喉音：[i2]扆、[hi2]豨、[ui2]魊躗、[hui2]虺

　　唇音因幫滂輕唇化剩 2 個音讀、加上牙音 4 個音讀、喉音 4 個音讀，13 個音節只剩 10 個音節。

　　黃謙在尾韻中很有特色的全標為陰上，完全不管清濁，在聲調方面好像屬於泉州的晉江腔，同樣的情況也出現在上聲的「旨」韻。在止攝四韻中，「紙止」兩韻較正常，「旨尾」清濁不分，讓人無法掌握其規律，讓筆者強烈懷疑黃謙標的其實是晉江腔。泉音本無濁上歸去問題，即便受官話影響也不應把濁上歸去歸到陰去。旨韻出現眾多陰去，奇怪的是像「癸揆跽」等上聲被標陰去的這些音，董忠司字典「癸」字收錄陰去，泉州同音字表則訂為去聲；董忠司字典「揆」收錄陽平。這些收錄音似乎是白讀音。

未	聲	切語	彙音音	小韻	收　錄　字	不　收　錄　字
唇音合	幫	方味	飛邊3	沸	疿／芾[飛喜3]／祓[飛喜7]／	萉沸※訛入，出誹鯡辈瀵誹跰
	滂	芳未	飛喜7	費	費	髴鬽横晞纊
	並	扶沸	飛喜7	鬻	疿費扉／翡※訛上	菲蜚腓鬩狒潰怫蟦疿斐茈朏跰勃穮蜚曹晞贀蜰
	明	無沸	基文7	未	未（又[科文3]）味菋／沬[關文7]	頼籾鮇峡
牙音開	見	居豙	基求7	既	既（旣）曁（暨）溉（漑）炁蔇	衣機
	溪	去既	基氣7	氣	氣炁气吃	瞖
	群	其既		醴		醴幾
	疑	魚既	基語7	毅	毅／毅[西語5]※訛平	頯忍豙藾簸

〔註28〕次濁聲母應歸陰或陽？顯然歸陰聲韻的佔多數，若有陽聲韻讀法也尊重原著，如同為次濁疑母的沂、巍就收陽平。

牙音合	見	居胃	飛求3	貴	貴／瞶[飛求7]	歸
	溪	丘畏		緊		繋褧
	疑	魚貴	飛語7	魏	魏	薿
喉音開	影	於旣		衣		衣
	曉	許旣	基喜7	欷	塈愾餼犔摡懯	欷飝唏氣鎎燩氣盬鱥驕嶬忥
喉音合	影	於胃	飛英7	尉	尉尉熨慰畏罻蔚褽	犚蝟蟨鰢
	曉	許貴	飛喜7	諱	諱卉屮	湋
	云	于貴	飛英7	胃	胃謂渭／緯[飛喜3]彙（彚）[飛柳3]	圍愇媦餵焑鯛蝟緭寉蔜颵蝟

未韻有 16 個音節 129 個字，其中有 48 個字被收錄，不收錄字則高達 81 個字。音節部分有牙音醃繋，喉音衣等三個字節不收錄。在聲調方面除沸、貴外一律標陽去，但其實聲母中有一半是清聲母，真正的濁聲母只有「並奉定澄群崇俟牀常從邪云」等 12 個，在《韻鏡》41 字母中佔了不到 30%，令人不得不懷疑黃謙的清濁誤判有其母語原因。

如果扣掉聲母相同的音節及依去聲不分陰陽原則（都記成陰上），泉州音文讀系統在《廣韻》未韻中可以歸納出

　　唇音：[hui3]沸費齤未

　　牙音：[ki3]旣醃、[k'i3]氣、[gi3]毅、[kui3]貴、[k'ui3]繋、[gui3]魏

　　喉音：[i3]衣、[hi3]欷、[ui3]尉胃、[hui3]諱

唇音因輕唇化剩 1 個音讀、加上牙音 6 個音讀、喉音 4 個音讀，15 個音節只剩 11 個音節。

小　結：

在晚唐「濁上歸去」的語音現象發生後，全濁上已歸陽去，次濁上則歸陰上。在《彙音妙悟》中，「濁上歸去」的語音現象並不多見，這一點有幾個可能：

泉州音的語言層早於晚唐「濁上歸去」的語音現象發生前，所以發生「濁上歸去」語音現象的只佔少數，這一點的可能性極大，因為泉州音至今仍保有陽上（第 6 音），如果濁上都歸去了，那來濁上（陽上）保留？

《彙音妙悟》中有極多聲調陰陽錯置處，例如「企、醉、邃」為清聲溪母、

精母及心母卻置於濁去，但「值」爲濁聲澄母，黃謙卻置於陰去。董忠司認爲係「泉州話單字調只有七調之故」，但其他的清濁誤判確也多有所見。洪惟仁就批評說：

> 這樣看來，唯一的解釋，就是黃謙本人缺乏音韻學的知識，他不顧語言的事實，而執著於格式。正如他分不清陰陽去，把二調字混在一起，又強切割爲二，分別塡入陰陽去二欄內以湊成〈八音〉一樣，他看濁聲母在陰平欄內總是空音，或字數較少，便把陽平字分一部分到陰平去。於是混亂了泉州音系。

甚至更尖銳的批評：

> 《廣韻》只分四聲不分陰陽，陰陽要靠切語下字決定。也許黃謙的聲韻學並不怎樣，不知道這個道理。〔註29〕

閩南語的陰陽調之分不必聲韻學，鄉里黃口小兒跟著大人學母語不必學聲韻學也可以區分陰陽調（清濁）。黃謙書香子弟不可能無法準確掌握該地閩南語調值，所以我們可以大膽推論《彙音妙悟》所記錄的是晉江音，因爲現代晉江語只六個調，上去均不分陰陽。所謂「少小隨家老大回，鄉音無改鬢毛衰」，人的口腔隨時會變，雖說「離鄉不離腔」，但這個鄉音除了聲、韻外，其實更不容易跑掉的是調值。

如果依平上去聲看，黃謙在平聲部分錯誤不多，上去比例均多，尤以去聲最多。如果他記錄的是泉州腔，上聲清濁絕無可能記錯，就像一個漳州腔口的人不會分不清去聲清濁一般。

再回顧黃謙在興安府學官署爲官族叔黃大振弁言寫道「觀其平仄無訛」，諸生「見之皆稱賞焉」，雖然清濁和平仄無關，但是方言一定熟，所以從調值看，黃謙記錄的是晉江音。

所以「也許黃謙的聲韻學並不怎麼樣」，無法依聲韻知識準確定清濁、分陰陽，但是無損《彙音妙悟》在當地的地位才可再版，因爲上去不管陰調陽調晉江人都只有那麼一套讀法，就像漳州人管他中古音是陰上或陽上，只要讀成「滾53」漳州人聽起來就是漳州調。從調值來看，《彙音妙悟》極有可能

〔註29〕以上並見《〈彙音妙悟〉與古代泉州音》，但反切法是上字取聲母與陰陽，下字取韻母和聲調才是。

是晉江音。

　　但是把《彙音妙悟》定位成晉江音也還有不小的問題——晉江方言已失去泉州系的標誌音[ɯ]和[ə]。晉江語和泉州南安語比起來只有 6 個元音，少了央元音[ə]和展唇後高元音[ɯ]。少了這兩個具有註記作用的元音，就無法表現出「居韻」和「科韻」，除非 200 年來的方言接觸或進化使它合併到「基韻」去了。

　　古音學上有所謂的「精莊同源」說〔註30〕，「精莊同源」的年代始於何時沒有定論，但一定早於《切韻》的精莊分立期。在《彙音妙悟》一書中，黃謙大都把齒音開口裡二四等的「精、莊組」對應到「居（-ɯ）」字母，三等的章母則對應到「基（-i）」字母。光這個語音現象就足以把泉州話上推到《切韻》之前。

　　又《彙音妙悟》遵循十五音傳統，採用[b／m]、[l／n]、[g／ŋ]對立〔註31〕，但是只有[l／n]這一組比較明顯，所以「尼離」會同擺在[基柳 5]中。[b／m]這一組「米彌」會同擺在[基文 2]中，但是「綿暝麵」等就同擺在[青文]，顯示[b／m]的對立沒有那麼必要。[g／ŋ]這一組，「五」的文白讀會同擺在「高」字母中，但是「老、麼、我」等又擺在鼻化韻「㧎」字母，「硬」也是置於鼻化韻[青語 6]。顯然這樣的對立在使用上並不一致，要採用對立或是直接以[b／l／g]結合鼻化韻？似乎存乎著作者一心而無一定標準。

　　止攝音節轉成閩南語文白讀音用到的韻有「基、嗟、居、西、科、珠、花、杯、飛、雞、開、高、青、乖、京、毛」這 16 個韻依各家擬音及現代泉州音對照如下表：

字母 例字	1970 王育德	1983 黃典誠	1983 樋口靖	1988 姚榮松	1996 洪惟仁	2004 馬重奇	2000 泉州市志
基／卑	ii	i	i	i	i	i	i
居／雌	ɨ	ɯ	ï	ɯ	ɨ	ɯ	ɯ

〔註30〕黃侃「古音十九紐」中，莊組歸入了精系。

〔註31〕關於鼻濁音對立問題，王育德這樣說：「鼻音是濁音受鼻音化韻母的同化才聽成為鼻音。從音韻論來解釋的話，因為鼻音處在鼻化韻母之前，而濁音處在非鼻化韻母之前，彼此呈互補分布，所以音素只需設立其中一組就夠了。」

飛／毀	uɨi	ui	ui	ui	ui	ui	ui／ə
科／被	ə	ɤ	ə	ɤ	ə	ə	ɔ／o／ə
西／廁	e	e	e	e	e	e	e
開／眉	ai	ai	ai	ai	ai	ai	ai／ui
杯／衰	ue	ue	ue	ue	ue	ue	ue
花／紙	ua	ua	ua	ua	ua	ua	ua／ue
嗟／寄	ia	ia	ia	ia	ia	ia	ia
珠／龜	uɨ	u	u	u	u	u	u
雞／地	əi	ɯe	əi	ɤɪ	əe	əe	ue
高／鬢	ɔ	ɔ	ɔ	ɔ	ɔ	ɔ	o／ɔ／ə
青／耳	iɨ̃	ĩ	ĩ	ĩ	ĩ	ĩ	ĩ／iŋ
乖／威	uai	uai	uai	uai	uai	uai	uai
京／子	iã	iã	iã	iã	iã	iã	iã／iŋ
毛／二	iŋ	ŋ	ŋ	ŋ	ŋ	ŋ	ŋ／ɔ̃／au

　　王育德擬音特色在加入高央元音[ɨ]，甚至高前元音的鼻化韻都會變成前高元音加上高央元音鼻化韻。

　　關於居韻的擬音，雖然我們可以看到王育德[ɨ]、樋口靖[ĭ]及其他各家一致的[ɯ]，因為沒有互相對立的音位，只是發音部位的認知略有不同而已，本質上沒有太大的歧異，所以居韻的擬音基本上各家是相同，都是高元音，到了現代也沒什麼改變。

　　基韻的擬音基本上各家是相同，都是前高元音，不過王育德的擬音在前頭多加了一個高央元音[ɨ]。科韻各家擬音都是中元音，差別只在舌頭的位置是偏中央或偏後，即便現代泉州音也沒有背離。差異最大的是雞韻，如果從現代音往上推，最佳擬音當屬黃典誠的[ɯe]，[ɯ／u]舌位差不多，只是由緊到鬆，甚至到南安的另一種[e]都可解釋說是偷懶的結果。各家擬音中，最統一的大概就屬飛、西、開、杯、花、珠等韻了。

　　耳在青字母、二在毛字母、子在京字母，這部份是閩地土語的殘留證據。所以閩南語應是閩越語長期漢化的結果。主要元音或韻尾是[-e]的則是宋代蟹攝和止攝合流的結果。

　　濁上歸去是八世紀以後北方漢語開始有的一種新的聲調分化，這種分化的特點是全濁上歸去，次濁上歸陰上。泉州音因為保留陽上，故《彙音妙悟》中

濁上歸去的現象極少，這代表了從聲調上來說，泉州音系是早於八世紀之前的音系，且印證了楊秀芳說的：〔註32〕

外來的元音若與白話元音接近，本地人會用本地白話的元音去

取代

外來語音進入本地系統，本地人會用原有的音去模擬，把它調整接近本地語音。聲調又何嘗不是如此，所以八世紀以後的濁上歸去並沒有影響到泉州音系本身的聲調系統，到現代依然如此。

從讀書音的視角看，止攝支脂之微四韻在《彙音妙悟》中，開口字大都發音為[基]字母，約佔收錄音節的 75.7%，而且各個發音部位都可配；部分發音為[居]字母，約佔收錄音節的 17.6%，主要搭配假四等「精」母字，其次是假二等的「莊」母字，其他像「劑」普通話是蟹攝去聲，黃謙可能把支韻合口的劑和蟹攝開口的劑弄混了，牙音「居」是魚韻「居」的讀法，「抾」可能是訛讀。

合口字則多配[飛]字母，約佔收錄音節的 90%，部分音節發音為[杯、科]字母。科字母可配開口可配合口，在唇音均配開口字，在舌、牙、齒音則配合口字，合口[科]韻字約佔收錄音節的 4%；[杯]字母主要配在齒音以及舌齒音的合口字，唇喉牙音也都各 1，杯韻約佔韻收錄音節的 9%，會超過 100%是因為同一音節的音兩收甚至三收。

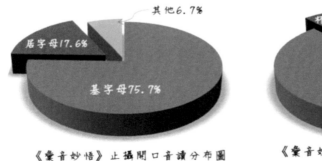

《彙音妙悟》止攝開口音讀分布圖

《彙音妙悟》止攝合口音讀分布圖

在泉州音止攝字和廣韻的對當關係中，我們可以發現到整齊的一面，且各家擬音相當一致，甚至到現代泉州音中都沒有出現重大變化。或許是泉州人對

〔註32〕見楊秀芳 1993〈論文白異讀〉。

他們的展唇後高元音[ɯ]保存的很好，沒有崩潰現象，所以能夠繼續保有他們的方言特色。

第四節　《彙音妙悟》中【止攝】音節的歸納與重建

陳新雄曾說：

> 中古音系雖不就是上古音系，然而中古音系裡頭能有上古音系的痕跡。譬如上古甲韻一部分的字在中古變入乙韻，但他們是『全族遷移』，到了乙韻仍舊『聚族而居』。因此關於脂微分部，我們用不著每字估價，只須依《廣韻》的系統細加分析，考定某系的字在上古當屬某部就行了〔註33〕。

如果聲音的演變是『全族遷移』及『聚族而居』的，那麼理論上我們只要整理出【止攝】音節表的閩南語音讀，並訂定出和《廣韻》聲、韻類相對應的規則，即可推出所有【止攝】字的在《彙音妙悟》所代表的年代泉州音讀，至少讀書音應該是有這樣的對應關係。以下是聲母從 41 聲母歸結到 15（18）聲母的情形。

唇音	幫→開口：邊普（鄙）	合口：喜邊（飛沸）
	滂→開口：普	合口：喜
	並→開口：邊普	合口：喜邊（肥）
	明→開口：文	合口：文（基：微娓未；科：尾）〔註34〕
舌音	知→開口：地爭	合口：地出（腄／箠）
	徹→開口：他出	合口：他
	澄→開口：地爭（豸）	合口：地他（鬄／錘）
	娘→開口：柳入（膩）	合口：柳英（諉）
	定→開口：地（端組不配二三等，定母只有「地」這個音節）	
牙音	見→開口：求	合口：求氣（軌媿）
	溪→開口：氣英（尵／掎）	合口：氣求（闚跪）
	群→開口：求	合口：求氣（悸）
	疑→開口：語英（劓）	合口：語

〔註33〕見陳新雄著《古音研究》P160。

〔註34〕明母字在《彙音妙悟》中均配開口音，即便在微系合口也是。

齒二莊	莊→開口：爭	合口：爭
	初→開口：出	合口：出
	崇→開口：時	合口：時
	生→開口：時	合口：時
	俟→開口：時	合口：時
齒三章	章→開口：爭	合口：爭
	昌→開口：出	合口：出
	船→開口：時（示）爭（䚩）	合口：時
	書→開口：時	合口：時
	常→開口：時出（市）	合口：時（蓳[飛入6]疑誤）
齒四精	精→開口：爭	合口：爭
	清→開口：出	合口：出
	從→開口：爭出（疵）	合口：時
	心→開口：時	合口：時出（髓）
	邪→開口：時	合口：時
喉音	影→開口：英	合口：英喜（恚）
	曉→開口：喜	合口：喜英（陸／隳）
	云→開口：英	合口：英
	以→開口：英	合口：英
舌齒音	來→開口：柳	合口：柳入（羸）
	日→開口：入	合口：入柳（蕊蘂）

在韻的表現上來說，依發音部位整理音節可得下表（標*者為白話音），再配合上表的聲母即可重建【止攝】音節讀書音。

脣音	基[-i]	飛[-ui]	科[-ə]	開[-ai]	不收音節
支開	陂卑鈹皮陴糜彌		糜*		跛
紙開	彼俾婢被諀洷靡	彼〔註35〕	被*		殏
寘開	賁臂避帔譬				髲
脂開	悲紕丕邳眉			眉*	紕
旨開	匕鄙嚭否美				牝
至開	祕備痹鼻濞屁郿寐	屁*			
微合	微	肥朏靠／肥〔註36〕			
尾合		匪斐尾膹	尾*		
未合	未	沸〔註37〕費鬽	未*		

〔註35〕[飛邊1]，正音，應是受切語／甫委切／影響，但聲調不對。

〔註36〕肥仍保有一個重脣音[飛邊5]。

1、脣音不配支、脂合口，「彼」有一音在[飛邊 1]並標「正」不知何解；「屁」
除了表中兩音又收入聲字[雞他 4]也不知何解。

2、合口：肥棐霏、匪斐尾膹、沸費鬢等音節，聲母受輕脣化影響已轉入喉部清
擦音：喜[h-]。

3、以平聲賅上去，支、脂脣音不配合口，之不配脣音，微不配舌齒音，脣音只
有合口字，黃謙把微、未音節由合口轉開口不知何解。

4、脣音開口字多歸基[-i]，合口字多歸飛[-ui]。故可為上述不收的音節擬音如
下：柀紕[基普 1]、殍[基普 2]、髴[基邊 7]、牝[基邊 6]。

舌音	基[-i]	飛[-ui]	西[-e]	雞[-æ]	開[-ai]	不收音節
支開	知摛馳					
支合		腄〔註38〕				觿〔註39〕
紙開	掟			豸〔註40〕		狔褫
寘開	智					
寘合		縋諉〔註41〕				娷
脂開	胝絺墀尼					
脂合		追鎚				
旨開	黹雉					縸柅
至開	致緻膩地		地*	地*		屎
至合		墜	墜〔註42〕			轛
之開	痴治					
止開	恥峙伱〔註43〕					徵〔註44〕
志開	置值					眙〔註45〕

〔註37〕沸收在[春喜 8]疑受佛音影響，依同小韻字「疿」訂為[飛邊 3]，但以輕脣化演變趨
勢看，似乎更應訂為[飛喜 3]。

〔註38〕腄：[飛時 3]，此音義來自《集韻》、《韻會》／是為切／。

〔註39〕觿：[高地 2]，此音來自果攝果韻／徒果切／，又原觿誤，訂為觿。

〔註40〕掟、豸兩字已歸到齒音「爭」字頭，[開爭 6]疑蟹攝／宅買切／。

〔註41〕諉：[飛英 2]，此音本在娘母，但混到紙韻的「委／於詭切／」了。

〔註42〕註古地字，《廣韻》、《康熙字典》均不收此音義。

〔註43〕娘母的伱已歸到「柳」字頭。

〔註44〕「微」字收曾攝蒸韻／陟陵切／，不收止攝止韻／陟里切／。

〔註45〕「眙」字收止攝之韻／與之切／，不收止志韻／丑吏切／。

1、舌音在此攝有兩大特色：A 合口無上聲、B 不搭配 8 微韻。

2、舌音開口多歸基[-i]合口多歸飛[-ui]。故可為上述不收的音節擬音：

　　A. 開口　褫[基他 2]、狔[基柳 2]、絮[基他 2]、柅[基柳 2]、屎[基他 3]、

　　　　　　徵[基地 2]、眙[基他 3]。

　　B. 合口　轛[飛地 3]、鬌[飛地 7]、娷[飛地 3]。

牙音	基[-i]	飛[-ui]	嗟[-ia]	乖[-uai]	科[-ə]	珠[-u]	西[-e]	不收音節
支開	羈羇奇宜衹							
支合		嬀虧危						
紙開	綺技螘掎〔註46〕							企枳〔註47〕
紙合		詭跪		詭*				跪〔註48〕硊
寘開	寄芰議企		寄*					駬猗
寘合		賄僞						瞡觖
脂開	飢鬐							狋
脂合		龜葵			葵*	龜*		歸
旨開	几跽							
旨合		軌癸揆						歸郎
至開	冀器劓〔註49〕					劓		
至合		媿季喟〔註50〕匱悸						
之開	姬欸其欺							
止開	紀起擬							
志開	記忌							亟〔註51〕魆
微開	機祈沂							
微合		歸巍						蘬
尾開	豈顗							螘
尾合		鬼						
未開	既氣毅							醷
未合		貴魏						綮

〔註46〕「掎」字[基英 2]已被從見母轉到疑母了。

〔註47〕「企」不收上聲、「枳」字收章母的／諸氏切／，不收見母的／居氏切／。

〔註48〕「跪」字收群母不收溪母，而且正確歸入濁（陽）上第 6 聲。

〔註49〕「劓」字另收一音[基英 7]已從疑母轉到喻母了。

〔註50〕「喟」字[飛英 2]已被從溪母轉到影母且收在陰上，宜訂為[飛氣 3]。

〔註51〕「亟」[卿求 4]屬曾攝職韻／紀力切／，不收志韻／去吏切／。

牙音開口多歸基[-i]，合口多歸飛[-ui]。故可爲上述不收的音節擬音：

A. 開口　枳掎蟣[基求 2]、企[基氣 2]、馶驥[基求 3]、齮庪[基氣 3]、狋[基語 5]、劓[基語 7]。

B. 合口　聭[飛求 3]、歸[飛氣 1／2]、郎[飛求 2]、蘬[飛氣 1]、跪[飛氣 2]、硊[飛語 6]、觖綮[飛氣 3]。

齒音	基 [-i]	飛 [-ui]	開 [-ai]	居 [-ɯ]	科 [-ə]	西 [-e]	珠 [-u]	花 [-ua]	不收音節
支開	支繊釃	厜		差雌疵斯疵觜					齜眵薦提
支合		吹夊隨衰		劑	吹*	劑*		衰(杯)	騹轊眭
紙開	紙侈弛弛是			紙紫此徙		批	躧徙	紙*	
紙合		揣捶〔註52〕菙觜			髓*				惢獝
寘開	寘翅豉刺			漬刺賜屣			屣		袠刴積〔註53〕
寘合		惴睡							吹稜
脂開	脂尸鴟〔註54〕			師咨茨私					郫
脂合		衰錐推誰崔綏							
旨開	旨矢視死			姊死兕					
旨合		水							濢趡嶉
至開	至痓示屍嗜四			恣自次四					
至合		醉翠萃邃遂							出〔註55〕痓
之開	菑茬〔註56〕嵠之蚩詩時			菑茲慈思詞					輜
止開	剚〔註57〕止齒市始柔			滓子士史俟似				止*	
志開	志熾試侍寺		事*	裁事字笥	廁				載駛

1、齒音不配 8 微韻

〔註52〕「捶」／之累切／，誤入端母[飛地 2]，應訂爲[飛爭 2]。

〔註53〕「積」[卿爭 4]屬梗攝昔韻／資昔切／，不收寘韻／子智切／。

〔註54〕「鴟」／處脂切／，[基他 1]昌母誤入徹母。

〔註55〕「出」[春出 4]屬臻攝術韻／赤律切／，不收至韻／尺類切／。

〔註56〕「茬」／士之切／，[基地 5]崇母誤入澄母。

〔註57〕「剚剚」並／初紀切／，以「剚」[基出 2]取音。

2、莪、試、笥、醉等字應在陰去，被置於陽去。

3、「差」／楚宜切／參差也，依同音字嵯定為[居出1]。

4、「士」／鉬里切／、「事」／鉬吏切／，崇母，止攝崇母字多對應時字頭。

5、《彙音妙悟》齒音相配的字母和其他發音部位比較是相對複雜，但開口多歸基[-i]、居[-ɨ／ɯ]，合口多歸飛[-ui]。細分開口莊章精系發現：

  5.1 章系字在韻圖三等位置，其字母以配基[-i]音為主；

  5.2 莊系字在韻圖二等位置稱假二等，止攝有22個莊系音節，其字母以配居[-ɨ／ɯ]音為主佔10個，基[-i]佔3個，珠1個，西1個，有7個音不收錄；

  5.3 精系字在韻圖四等位置，止攝有34個精系音節，音節配居[-ɨ／ɯ]音為主佔28個，2個配基[-i]，1個誤配飛，3個不收錄。

  5.4 依上述規則為不收錄的音節擬音如下：

  A. 開口：齜[居爭1]、眵[基出5]、蠤[居爭5]、提[基時5]、駛[居時3]、裝積[居爭3]、刕[基出7]、郪輜[居出5]、截[居出7]

  B. 合口：騋[飛爭1]、衰[飛出1]、髓[飛時2]、嶲[飛時6]、澤[飛爭2]、轡眭[飛時1]、吹出[飛出3／科出3]、矮痿[飛時3]、趡[飛出2]、惢嶉[飛爭6]

喉音	基[-i]	飛[-ui]	乖[-uai]	開[-ai]	不收音節
支開	漪犧移				訑
支合		逶麾爲隋			
紙開	倚酏				襦
紙合		委毀蔿莜			
寘開	戲易				倚
寘合		恚			餧毀媥爲瓃
脂開	伊姨				咦
脂合	惟〔註58〕	惟			
旨開	欪				
旨合		洧唯			瞜
至開	懿肆				隸
至合		位遺			衈〔註59〕獥

〔註58〕不知是否誤切，或開口誤爲合口。「維惟濰唯」皆是。

〔註59〕「衈」[卿喜4]收的是職韻／況逼切／。

	基[-i]	飛[-ui]	杯[-ue]	青[-î]	不收音節
之開	醫僖飴				
止開	喜矣以				讁
志開	意異				憙
微開	依希				
微合		威揮幃	威〔註60〕		
尾開	屎豨				
尾合		朏虺			磈〔註61〕
未開					衣欷〔註62〕
未合		尉諱胃			

1、喉音對應的方式非常單純，開口對應基[-i]、合口對應飛[-ui]，除了「惟」誤切[基]，沒有例外。

2、《彙音妙悟》不收的音節可以補擬音如下：

A. 開口　詑咦[基喜 1]、穢[基喜 2]、倚衣[基英 3]、譺憙欷[基喜 3]、譩[基英 2]。

B. 合口　餧[飛英 3]、毀孈血矮[飛喜 3]、爲璝[飛英 7]、瞔[飛喜 2]、磈[飛英 2]。

舌齒音	基[-i]	飛[-ui]	杯[-ue]	青[-î]	不收音節
支開	離兒				
支合			羸〔註63〕		痿〔註64〕
紙開	邐			爾	
紙合		絫蘂			
寘開	詈				
寘合		累	柄		
脂開	黎				
脂合		灕蕤			
旨開	履				
旨合		壘蕊			

〔註60〕　「威」[飛英 1]，但另收一音[乖英 1]而且其意就是「歪」，《廣韻》、《康熙字典》不載。

〔註61〕　「磈」[飛氣 2]收的是蟹攝賄韻／口猥切／。

〔註62〕　「欷」[基喜 1]收的是微韻／香衣切／。

〔註63〕　「羸」／力爲切／，應在柳字頭，現被列入日字頭並轉爲杯字母。

〔註64〕　「痿」[飛英 1]收的是影母「逶」／於爲切／，舌齒音應是日母／人垂切／。

至開	利二				
至合		類			
之開	釐而				
止開	里耳			耳*	
志開	吏餌				

1、舌齒音即半舌音來母及半齒音日母字，和舌音、齒音一樣，不配 8 微韻。

2、半齒音日母開口上聲讀青[-ĩ]、合口去聲讀杯[-ue]。

3、為 5 支韻半齒音日母合口字「痿」擬音為[飛入 5]。

小　結：

止攝莊精開口 55 音節配韻如下：

	莊			精		
	居[-ɯ]	基[-i]	其他	居[-ɯ]	基[-i]	其他
支	差躧		醨屣	觜雌疵斯紫此徙刺漬賜		厓
脂	師			咨茨私姊死兕恣次自四		
之	菑滓士史俟蕆事	緇剺	廁	茲慈思詞子似字笥	枲寺	

止攝莊組開口有 22 個音節，《彙音妙悟》收錄了 15 音節，其中配居[-ɯ]的有 10 音節佔 66.7%。

止攝精組開口有 33 個音節，《彙音妙悟》收錄了 31 音節，其中配居[-ɯ]的有 28 音節佔 90.3%。莊精配居[-ɯ]的合計佔收錄音節的 82.6%。

止攝的支脂之合流，聲母的莊精也合流，於是讀書音形成了以下的狀況

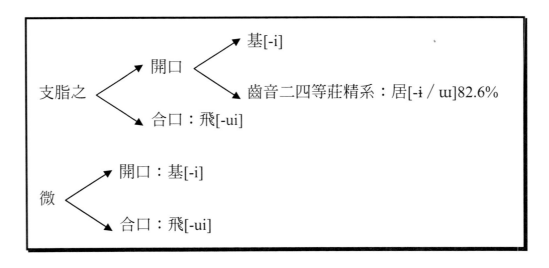

第五節　小　結

從以上的觀察，我們可以整理出以下結果，其中各字母的擬音經參考各家及《泉州市志》訂爲：基[i]、居[ɯ]、飛[ui]、科[ə]、西[e]、開[ai]、杯[ue]、花[ua]、嗟[ia]、珠[u]、雞[əe]、高[ɔ]、青[ĩ]、乖[uai]、京[iã]、毛[ŋ]。

	讀書音開	讀書音合	白話音開	白話音合
脣音：〔註65〕	基飛（彼）	飛基（微未）	科（糜被）開（眉）飛（屁）	科（尾未）均濁音
舌音：	基	飛	西（地墜）雞（地）開（豸）	
牙音：	基西（劓）	飛	嗟（寄）基（劓）	乖（詭）科（葵）珠（龜）
齒音2：〔註66〕	居西（批廁）	飛	珠（躧屣）開（事）	
齒音3：	基居（紙）	飛	花（紙止）	科（吹）
齒音4：	居	飛居（劑）	珠（徙）	科（髓）西（劑）
喉音：	基	飛基（惟）		乖（威）
舌齒音：	基	飛杯（贏柄）	青（爾耳）	

讀書音開口是以基字母爲主，齒音莊系和精系因爲沒有像《廣韻》莊精分立，所以莊系和精系是共同對應到居字母。

讀書音合口全部都對應到飛字母，但是微系的「微未」卻對應到基字母，可能尾字泉州音也有[bi2]的文讀，黃謙卻誤以爲[bi2]是漳州讀法不去收錄。

白讀音因爲殘留語言層多，直接就反應在語音上，所以可看到對應極不規則。其中最爲學者注意的有：

寄、奇、蟻等上古屬「歌」部，《彙音妙悟》屬嗟字母的讀音各家均擬音爲[-ia]。根據王力、黃典誠等人的研究

　　　王力：上古歌部因爲「元音向前部高化」，有部分跑到【支部】

〔註67〕

〔註65〕脣音配合口時，聲母會受輕唇化影響已轉入喉部清擦音：喜[h-]。明母則再變化中，至少「尾」字已出現聲母會受輕唇化影響已轉入喉部清擦音：喜[h-]的語音現象。又「肥」字也同時保留了重唇音。

〔註66〕齒音2指在二等位置的正齒二：莊系五母（莊初崇生俟），以下同樣指三等位置的正齒三：章系五母、四等位置的齒頭音：精系五母。

〔註67〕王力《漢語史稿》P98。

黃典誠：中古止攝開口三等支類是上古歌、支兩部細音的合流，其中有的字今閩南文讀[i]，白讀[ia]。例如：奇 k'ia1、騎 k'ia5、徛 k'ia7、蟻 xia7、檥 xia7、寄 kia3……他們都來自上古歌部〔註68〕。

倚、徙等上古屬「歌」部，《彙音妙悟》屬花字母的讀音各家均擬音為[-ua]。

黃典誠：只有上古歌部字今閩南可白讀為 ua。

但是「紙：帋坁泜抵只枳咫沢軝抧侈積躧」上古屬佳部〔註69〕（支部），這些上古佳部（支部）的字從諧聲偏旁看可分「氏／只／多」三類，目前只有「紙帋」白讀[ua]〔註70〕，其餘從氏者今閩南語不是分不清「氏氐」就是不收，而從只從多的都已讀為[i]。清代閩南語韻書分不清「氏氐」有可能是抄刻有誤，但也顯示出閩南語韻書在當代不受學者重視，沒能好好校對。

《廣韻》止攝共收錄 389 個音節，因為韻母的合併，無法把支脂之微相加，必須以 15 音為軸串起來才行。

以讀書音看，柳無陽上，共收開合 10 音節；邊唇音以開口為主，共收 6 音節；求字頭中有較多的白話音如龜子崎寄等，含居收 11 音節；氣陽平無相應音節，含居收 10 音節；地陽上陰去無相應合口，收 10 音節；普字頭只有基字母有音節，只收 6 音節；他字頭陰去陽上去無相應音節，只收 3 音節；爭字頭屬齒音，受莊精合流配居字母之賜，齒音音節相對較多，爭字頭除陽平無基字母及陽上無合口外，共收 16 音節；入字頭陽上無相應音節，只收 6 音節；時字頭屬齒音，收 15 音節；英字頭無陽上，收 10 音節；文字頭無陰平陽上，收 7 音節；語字頭也無陰平陽上，收 6 音節；出字頭 13 音節；喜字頭則有 9 音節。

15 音相應的止攝音節共有 148 音節，和《廣韻》的 389 音節比起來，已有

〔註68〕《黃典誠語言學論文集》P219：〈閩南方言中的上古音殘餘〉，其實除了「寄[kia3]」外，「奇騎徛」泉州音都含[k'a]，《臺灣閩南語常用詞辭典》也記錄「奇」鹿港音讀[k'a1]。

〔註69〕紙：上古音擬為佳部的有李方桂及潘悟雲，擬為支部的有王力、鄭張尚芳。

〔註70〕《彙音妙悟》不收帋，但依中唐官修類書《初學記》記載「蔡倫剉故布擣抄作紙，又其字從巾」，故紙帋同義。

62%的音節被歸併，其原因在於「支脂之微」開口多已歸[i]、合口都已歸[ui]，加上齒音 3 組 15 聲母已整合成「爭出時」3 個，但是因爲莊精二組多相應居字母，合口音部分跑到科字母，不然音節數會更少。

如果考慮泉州音去聲不分陰陽的事實，還要扣掉陰陽去重複的音節共 19 音節，那麼泉州腔上攝部分就剩 129 音節，只餘 1／3 了。

考慮黃謙在上去常清濁錯置是受晉江音上去不分陰陽影響，再扣除陰陽上重複的音節共 11 個音節，晉江腔口在止攝中的音節只剩 118 個音節，十分已去七分矣。

這樣極少的音節所構成的方言絕不是單純的音節整併，背後呈現的意義應該是單一音系不必有如《廣韻》／《切韻》這麼多的音節數，《切韻》會這麼多的音節數，最重要的原因在於她所代表的不是一時一地的單一音系，而是包含一段當時古今時間和萬國空間綜合語系，所以現代漢語方言才無法脫出其樊籬。

語言的演化是宿命，否則上古音系爲何要用部不用韻？因爲上古沒留下韻書，甚至押韻都不是有意爲之〔註71〕，我們只能藉著不是有意爲之的韻文反向推導其來源。

《切韻》以後，因爲有了公認的韻書，似乎有了轉機。其實不然，民國以前的韻書因爲採用反切標音，當語音改變後所標音的音讀也隨著改變了。所以我們可以憑藉韻書找到音變規則，甚至做出擬音，但少有人敢說已解開當時音系，準確且直接的使用當時語音或音讀。

1800 年成書的《彙音妙悟》雖然距今只 200 年，泉音音系的方言也還在使用中，但是的我們能做的仍然只是校正及音系歸納而已。

《彙音妙悟》不只是字書，它更是辭書〔註72〕，所以每一字均配一辭或解釋。因爲收錄以讀書音爲主，我們若依其配辭及解釋追蹤，便會發現黃謙大部份是選輯自《康熙字典》資料。也幸好是選輯自《康熙字典》，使得在校訂上有跡可尋，不必胡亂猜測。

〔註71〕在「四聲八病」未正式發現前，押韻應都只是求「耳順」而已，非有意爲之。

〔註72〕自序：因音以識字，使農工商賈按卷而稽，無事載酒問字之勞乎。

第三章 《彙集雅俗通十五音》中【止攝】音節探析

第一節 《彙集雅俗通十五音》的研究

一、《彙集雅俗通十五音》的性質

（一）《彙集雅俗通十五音》可能的音系

《彙集雅俗通十五音》是繼閩東福州音《戚林八音》、閩南泉州音《彙音妙悟》之後的漳州音首部韻書——至少目前沒看過更早的。其成書時間在黃謙編纂《彙音妙悟》之後的十幾年，上頭署名「東苑謝秀嵐編輯」。

張耀文認為《彙集雅俗通十五音》的書名斷句應該是「彙集雅俗，通十五音」，也就是兼收文白[註1]，以十五音經緯五十字母音及聲調。

東苑謝秀嵐何許人也？《漳州市志・卷四十二藝文・第一章詩文著作書目・第一節古代書目・五清代》做了如下的記錄：

> 《增注雅俗通十五音》（8卷）謝秀嵐撰。生平不詳。此書專錄

〔註 1〕從這個角度看，《彙音妙悟》、《彙音寶鑑》的「彙音」不也是反應文白兼收？《彙音寶鑑》的「彙音」甚至漳泉兼收。

漳州方音，因聲母 15 個，故稱「十五音」。書以音查字，有文讀、白讀之分，時爲塾師必備之書。韻書保存了一百多年前漳州方言的語音和一部分詞彙，是研究閩南方言和地方文化的重要典籍。同治八年（1869 年）有顏錦華版，其後還有會文堂版、林文堂版。漳州市地方志編纂委員會重印〔註2〕。

所以從語音現象及《漳州市志‧藝文志》看，《彙集雅俗通十五音》可說是一部以漳州方音爲主的閩南語音韻學書籍。

雖然羅常培、洪惟仁及馬重奇等認爲此書表現的是漳浦腔音，但是洪惟仁在研究《關廟區方言「出歸時」現象漸層分布》一文中引陳淑娟及周長楫資料，不否認漳浦「出歸時」的語音現象，何以也認爲《彙集雅俗通十五音》是漳浦音？這是筆者百思不解之處。〔註3〕

丁邦新在《台灣語言源流》一書第 6 頁中提到：

閩南人的大量移民是明永曆十五年鄭成功從荷蘭人手中光復台灣以後的事。當時的軍政中心在台南，由於鄭成功是泉州府南安縣人，他的左右也多泉州人。後來輔佐鄭經的諮議參軍陳永華又是泉州府同安縣人，他設立學校，考試儒童，奠定台灣教育文化之基礎。受了他們的影響，因此初期移往台南的閩南人中，以泉州人爲多。

王育德在《台灣話講座》第 4 頁也曾提及：

祖籍是靠近泉州的同安，大體上漳州腔占七成，泉州腔占三成。筆者的故鄉台南市，據小川尚義的調查（1907 年），屬於泉州腔較濃的地方，爲何演變成上述的比率，筆者迄今未能找出原因所在〔註4〕。

〔註 2〕見 http://www.fjsq.gov.cn:88/ShowText.asp?ToBook=3167&index=3275&

〔註 3〕洪惟仁在他的博士論文《音變的動機與方向：漳泉競爭與台灣普通腔的形成》第七章〈單音韻的央元音位移〉中還提到

這本書可以代表北漳州的音韻系統，但無法完全涵蓋南漳州的少數區別。

漳浦是屬於南漳州，何以洪惟仁會對《彙集雅俗通十五音》的音系能有截然不同的兩種看法是筆者所深深不解。

〔註 4〕但是據洪惟仁〈吳守禮教授在閩南語文獻學上的貢獻〉一文：「吳（守禮）教授曾

　　鄭成功是泉州南安人，他所帶的人因地緣關係，自然也以南安人及晉江人（如施琅）、同安人（如陳永華）等為主，所以台南早期是偏泉腔，後來的偏漳應該是都市化移民的結果。那「出歸時」的語音現象何嘗沒有可能是同地緣的惠安崇武腔所帶來？漳浦方言據《漳浦縣志・卷三十七方言・第一章語音・第一節音系》的音系表確實還有含塞擦音[ts'-]的十五音〔註5〕。但是如果再查《漳浦縣志・卷三十七方言・第一章語音・第七節同音字表》的語料，我們又可發現[ts'-]是存在「縣北片」，漳浦音實際確是「出歸時」的音腔。可是《彙集雅俗通十五音》並沒有「出歸時」現象，如何定訂《彙集雅俗通十五音》是漳浦音腔？

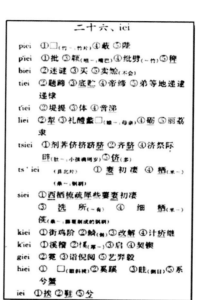

　　漳浦腔還有一個和各閩南語方言點發展都不一樣的韻[-iei]。馬重奇在《閩台閩南方言韻書比較研究》第四章〈閩南漳州方言韻書比較研究〉一文中提到

　　　　漳州各縣市方言多數有[e／eʔ]韻，唯獨平和安厚、漳浦方言有

經給我說了一個故事，他說小川先生聽了他的台南腔，立刻判斷他的口音是漳州腔……小川的台灣閩南語的方言分類中沒有所謂「混合腔」的類型，在他刊載於《日臺大辭典》（1907）的台灣語言分佈地圖上只有漳州腔和泉州腔兩類。他大概根據台南話的〈薑〉字母唸 ionn 而判斷台南腔是漳州腔的。」

〔註5〕音系表不含舌尖中鼻音[n-]及舌根鼻音[ŋ-]，但在註2說明「b、l、g三個聲母與後面鼻化元音結合時，讀成m、n、ŋ。」

[iei]韻，雲霄、詔安方言有[ei]韻……

除了詔安有[-ei]以外，在漳泉廈腔閩南語的韻母中，也從來沒有[-ie]和[-ei]的組合〔註6〕。

漳浦音系既然出現了[-iei]這個韻。例：迷[biei2]〔註7〕、禮[liei3]、鞋[iei2]、妻[ts'iei1]（縣北片）/ [siei1]……這就更突顯漳浦腔[-iei]韻的特殊性，[-iei]沒有理由不列入漳浦腔的標誌腔。這樣特殊的方音各家擬音卻看不到反應。

馬重奇以麥思都（Walter Henry Medhurst，1796～1857）著，1831年完成的《福建方言字典》探討《彙集雅俗通十五音》代表的音系，他提到「麥都思在序言中已清楚地說明是漳州方言」。又引了杜嘉德《廈英大辭典》序言說「麥都思這部字典『記的是漳州音』」，但是又用括號註明「更精確的說，是漳浦音」。接著用「稽」和「伽」兩字做比較，並認為「『稽』和『伽』是最能反應《彙集雅俗通十五音》音系性質的特殊韻部。該韻書存在著『稽』和『伽』二部的語音對立」並構擬出和別人不同的擬音以指出《彙集雅俗通十五音》是屬於漳浦音系。

擬音人 字母	羅常培	王育德	洪惟仁	董忠司	林寶卿	馬重奇	漳州市志
13 稽	[-e]	[-e]	[-e]	[-e]	[-ei]	[-ei]	[-e]
39 伽	--	[-oi]	[-e]	[-e]	[-oi]	[-e]	[-ia]

但是馬重奇提供的漳州十個方言點韻母中也看不到漳浦有[-ei]及[-e]，且漳州除漳浦及詔安外都有[-e]，雲霄和詔安是唯二有[-ei]的方言，至於[-iei]也只有平和及漳浦有之。

除了文獻及特殊韻部的判別，馬重奇也比照李榮判別《渡江書十五音》音系的方法，以《彙集雅俗通十五音》中在一些地方提到長泰、漳腔、海腔及廈

〔註6〕盧廣誠在《台灣閩南語概要》P32〈複元音的結合規律〉中更進一步指出：
構成台閩語複元音的兩個元音，不可能是兩個相鄰的前元音或後元音，所以國語裡的'ei'（ㄟ）、'ie'（ㄧㄝ）、'ou'（ㄡ）、'uo'（ㄨㄛ）這些複元音，都不可能出現在台閩語的音節中。
洪惟仁認為這是漳浦以東的語言現象，以西的潮州腔沒這個限制。所以洪也承認為除受客語影響的潮州腔外，漳泉廈閩南語沒有那樣的複元音。

〔註7〕聲調標示以奇數為陰聲調偶數為陽聲調。

腔卻沒提到漳浦腔，反證《彙集雅俗通十五音》不是漳州腔，認為是漳浦腔。

　　這個部分是個人深深無法認同的部分，因為除了稽、伽的擬音在現代漳浦腔看不到外，也沒有學者構擬出[-iei]，更看不到學者據以認定關廟片是漳浦腔的「出歸時」現象。除非有證據顯示漳浦原有[-ei]及[-e]，是近 200 年的演化失落、「出歸時」現象則也是近 200 年的演化所產生，否則實在難把《彙集雅俗通十五音》和漳浦腔串在一起。所以筆者寧可相信《彙集雅俗通十五音》所代表的音系是 200 年前流行漳州地區的漳州通行腔。

　　因此筆者寧相信謝秀嵐沒有[-iei]韻、沒有「出歸時」現象的《彙集雅俗通十五音》表現出的，正是 200 年前的漳州通行腔而不是漳浦腔。也寧相信沒有[-iei]韻的關廟片不一定是漳浦腔。

　　查閱《漳州市志》及《漳浦縣志》我們可以整理出兩地現代方言的元音，把漳州、漳浦現代方言的元音製成元音圖比較如下。

《漳州市志》　　　　　　　　　《漳浦縣志》

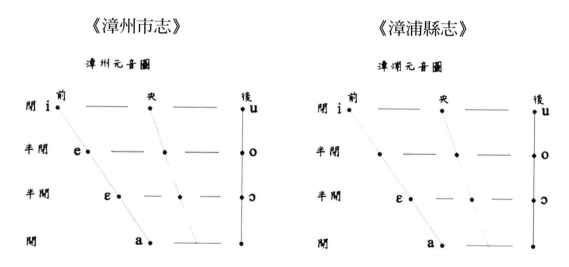

　　現代漳浦音和漳州音比較，顯然少了一個較高的前元音[-e]。《集雅俗通十五音》擬出了前元音[-e]意謂著兩個可能：

　　如果是漳浦腔，近 200 年的語言接觸讓漳浦的前元音[-e]消失了。

　　《集雅俗通十五音》是代表的漳州音系不是漳浦音系，或者是縣北片偏漳州一帶的音系。

（二）《彙集雅俗通十五音》年代及特點

　　《彙集雅俗通十五音》目前所知道的最早版本是嘉慶 23 年（1818 年）文林堂梓行朱墨套印本。此版本封面上頭橫題「嘉慶戊寅年新鐫」，書名為《增

註雅俗通十五音》,「彙集雅俗通十五音」的字樣是出現在目錄第一行及各卷首的首行處。

既是「新鐫」,又是「增註」。那這個版本應該不是首發行,只能說是目前所知道的最早版本〔註8〕。

而作者部分,不只《漳州市志·藝文志》在《增注雅俗通十五音》項下註謝秀嵐生平不詳,翻遍福建省志及各地方志也找不到第二筆資料。

《彙集雅俗通十五音》同樣沿襲傳統韻書「因韻求字」的方式,在分韻上也承襲《戚參軍八音字義便覽》、《彙音妙悟》,以五十字母(韻母)為經,不同的是改以「四聲(分陰陽即為八聲調)」為緯,以「十五音(聲母)」為梳櫛。

《彙集雅俗通十五音》的五十字母各家擬音如下:

擬音人 字母	羅常培 〔註9〕	王育德 〔註10〕	洪惟仁	董忠司	林寶卿	馬重奇	漳州市志
1 君	[-un]	[-un]	[-un]	[-un]	[-un]	[-un]	[-un]
2 堅	[-ian]	[-ian]	[-ian]	[-ian] 〔註11〕	[-ian]	[-ian]	[-ian]
3 金	[-im]	[-im]	[-im]	[-im]	[-im]	[-im]	[-im]
4 規	[-ui]	[-ui]	[-ui]	[-ui]	[-ui]	[-ui]	[-ui]
5 嘉	[-e]	[-ɛ]	[-ɛ]	[-ɛ]	[-ɛ]	[-ɛ]	[-ɛ]
6 干	[-an]	[-an]	[-an]	[-an]	[-an]	[-an]	[-an]
7 公	[-oŋ]	[-oŋ]	[-ɔŋ]	[-ɔŋ]	[-ɔŋ]	[-ɔŋ]	[-ɔŋ]
8 乖	[-uai]	[-uai]	[-uai]	[-uai]	[-uai]	[-uai]	[-uai]
9 經	[-ieŋ]	[-iəŋ]	[-ɛŋ / -iŋ]	[-iəŋ]	[-iŋ]	[-ɛŋ]	[-iŋ]
10 觀	[-uan]	[-uan]	[-uan]	[-uan]	[-uan]	[-uan]	[-uan]
11 沽	[-ɔ]	[-ɔ]	[-ɔu]	[-ɔ]	[-ɔ]	[-ɔu]	[-ɔ]
12 嬌	[-iau]	[-iau]	[-iau]	[-iau]	[-iau]	[-iau]	[-iau]

〔註8〕 這個論點王育德及張耀文也質疑過。

〔註9〕 關於十五音字母的擬音文獻上最早的是薛澄清1929年、葉國慶1929年及羅常培1931年在《廈門音系》P54的擬音,其中羅常培也許名氣大最受重視,但羅常培的擬音應是建立在廈門音的基礎,且缺了「伽、糜、箴」等3個音。

〔註10〕 〈關於《十五音》〉,1968年。

〔註11〕 「堅」董忠司也提供了[-ien]或寫及[-en]青年腔、「嘉」[-e]白讀及[-a]臺語文讀,其餘的「臺灣語異讀異寫」也為數繁多,詳見董著《福爾摩沙的烙印》下冊 P202、P203。

13 稽	[-e]	[-e]	[-e]	[-e]	[-ei]	[-ei]	[-e]
14 恭	[-iɔŋ]	[-iɔŋ]	[-iɔŋ]	[-iɔŋ]	[-iɔŋ]	[-iɔŋ]	[-iɔŋ]
15 高	[-o]	[-o]	[-o]	[-o]	[-o]	[-o]	[-o]
16 皆	[-ai]	[-ai]	[-ai]	[-ai]	[-ai]	[-ai]	[-ai]
17 巾	[-in]	[-in]	[-in]	[-in]	[-in]	[-in]	[-in]
18 姜	[-iaŋ]	[-iaŋ]	[-iaŋ]	[-iaŋ]	[-iaŋ]	[-iaŋ]	[-iaŋ]
19 甘	[-am]	[-am]	[-am]	[-am]	[-am]	[-am]	[-am]
20 瓜	[-ua]	[-ua]	[-ua]	[-ua]	[-ua]	[-ua]	[-ua]
21 江	[-aŋ]	[-aŋ]	[-aŋ]	[-aŋ]	[-aŋ]	[-aŋ]	[-aŋ]
22 兼	[-iam]	[-iam]	[-iam]	[-iam]	[-iam]	[-iam]	[-iam]
23 交	[-au]	[-au]	[-au]	[-au]	[-au]	[-au]	[-au]
24 迦	[-ia]	[-ia]	[-ia]	[-ia]	[-ia]	[-ia]	[-ia]
25 檜	[-ue]	[-ue]	[-uei]	[-ue]	[-ue]	[-uei]	[-ue]
26 監	[-ã]	[-ã]	[-ã]	[-ã]	[-ã]	[-ã]	[-ã]
27 艍	[-u]	[-u]	[-u]	[-u]	[-u]	[-u]	[-u]
28 膠	[-a]	[-a]	[-a]	[-a]	[-a]	[-a]	[-a]
29 居	[-i]	[-i]	[-i]	[-i]	[-i]	[-i]	[-i]
30 丩	[-iu]	[-iu]	[-iu]	[-iu]	[-iu]	[-iu]	[-iu]
31 更	[-ẽ]	[-ɛ̃]	[-ɛ̃]	[-ẽ]	[-ɛ̃]	[-ɛ̃]	[-ẽ]
32 裩	[-uĩ]	[-uĩ]	[-uĩ]	[-uĩ]	[-uĩ]	[-uĩ]	[-uĩ]〔註12〕
33 茄	[-io]	[-io]	[-io]	[-io]	[-io]	[-io]	[-io]
34 梔	[-ĩ]	[-ĩ]	[-ĩ]	[-ĩ]	[-ĩ]	[-ĩ]	[-ĩ]
35 薑	[-iõ]	[-iõ]	[-iɔ]	[-iɔ]	[-iɔ]	[-iɔ]	[-iɔ]〔註13〕
36 驚	[-iã]	[-iã]	[-iã]	[-iã]	[-iã]	[-iã]	[-iã]
37 官	[-uã]	[-uã]	[-uã]	[-uã]	[-uã]	[-uã]	[-uã]
38 鋼	[-ŋ]	[-əŋ]	[-ŋ]	[-ŋ]	[-ŋ]	[-ŋ]	[-ŋ]
39 伽	--	[-oi]	[-e]	[-e]	[-oi]	[-e]	[-ia]
40 閒	[-aĩ]	[-aĩ]	[-aĩ]	[-aĩ]	[-aĩ]	[-aĩ]	[-iŋ]
41 姑	[-õ]	[-ɔ̃]	[-ɔũ]	[-ɔ]	[-ɔũ]	[-oũ]	[-ɔ]
42 姆	[-m]	[-m]	[-m]	[-m]	[-m]	[-m]	[-m]
43 光	[-uaŋ]	[-uaŋ]	[-uaŋ]	[-uaŋ]	[-uaŋ]	[-uaŋ]	[-ɔŋ]
44 閂	[-uaĩ]	[-uaĩ]	[-uaĩ]	[-uaĩ]	[-uaĩ]	[-uaĩ]	[-uaĩ]〔註14〕

〔註12〕 《漳州市志》「裩」收的是[k'un1]，[uĩ]音收錄「光、廣、管、捲……」。

〔註13〕 周長楫《閩南方言大辭典》P1144 漳浦縣的篇章：

　　　　當地[iũ]韻母所管的常用字比漳州城區多。

　　　　但[iũ]指的是薑或牛？若是牛，則謝書是漳州腔又一明證。

〔註14〕 《漳州市志》「閂」收的是[suan1/ts'uã3]，[-uaĩ]音收錄「冤、樣……」。

45 麋	--	[-uẽ]	[-ueĩ]	[-uẽ]	[-uẽ]	[-uẽ]	[-ãi]
46 噥	[-iaũ]	[-iaũ]	[-iaũ]	[-iaũ]	[-iaũ]	[-iaũ]	[-iaũ]
47 箴	--	[-om]	[-ɔm]	[-ɔm]	[-ɔm]	[-ɔm]	[-iam]
48 爻	[-aũ]	[-aũ]	[-aũ]	[-aũ]	[-aũ]	[-aũ]	[-aũ]
49 扛	[-õ]	[-õ]	[-ɔ̃]	[-õ]	[-ɔ̃]	[-ɔ̃]	[-ŋ / aŋ / ɔŋ]
50 牛	[-iũ]	[-iũ]	[-iũ]	[-iũ]	[-iũ]	[-iũ]	[-iũ]

上表的各家擬了七個元音：嘉[-ɛ]（羅常培[-e]）、稽[-e]（林寶卿、馬重奇[-ei]）、高[-o]、艍[-u]、膠[-a]、居[-i]、沽[-ɔ]，但是[-e]王育德擬在「稽」，洪惟仁及董忠司擬在「稽、伽」，馬重奇擬在「伽」，林寶卿則不擬[-e]。可是林寶卿的擬音有一個大問題：如果不擬出[-e]何來[-ei]？漳浦音和[-e]有關聯的只有「鞋[-iei]」音節，所以林寶卿擬音中稽[-ei]、檜[-ue]甚至麋[-uẽ]都不該出現。

沽[-ɔ]也出現不一致，洪惟仁和馬重奇的擬音是漳浦腔的「沽[-ɔu]」，但是和沽[-ɔ]這個半後開元音相關的擬音至少有5個，不應該沒有[-ɔ]。

在複元音方面，各家共擬了10個複元音：規[-ui]、乖[-uai]、嬌[-iau]、皆[-ai]、瓜[-ua]、交[-au]、迦[-ia]、檜[-ue]（洪惟仁[-uei]）、ㄐ[-iu]、茄[-io]。伽有王育德及林寶卿擬為[-oi]，現代漳州音則和迦並讀[-ia]，故還是以10個複元音佔優勢，個人也認為應該只有10個元音。

考察現代漳州音系有10個複元音：

　　娃[-ua]、威[-ui]、灰[-ue]、耶[-ia]、腰[-io]、妖[-iau]、優[-iu]、哀[-ai]、甌[-au]、歪[-uai]

現代漳浦音系有12個複元音：

　　蛙[-ua]、威[-ui]、杯[-uɛ]、野[-ia]、腰[-io]、鞋[-iei]、妖[-iau]、優[-iu]、哀[-ai]、歐[-au]、鳥[-ɔu]、歪[-uai]

顯然漳浦音系比漳州音多了鞋[-iei]、鳥[-ɔu]兩個複元音，所以這兩個複元音的出現才足以標誌漳浦音系。

《彙集雅俗通十五音》音系有7個單元音：嘉、沽〔註15〕、稽、高、艍、膠、居、（伽）及10個複元音：規、乖、嬌、皆、瓜、交、迦、檜、ㄐ、茄

〔註15〕沽擬音有兩派：王育德、董忠司、梁炯輝、林寶卿四人擬為單元音[-ɔ]近漳州音，洪惟仁、馬重奇二人擬為複元音[-ɔu]屬漳浦音。

如果從元音及複元音數量來看，《彙集雅俗通十五音》音系接近現代漳州音。

聲母方面，《彙集雅俗通十五音》延續了十五音的傳統：

柳邊求去地，頗他曾入時，英門語出喜。其中修改了《彙音妙悟》的「氣、普、爭、文」為「去、頗、曾、門」。

在字母的選擇方面，《彙集雅俗通十五音》和《彙音妙悟》同樣，以上平（陰平）聲字為主，但是和《彙音妙悟》最大的不同點有二：

1、在八音中直接以該字母的平上去入字來標韻。

2、盡可能以「求」聲的字當字母，若該韻無「求」字頭字就打個○。

也許受《康熙字典》所附〈分十二攝韻首法〉及〈內含四聲等韻圖〉聲母一反唇音開始的傳統改由牙音「見」母開始的啟發，字母字的選擇改以「求」（見母）字頭為主〔註16〕。若該韻有見母無法搭配的音節，其韻字《康熙字典》是以「○」代之，《彙集雅俗通十五音》則是採用了「伽、問、麋、姆、箴、爻、牛」等七個非「求」字頭的字母，且其中的「麋、爻、牛」為下平聲，「姆」為上上聲。

韻中「求」聲有字的以「伽韻」為例

伽上平聲伽字韻　　　　　　　伽上上聲○字韻（其他聲有字但求聲無字）

伽上去聲○字韻（仝上上）　　伽上入聲莢字韻

伽下平聲傒字韻　　　　　　　伽下上聲○字韻全韻與上上同

伽下去聲○字韻（仝上上）　　伽下入聲○字韻（仝上上）

全韻「求」聲無字的以「爻韻」為例

爻上平聲全韻俱空音　　　　　爻上上聲○字韻

爻上去聲全韻俱空音　　　　　爻上入聲全韻俱空音

爻下平聲○字韻（爻：爻5語）　爻下上聲全韻與上上同

爻下去聲○字韻　　　　　　　爻下入聲全韻俱空音

〔註16〕〈內含四聲等韻圖〉一反傳統韻圖以唇音為領導，改由牙音的「見」母開始，所以得到「迦⑳岡庚裓高該⑳根干鈎歌」等十二個開口韻及「瓜⑳光工孤○乖傀昆官○鍋」等十二個合口韻。〈明顯四聲等韻圖〉就是以十二個開口韻為主定出十二張等韻圖，⑳在合口也無相應字改稱結攝、⑳則改以合口傀稱為傀攝。

從以上「求」聲無字的「爻韻」我們可發現謝秀嵐還是不得不找出一個字來標音，因爲總不能「○上平聲全韻俱空音 / ○上上聲○字韻」，那就失去標音的功能了。

《彙音妙悟》是以韻統聲再統八音，以「彩」字爲例，在《彙音妙悟》中便是[開出2]。

《彙集雅俗通十五音》則是以韻統八音再統聲，以「彩」字爲例，在《彙集雅俗通十五音》中便是[皆2出]，甚至可直接以[改出]來拼。本文因爲用直拼法會有「求聲」部份「有音無字」現象，所以取[字母 / 聲調 / 十五音]——[皆2出]的組合方式。

小　結：

1、到目前我們從現有的史料還無法確定謝秀嵐的來歷及其成書時間。

2、《彙集雅俗通十五音》五十字母—八聲調—十五音的編排方式，是繼承並改良自《彙音妙悟》五十字母——十五音——八聲調的編排。

3、《彙集雅俗通十五音》缺少「出歸時」現象及[-iei]的標誌腔，又多了前元音[-e]，表現的是偏漳州腔而非漳浦腔。

4、謝秀嵐承認漳州音只有七音，故在陽去會寫「全韻與上上同」，這點應是較黃謙《彙音妙悟》更進步的地方。

董忠司在《福爾摩沙的烙印》一書中認爲《彙集雅俗通十五音》比較適合臺灣內埔腔者使用，尤其是宜蘭腔。董忠司並沒有明確指出宜蘭腔是漳州腔還是漳浦腔。

台灣「開蘭第一人」吳沙是漳浦人，根據舊「交通部觀光局東北角海岸國家風景管理處」立的「吳沙生平事蹟」介紹資料：

> 吳沙，福建漳浦人，四十三歲時（即乾隆年間，西元1773年〔註17〕）渡海來台，最初在基隆一帶當差，後移居東北角三貂社（即今澳底一帶）從事番割行業，即買布、鹽、糖等賣給平埔族人……六十六歲時帶領壯士千餘人〔註18〕，由三貂社翻越崌嶺到烏石港開

〔註17〕即乾隆38年。

〔註18〕據宜蘭鄉土教材記載，1796年（清嘉慶元年）吳沙與友人召募漳、泉、粵三籍一千餘人（但以漳州人爲主）從烏石港登陸並築土堡開墾，揭開蘭陽開發的序幕。

墾，並取名爲頭圍……

《續修頭城鎮志・人物篇》第 655 頁記載：

吳沙，漳州府金浦縣〔註19〕西門外小山城……

《續修頭城鎮志・開闢篇》第 20 頁則記載：

募集漳、泉、粵三屬流民千餘人、鄉勇二百餘人、善番語者二十三人，於是年（1796）九月十六日，進據烏石港南方，築土圍，佔墾地，開始大規模的墾殖。

《續修頭城鎮志・人口篇》第 399 頁～400 頁則記載：

吳沙係漳人，名爲三籍合墾，其實漳人十居其九。（引自楊廷理〈議開蘭後山噶瑪蘭即蛤仔難〉）

居民的祖籍，據昭和元年（1926）底的調查，當時全境約一萬七千一百人，祖籍爲漳州府者約一萬六千八百人。（引自《台民在籍漢民族鄉貫別調查》）

所以宜蘭的開發是漳浦（漳州）人爲主，但是歷史沒有告訴我們是漳州人還是漳浦人，只統稱是漳州府。現在宜蘭被公認是台灣保留漳州口音最完整的地方。那麼宜蘭腔是漳州腔還是漳浦腔？《彙集雅俗通十五音》代表的是漳浦或偏漳州（漳浦縣北片其實偏漳州）的腔口？歷史並沒有明確記載。

二、《彙集雅俗通十五音》字頭和《廣韻》聲類的關係

《彙集雅俗通十五音》的 15 字頭是改良自《彙音妙悟》15 字頭。自從戚繼光在明朝嘉靖年間（約 1562 年）入閩抗倭，編纂《戚參將八音字義便覽》，定下十五個字頭「柳邊求氣低／波他曾日時／鶯蒙語出喜（打掌與君知）」之後，後世的閩音韻書即便改字，也不出這十五個聲母範疇。所以閩方言各方言點的歧異點多在韻母及聲調，這個韻母及聲調的差異就構成了各地不同的腔調。

張耀文在《《彙集雅俗通十五音》的音韻比較研究》中舉了一些例字（但也有加進同韻字現象，不知爲何？），整理出現頻率並據以指出十五個字頭在中古

〔註19〕金浦縣即今之漳浦縣。

音的來源。

中古音聲母對應的資料應包含白話音嗎？白話音中確實有許多上古音的殘留，但是根據《詩經》、《楚辭》等有韻的書所留下來的資料我們都只能幫古韻分部，要談到上古聲類可能還沒有充分的研究資料可以佐證，所以個人認為聲母只要及於中古 41 聲類對應即可，且應以讀書音的對應為原則。納入白話音這一部份值得商榷，因為我們不能確知這個聲類是否來自上古或土音殘留。所以本研究還是以 41 聲類字來和十五音做個對應。

以下是《彙集雅俗通十五音》對《廣韻》41 聲類字的反切。

1、脣　音

幫：江 1 邊　　　　　　　滂：公 5 邊

並：經 7 邊　　　　　　　明：經 5 門／更 5 門

非：規 1 喜　　　　　　　敷：艍 1 喜

奉：公 7 喜　　　　　　　微：居 5 門 [註20]

以上共得邊、門、喜 3 個字頭，其中門字頭因為謝秀嵐用來搭配鼻化元音，不再有必要像黃謙多一個[m-]音位。但是另一個脣音送氣「頗」字頭不配滂到底配什麼？我們發現它的來源有幫、滂、並。

例字：

鄙：幫／方美切／居 2 頗

丕：滂／敷悲切／居 1 頗——從字數多寡來看，滂母還是居領導地位。

皮：並／符羈切／居 5 頗

2、舌　音

端（偖）：觀 1 地　　　　　透：交 3 他／沽 3 他

定：驚 7 地／經 7 地　　　泥：梔 5 柳

知：居 1 地　　　　　　　徹：堅 4 他／堅 8 地

澄：經 5 地　　　　　　　娘：姜 5 柳／薑 5 柳

以上共得柳、地、他 3 個字頭，其中徹字頭兩音反應的正是「直（澄母）列」、「丑列」兩切，這裡應歸入他字頭，如此即可和透類對應整齊。柳字頭因

[註20] 謝不收「微」取《廣韻》同音節字「薇」。

為謝秀嵐用來搭配鼻化元音，不再有必要像黃謙多一個[n-]讀法。

3、牙　音

見：堅 3 求／梔 3 求　　　　溪：稽 1 去

群：君 5 求　　　　　　　　疑：居 5 語

以上共得求、去、語 3 個字頭，語字頭因為謝秀嵐用來搭配鼻化元音，不再有必要像黃謙多一個[ŋ-]音位。

4、齒　音

精：經 1 曾／驚 1 曾　　　　清：經 1 出

從：恭 5 曾　　　　　　　　心：金 1 時

邪：迦 5 時　　　　　　　　莊：鋼 1 曾／公 1 曾

初：稽 1 出　　　　　　　　牀：公 5 出／鋼 5 出

疏：沽 1 時／稽 1 時　　　　照：茄 3 曾／嬌 3 曾

穿：觀 1 出／褌 1 出　　　　神：巾 5 時

審：金 2 時　　　　　　　　禪：堅 5 時

以上共得曾、出、時 3 個字頭。其中「邪」字《廣韻》只有「以（以母）遮」、「似嗟」兩切，所以這裡歸入時字頭。

5、喉　音

影：經 2 英／驚 2 英　　　　曉：嬌 2 喜

匣：膠 8 英　　　　　　　　喻：居 7 入

為：規 5 英

以上共得英、喜、入 3 個字頭。

6. 舌齒音

來：皆 5 柳　　　　　　　　日：巾 8 入

以上共得柳、入 2 個字頭。

小　結：

以上分析知「柳」字頭來源有來、泥、娘三個聲類，而這三個聲類又分為「來」和「泥、娘」對立的兩類，因為閩南語有鼻化元音，所以對立的音位藉著和元音及鼻化音的結合而統一。同樣的情形也發生在門字頭、語字頭，柳門語三個具有鼻化聲母的對立音位統一後終於又回到真正的「十五音」。

　　「邊」字頭來源有「幫、滂、並」等三個聲類，「求」字頭來源有「見、群」兩個聲類，「去」字頭來源只有溪，「地」字頭來源有「端、定」及「知、澄」共四個聲類。這裡兩兩相對的恰是一清一濁，閩南語留下的是音韻史上「濁音清化」的痕跡，而「端、定」「知、澄」兩組除了濁音清化更見證了「古無舌上聲」的音韻遺跡。

　　「頗」字頭看來已失去源頭，但如果假設謝秀嵐把「滂」的聲母搞混，再比對滂母字就會發現大都還是在「頗」字頭。「他」字頭來源有「透、徹」兩個聲類，「曾」字頭來源有「精、從、莊、照」等四個聲類，「入」字頭來源有「喻、日」兩個聲類，「時」字頭來源有「心、邪」、「疏」及「神、審、禪」三組共六個聲類。

　　「英」字頭來源有「影、為」兩個聲類，「門」字頭來源有明、微兩個聲類，「語」字頭來源只有「疑」字頭，「出」字頭來源有「清、初、牀、穿」四個聲類，「喜」字頭來源有「曉、匣」兩個聲類及輕唇化的唇音字。

　　「去」字頭的來源如果只有清聲母的「溪」聲類，何來陽平與陽去？審視《彙集雅俗通十五音》，可以發現十五音中「去」字頭中的陽聲調真的出奇的少，但是少還是有。那麼這些陽聲調的字是從何而來？除了來自底層的說話音以外，原來主要還有「群母」提供贊助。例：騎蜞等均來自濁音的群母。

第二節　止攝音節在《彙集雅俗通十五音》中的表現

支	聲	切語	雅俗通	小韻	收　錄　字	不　收　錄　字
唇音開	幫	彼為	居1邊	陂	陂碑／詖羆[居5頗]	鬘鑼儺鑒籠襬龐
	幫	府移	居1邊	卑	卑裨	痺鵯椑箄鞞顊淠錍椑
	滂	敷羈	居1頗	鈹	鈹帔披／殍[稽1頗]	魾陂耚狓旇岥狐狓秓岥
	滂	匹支	居2頗	跛		岥※訛上
	並	符羈	居5頗	皮	皮（又[檜5普]）疲羆	郫椑㼖
	並	符支	居5邊	陴	陴脾埤（陰平）	鞞焷羹裨蜱蟲盧廬椑郫麩紕
	明	靡為	居5門	縻	縻（又[縻5門]）麋蘼醾（醿）	麚麼糜糜縻
	明	武移	居5門	彌	彌弥（又[栀1門]）瀰	獼鷂彌粎粎瞇彊簚攌麊糜孊㜷獼

	聲母	反切	韻目調	字頭		
舌音開	知	陟移	居1地	知	知（又[皆1曾]，解）鼅鼄蜘	智賀（訛去）
	徹	丑知	居5柳	摛	螭魑（訛聲柳）〔註21〕	摛誺絺熺离离彲
	澄	直離	居5地	馳	馳池踟	踟※訑上箻趍簃魕褫魑誃徲趲
舌音合	知	竹垂	規1柳	腄	腄（訛柳聲）	箠（訛時、出聲）菙
	澄	直垂	規2時	鬌	鬌錘[訂：澄母，規5地]	甀
牙音開	見	居宜	居5求	羇	畸妓奇（奇：又[迦1去]）	羈羇掎攲猗骑
	溪	去奇	居5求	敧	崎踦	敧觭猗骑碕猗恈崎攲
	群	渠羈	居5求	奇	奇（奇：又[迦1去]）琦碕錡／騎（[居5去]又[迦5去]）	鵸弜魕萁歧
	群	巨支	居5求	祇	祇岐（又[迦5求]）歧底蚑芪跂伎衼	示波駊郂忯赿弑縠軝軝馶蚔秖弤庋
	疑	魚羈	居5語	宜	宜宐儀	娿迻議郪鸃轙涯崖
牙音合	見	居隋	規1求	媯	規	檥榞槻蔿雉摫
	見	居為	規1求	媯	溈	嫣
	溪	去為	規1去	虧	虧	
	溪	去隨	規1求	闚	闚窺（訛聲母）	
	疑	魚為	規5語	危	危	峞洈峗
齒音開	莊	側移		菑		菑
	初	楚宜	居1出	差	差嵯	齹縒
	崇	士移		齹		齹
	生	所宜	艍1時	釃	釃	籭筛欐釃釃褷
	章	章移	居1曾	支	支汥厄梔枝肢胑褆	絼只魠袛疷䟒躓駊氏疷紎鳷雉䝩榰慧鷙螽眵軹鞿
	昌	叱支		眵		眵緷
	書	式支	居1時	絁	施	絁絁䄉䙼鍦鉈鷈黿蝃觬攲
	常	是支	居5時	提	提匙	翅嗁篲葚堤褆忯姼眡秖鯷
	精	即移	艍1曾	貲	貲頿	鱦鷀訾鄑蟕紫觜媊邔欼鎝娸蚩觜
	精	姊移		厜		厜觜惢繐孈蠵
	清	此移	居1出	雌	雌	骴斔鴜辈
	從	疾移	艍5出	疵	疵玼疵	骴柵髊觜鶿媊
	心	息移	艍1時	斯	斯廝廝／虒[居5地]	蟖榹灖漸磃癄儩諰鼶鵡蟴鷉蚔顚纚蘺蒒碼螔嘶褷鐁

〔註21〕摛、螭二字出《集韻》《韻會》鄰知切、音離，張也。但魑無「離」音。

	聲母	反切	十五音	音節	收錄字	不收錄字
齒音合	初	楚危	檜1時	衰	衰	夊
	生	山垂		轓		轓饠
	昌	昌垂	規1出	吹	龥龡（古文）吹炊（又[檜1出]）	
	常	是爲	規5時	埀	垂尕陲倕 / 埀（又[檜5時]）	鬅誰圖箠箠
	精	遵爲	稽1曾	劑	劑	觜葰騰燋㸒
	精	子垂		騒		騒
	心	息爲		眭		眭
	邪	旬爲	規5時	隨	隨	隋隨
喉音開	影	於離	居1英	漪	漪椅旖敧	禕陭猗顗橢
	曉	許羈	居1喜	犧	犧羲曦	戲㕦桸巇羛瀻攦蠵觠虘獻噫歔戯壎隵
	曉	香支		詑		詑㖋
	以	弋支	居5英	移	移匜蛇（又[迦5時]、[瓜5出]）虵	迻䄬迻灰杝鉹臩葹椸恞訑簃蓺烨㿻扡嫨迻移歔酏扬詻移蛇徙㑛虒
喉音合	影	於爲	規1英	逶	逶矮痿 / 倭[檜1英]	委萎楼覣蜲鰄㛂
	曉	許爲	規1喜	麾	麾撝	摩嗎鵵隖
	曉	許規	檜1喜	墮	隳	墮堕眭觿睢嶲鑴巂
	云	蓮支	規5英	爲	爲（為）	潙隖鄔鰞
	以	悅吹		藬		藬䉘蠵㩗㺍㺍
舌齒開	來	呂支	居5柳	離	離籬醨罹璃驪鸝縭褵蘺麗离漓㰚	籭蠡鄺酈籭橢鴛鵹蘿欐稞孋灕蠪燡蠵攡貗矖欚戀謧劙
	日	汝移	居5入	兒	兒唲	婼呢
舌齒合	來	力爲	檜5柳	羸	羸	纑
	日	人垂		痿		痿㾺

　　支韻502字《彙集雅俗通十五音》收錄136字，有366字不被收錄，音節部份，支韻53個音節中有齒音鮞蓋眭厜轓騒眭、喉音詑藬、舌齒音痿等10個音節不被收錄。

　　由於閩南語聲母的簡化，實際上的音節數比《廣韻》少很多。《廣韻》支韻有53個音節，而閩南語以漳州音文讀系統而言，只能產生40個音節。

　　唇音：[pi1]陂卑、[p'i1]鈹玻、[pi5]陴、[p'i5]皮、[bi5]糜彌

舌音：[ti1]知、[t'i1]摛、[ti5]馳、[tui1]腄、[tui5]鬌

牙音：[ki1]羈、[k'i1]馶、[ki5]奇衹、[gi5]宜、[kui1]、蘇嬀、[k'ui1]虧闚、
　　　[gui5]危

齒音：[tsu1]齜貲〔註22〕、[ts'u1]差雌、[ts'u5]疵、[su1]釃斯、[su5]蠶、
　　　[tsi1]支、[ts'i1]眵、[si1]纚、[si5]提、[tsui1]劑騹、[ts'ui1]衰吹、
　　　[sui1]韉睢、[sui5]隨埀

喉音：[i1]漪、[hi1]犧詑、[i5]移、[ui1]逶、[hui1]麾隓、[ui5]為蘤

舌齒音：[li5]離、[dzi5]兒、[lui5]羸、[dzui5]痿

在止攝中，由於《廣韻》齒音的照章精系 15 母閩南語只剩爭出時各含清濁的 6 聲母，再加上除了齒音有[u]外，其餘發音部位都只剩開[i]合[ui]兩個韻母，所以音節數從《廣韻》的 53 個，到閩南語 40 個音節，整整少了四分之一多。

但是若從漳州音的聲韻規則〔註23〕來看，齒音開口因為莊精組沒有產生完全對應，相對複雜。齒音開口有 8 個音節、合口則有 6 個音節，實際音節數是比依歸併規則來的多一些。

精母合口「劑」疑收蟹攝音，但蟹攝劑在濁去，聲調也不對；清濁錯置的有牙音見母「羈」、溪母「馶」；聲調錯誤的有滂母「跛」訛上疑有邊讀邊，徹母開口丑知切誤讀「離」——有邊讀邊、「鬌」澄母合口直垂切則訓讀為「水（美）」。

紙	聲	切語	雅俗通	小韻	收　錄　字	不　收　錄　字
唇音開	幫	甫委	居2邊	彼	彼佊	披牌罷
	幫	并弭		俾		髀箄俾鞞褌羆髀崥薜埤捭
	滂	匹靡		破		破綹披
	滂	匹婢	居2頗	諀	庀疕	諀仳吡訿
	並	皮彼	居7邊	被	被	罷
	並	便俾	居7邊	婢	婢庳（俱歸去）	
	明	文彼	居2門	靡	靡	蹝麻骳䴢孈孈
	明	綿婢	居2門	渳	弭敉侎	瀰洷灖芈葞蛘濔㵘

〔註22〕　躬字母從各家擬音到現代漳州音都是[-u]，可說是最一致的音。又，假設莊精二系
　　　　文讀音都配躬韻。
〔註23〕　這裡指的是讀書音。

・123・

舌音開	知	陟侈		掋		掋徶
	徹	敕豸	居2他	褫	褫	
	澄	池爾	居2地	豸	豸傂	褫侈緹踶杝阤䝃廌偍褆
	娘	女氏		狔		柅狔柅
牙音開	見	居綺		掎		剞踦掎庋攲徛殙
	見	居氏		枳		枳
	溪	墟彼	居2去	綺	綺	碕婍趌恑觭觭齮
	溪	丘弭	居2去	企	企	跂
	群	渠綺	居7求	技	技妓伎	徛崎錡
	疑	魚倚	居2語	螘	螘蟻（又[迦7喜]）蛾礒艤檥	錡齮轙轙艤皲
牙音合	見	過委	規2去	詭	詭垝陒（訛送氣）／佹[規2求]	郳垬鈂舭恑蛫祪庪扅庋洈蟥鵗姽桅
	溪	去委		跪		跪觤
	溪	丘弭	規2去	跬	跬趌	頍踦
	群	渠委	規7求	跪	跪	
	疑	魚毀	規2語	硊	頠姽	硊鵊
齒音開	莊	側氏		批		批跐
	生	所綺	居2時	躧	縰	灑躧轞灑纚縰屣曬簁
	章	諸氏	居2曾	紙	紙（又[瓜2曾]）帋只軹枳咫砥[居2地]（現代音）	抧坁抵沢坻泜侈積馶
	昌	尺氏	居2出	侈	侈	憑（歸去）哆姼鉹誃廖廖垑烾袲袤袳奓侈
	船	神帋	居7曾	舓	舓舐狧（歸去）	狧
	書	施是	居2時	弛	弛豕	阤
	常	承紙	居7時	是	是氏諟（歸去）	媞徥杝褆姼侇眂
	精	將此	居2曾	紫	紫／訾眥呰[觜2出] 茈（又[椔2曾]）	批泚跐
	清	雌氏	觜2出	此	此佌玼泚（又[穦2出]）	跐跐毑佌柴
	心	斯氏	居2時	徙	徙（又[瓜2時]）個縰	壐壐
齒音合	初	初委	規2出	揣	揣	敠
	章	之累		捶		捶箠腄騹棰
	常	時髓		菙		菙甀
	精	即委	規2曾	觜	紫	觜
	從	才捶		惢		惢
	心	息委	規2出	髓	髓（又[檜2出]）	巂瓗篅濉
	邪	隨婢		猶		猶

喉音開	影	於綺	居2英	倚	倚椅	旑輢猗
	曉	興倚		豷		豷
	以	移爾	居2英	酏	迤	匜酏袘拖肔扡陁慌孈
喉音合	影	於詭	規2英	委	委	骫蜲頧矮
	曉	許委	規2喜	毀	毀燬烜	檓毇籛尵諱擊嫛
	云	韋委	規2英	蔿	蘤鄔（歸去）	蔿僞隓蔦痿闚寪
	以	羊捶		蓶		蓶藬芛撋獝瘑
舌齒開	來	力紙	居2柳	邐	邐	灑㲚
	日	兒氏	居2入	爾	爾（又[梔2入]）尒（尔）邇迩	
舌齒合	來	力委	規2柳	絫	累	絫樏纍厽垒
	日	如累	規2柳	蘂	蘂蕊	桵繠

　　紙韻289字《彙集雅俗通十五音》收錄80字，209字不收錄。音節部份50個音節中有脣音徶姵、舌音摋狔、牙音掎跪、齒音扯捶萐惢貒、喉音豷蓶等13個音節不被收錄。

　　但是如果把聲母相同的音節予以合併，加上莊精合流及濁上歸去，漳州音文讀系統在《廣韻》紙韻中，可歸納出38音節

　　　脣音：[pi2]彼徶、[p'i2]姵諀、[pi7]婢被、[bi2]靡渳

　　　舌音：[ti2]摋、[t'i2]褫、[ti7]豸、[ni7]狔

　　　牙音：[ki2]掎枳、[k'i2]綺企、[ki7]技、[gi2]螘、[kui2]詭、[k'ui2]跪跬、[kui7]跪、[gui7]硊

　　　齒音：[tsu2]扯紫、[ts'u2]此、[su2]躧徙、[tsi2]紙、[ts'i2]侈、[si2]弛、[si7]諟是、[tsui2]捶觜、[tsui7]惢、[ts'ui2]揣、[sui2]髓、[sui7]萐貒

　　　喉音：[i2]倚、[hi2]豷、[i7]酏、[ui2]委、[hui2]毀、[ui7]蔿蓶

　　　舌齒音：[li7]邐、[dzi2]爾、[lui2]絫、[dzui2]蘂

　　如果包括莊精沒有完全對應到「躆」字母產生的分歧音節就更多些了。

　　紙韻在漳州腔閩南語中，脣音合併為4個、舌音4個、牙音歸併為8個、齒音開合共13個、喉音6個舌齒音4個，共39個音讀，比《廣韻》的50音節少了11個，若再扣掉濁上歸去音10個，實際只得29個。

　　紙韻是上聲，大部的漢語方言都已受到濁上歸去影響，《彙集雅俗通十五音》代表的漳州音在此也有多處痕迹，如並母的「被婢」、群母的「技跪」、船母的「謁」、常母的「是」。

　　但是清濁不分以至濁上誤列陰上的現象仍有，如澄母列在陰上，濁聲母特性被忽略了。「爾」已表現出鼻化韻母，又音「柅2入」。

　　目前台灣通行腔聲調向漳州腔靠攏，正好是濁上歸去現象，上聲韻明訂清濁就不會一味「君滾棍骨群滾郡滑、衫短褲闊人矮鼻直、獅虎豹鱉牛馬象鹿」誤爲「第6聲消失」，故一律唸陰上而不知其然。

寘	聲	切語	雅俗通	小韻	收　錄　字	不　收　錄　字
唇音開	幫	彼義	居3邊	賁	賁貱	
	幫	卑義	居3邊	臂	臂	俾詖陂跛䶆
	滂	披義		帔		帔秛襬
	滂	匹賜	居3頗	譬	譬	嫳
	並	毗義	居7邊	避	避	
	並	平義	居7邊	髲	髲被（又[居7頗]、[檜7頗]）	鞁帔旚鬂
舌音開	知	知義	居3地	智	智鷙	潪
	徹					
舌音合	知	竹恚		娷		娷諈
	澄	馳僞	規7地	縋	縋／膇[規7他]	槌錘硾腄甀
	娘	女恚	規7英	諉	諉（訛零聲母）	捼踒
牙音開	見	居義	居3求	寄	寄（又[迦3求]）	焎猗
	見	居企		馶		馶翨
	溪	卿義		㿬		㿬掎
	溪	去智	居3去	企	企跂	蚑忮迉吱
	群	奇寄	居7求	芰	芰	騎魋輢賤犄汥誃
	疑	宜寄	居7語	議	議誼讉義	礒醨
牙音合	見	規恚		瞡		瞡
	見	詭僞		膭		膭垝觖歧庪
	溪	窺瑞		觖		觖
	疑	危睡	規7語	僞	僞（偽）	
齒音開	莊	爭義		裝		裝綉
	生	所寄		屣		灑曬鞭屣襹
	章	支義	居3地	寘	寘觶忮[居3曾]	伎伬詖鈘幟
	昌	充豉		卶		卶

	書	施智	居3出	翅	狋狐翅（又[居3他]）/ 施[居3時] / 啻[稽3他]	駇鏍蝑雎刻胵彨羆翟
	常	是義	梔7時	豉	豉 / 舓※訛上	𦙄䟅鯷緹
	精	子智		積		積欼蒫瀱
	清	七賜	居3出	刺	束莿 / 刺（又[梔3出]）	刺庲庰諌庇載試
	從	疾智	艍3曾	漬	漬挈㾹	皆積殨髊骴
	心	斯義	艍3時	賜	賜	澌（誤入平聲）蔥澌傂杝
齒音合	章	之睡	規2出	惴	惴（誤入上聲）	睡踹
	昌	尺僞		吹	吹	吹籥秴
	常	是僞	規3時	睡	睡 / 瑞[規7時]	種錘
	心	思累		稜		稜濻
喉音開	影	於義		倚		倚（不收去聲）陭輢
	影	於賜	皆3英	縊	縊	殪螠
	曉	香義	居3喜	戲	戲	齂
	以	以豉	居7英	易	易傷 / 伿[居3英]	肔羃敡
喉音合	影	於僞		餧		餧萎矮痿
	影	於避	規7喜	恚	恚	娷
	曉	況僞		毀		毀（毀）
	曉	呼恚		孈		孈
	云	于僞	規7英	爲	爲	爲
	以	以睡	居3英	瓗	贀（現代音，開合有誤）	瓗繠譄
舌齒開	來	力智	居7柳	詈	詈離 / 荔[稽7柳]	癘珕篴
	日					
舌齒合	來	良僞	規7柳	累	累	
	日	而瑞		枘		枘

　　寘韻181字《彙集音雅俗通十五音》收錄54字，有127字不被收錄。音節部份46個音節中有唇音帔、舌音婑、牙音駇愭睨賵觖、齒音裝屜刻積吹稜、喉音倚餧毀孈及舌齒音枘等18個音節不被收錄。

　　如果扣掉聲母相同的音節，漳州音文讀系統在《廣韻》寘韻中，可以歸納出

　　唇音：[pi3]賁臂、[p'i3]帔譬、[pi7]避髲
　　舌音：[ti3]智、[tui3]婑縋、[nui3]諉
　　牙音：[ki3]駇寄、[k'i3]愭企、[ki7]芰、[gi7]議、[kui3]睨賵、[k'ui3]觖、
　　　　　[gui7]僞

齒音：[tsu3]柴積、[ts'u3]刺、[su3]屣賜、[tsu7]漬、[tsi3]寘、[ts'i3]刴、[si3]翅、[tsi7]豉、[tsui3]惴、[ts'ui3]吹、[sui3]稜、[sui7]睡

喉音：[i3]倚縊、[hi3]戲、[i7]易、[ui3]餧恚、[hui3]毀孏、[ui7]爲瓃

舌齒音：[li3]詈、[lui3]累、[dzui3]枘

寘韻實際可收 34 個音節。

清濁不分的有齒音漬睡〔註 24〕，收錄 28 個音節只有 2 個誤濁爲清，比例可謂極低。和《彙音妙悟》去聲的錯誤百出相較，更可明顯區分漳州濁上歸去，泉州去聲不分陰陽的特性。

整個支系平上去有個共同特徵：齒音開口精組的聲母幾乎都搭配「艍[-u]」，和泉州系統只有章組配「基[-i]」的現象比起來，二等位置的莊組大都還是配「居[-i]」。

小結：支系平上去中莊精組的音節共有 19 個音節，《彙集雅俗通十五音》收錄了其中的 13 個，比《彙音妙悟》少兩個。因爲《彙音妙悟》的「居[-ɯ]」已往前後跑，所以剩「居[-i]、艍[-u]」兩個高元音。收錄的音節中有 6 個跑到居[-i]，7 個跑到艍[-u]，兩者各佔一半。位於三等位置的章組開口字則和其餘聲母一起讀「居[-i]」。

脂	聲	切語	雅俗通	小韻	收　錄　字	不　收　錄　字
唇音開	幫	府眉	居 1 邊	悲	悲（又[規 1 邊]，合口）	
	滂	敷悲	居 1 頗	丕	丕伾駓豾	伾秠碩怌䫠魾鉟髬苤
	滂	匹夷	稽 1 頗	紕	紕岥紕	諀怌㥯
	並	符悲	居 1 頗	邳	邳	鉟鴊岯魾䫠
	並	房脂	居 5 邊	毗	毗琵膍貔枇	比芘仳沘豼膍肶蚍䗄䶌舭魮鈚䴜毘阰螷鵧
	明	武悲	居 5 門	眉	眉䍋嵋湄麋蘪郿薇楣（又[皆 5 門]）	鶥瑂矀䵒薇黴溦䴢葿㵟
舌音開	知	丁尼	居 5 地	胝	胝／秪[皆 1 地]	疷氐※訛上
	徹	丑飢	居 1 他	絺	絺／郗[居 1 喜]／䙙[居 1 出]	䟷絺脪訵
	澄	直尼	居 5 地	墀	墀墀坻泜遲遟蚳	莉崏汦阺茎菭謘貾
	娘	女夷	梔 5 柳	尼	尼怩呢	柅蚭跜䝚狔

〔註 24〕睡漬歸陰去：睡一般讀都讀陽去[sui7]——《台灣閩南語常用辭典》收這個音；漬讀陰去[tsu3]，《臺灣閩南語辭典》不收陽去，只有《彙音妙悟》收陽去，以現代泉系音來說去聲不分陰陽，黃謙上去多呈陰陽不分情況下陽去也令人懷疑。

舌音合	知	陟佳	規1地	追	追	鼉裰
	澄	直追	規5他	鎚	鎚槌桘／椎[規1曾]	頧
牙音開	見	居夷	居1求	飢	飢	机肌虮
	群	渠脂	居5求	鬐	鬐耆耆祁鰭	鬐嗜觭睹稽鰭鮨
	疑	牛肌		狋	狋	狋
牙音合	見	居追	規1求	龜	龜䶕䶏䶏（又[躹1求]）	蹞蛫虢
	溪	丘追		巋		巋巋
	群	渠佳	規5求	葵	葵（又[檜5求]）	鄈楑鍨恞腃鶏蟤
	群	渠追	規5求	逵	逵夔馗騤頯	侲聶戣鐆㩜躨尥腃頯蹞歸蠻夯
齒音開	生	疏夷	躹1時	師	師鰤獅（又[皆1時]）蛳／篩[皆1時]	薜
	章	旨夷	居1曾	脂	脂／泜[居5地]	祗砥椥湝鴲疷泜澁
	昌	處脂	居1出	鴟	鴟雎／秪[皆1地]	鵄胵諸迉
	書	式之	居1時	尸	尸鳲屍蓍	
	精	即夷	躹1曾	咨	咨資粢齍諮姕濱	齌齋穧齏次蓁䭵顝
	清	取私		郪		郪趑秶越趑親（親）屍屝蠐
	從	疾資	躹5曾	茨	茨餈瓷／積濱[躹1曾]	薺賷餈坴窬絧輋觺
	心	息夷	躹1時	私	私	厶[沽2門]鋖（鍿）秇𥝠
齒音合	初	叉佳	規1出	推	推蓷	
	生	所追	檜1時	衰	衰榱	痩
	章	職追	規1曾	錐	錐騅／騅佳[規1地]	麗奞騅萑
	常	視佳	規5時	誰	誰脽	譙
	精	醉綏		嶉		嶉僬
	心	氏遺	規1時	綏	綏雖荽葰芕浽	葰奞夂睢灕桵
喉音開	影	於脂	居1英	伊	伊咿	黝黟䖝
	曉	喜夷	居5英	咦	咦／屎屎[居1喜]	忔脄
	以	以脂	居5英	姨	姨彝夷峓痍蛦跠	寅恞暆欍珆黃屒陳黃棟胰鮧羠羨鎠徱鶒屭渼
喉音合	曉	許維	居1喜	倠	倠	睢※訛上姙睢麂
	以	以追	規5英	惟	惟維遺灘唯	壝艫曥萑雧瓗蠵
	云	洧悲	規5英	帷	帷	
舌齒開	來	力脂	皆5柳	棃	棃梨／蜊[居、膠5柳]／藜犁[稽5柳]	劙秜刕棃齯鑗鼝蜊鄮
	日					
舌齒合	來	力追	規5柳	灅	灅纍藟縲（縲）	儽欙纝嶵㰾瓃曪鸓灅
	日	儒佳	檜5入	緌	緌綾捼	桵挼桵桵

脂韻353字《彙集音雅俗通十五音》收錄136字，有217字不被收錄。音節部份，40個音節中有牙音狋龜、齒音郪崔等3個音節不被收錄。

脂韻經過適當合併可得到的閩南語音讀有：唇音4個、舌音6個、牙音6個、齒音12個、喉音6個及舌齒音3個，總共可得37個閩南語音讀。

清濁錯置的有並母「邳」、舌音「胝」，開合錯置的有喉音以合「惟／許維切」誤入開口[居1喜]。齒音生母的「師」已配上艍字母。

旨	聲	切語	雅俗通	小韻	收　錄　字	不　收　錄　字
唇音開	幫	方美	居2頗	鄙	鄙崫痞	娝
	幫	卑履	居2邊	匕	匕姃秕比疕	秕秕沘枇髀
	滂	匹鄙	居2頗	嚭	嚭疕	崩秠妚
	並	符鄙	居2頗	否	否痞／仳[居2邊]／圮[居2求]	殍敗帔醅
	並	扶履		牝		牝
	明	無鄙	居2門	美	美媺／渼[檜2門]	攣媄
舌音開	知	豬几	居2曾	黹	黹夂	斳撤
	徹	楮几		絺		絺
	澄	直几	居7地	雉	雉（歸去）	滍薙
	娘	女履		柅		柅
牙音開	見	居履	居2求	几	几麂机	鷹朹邔犰屗砄
	群	暨几	居7求	跽	跽（歸去）	
牙音合	見	居洧	規2去	軌	軌簋朹晷匦匭／宄[規2求]	厬漸頵氿衏
	見	居誄	規3求	癸	癸（歸去，但見母非濁音）	湀
	溪	丘軌		巋		巋蘬
	群	暨軌		郒		郒
	群	求癸		揆		揆楑愒嫢湀
齒音開	章	職雉	居2曾	旨	旨指臨／砥[居2地]，現代音	祁悑底苨
	章	止姊		跱		跱
	書	式視	居2時	矢	矢夭菡屎	
	常	承矢	居7時	視	視	眡眡
	精	將几	居2曾	姊	姊（姊）	秭
	心	氏姊	艍2時	死	死[居2時]	
	邪	徐姊	艍7時	兕	兕兕（歸去）	竕羠敩薙芺
齒音合	書	式軌	規2時	水	水	
	精	遵誄		濢		濢嶉膟嶉
	清	千水		趡		趡趡雅
	從	徂累		崒		崒

喉音開	影	於几		歆		歆
喉音合	曉	火癸		瞦		瞦
	云	榮美	規2英	洧	洧鮪	痏鳙
	以	以水	規2英	唯	唯壝（歸去）	薳鱮潍嬇撱蹑
舌齒開	來	力几	居2柳	履	履	
舌齒合	來	力軌	規2柳	壘	壘藟誄讄	蜼狔㒈藥濼絫轠鸓朱獫
	日	如壘	規2柳	蕊	蕊	婑蘂

旨韻144字《彙集音雅俗通十五音》收錄59字，85字不收錄，音節部份34個音節中有唇音開口並母牝、舌音開口徹母黐及娘母柅、牙音合口溪母的歸及群母郌揆、齒音開口章母跮、齒音合口精母濢及清母邨從母嶊、喉音開口影母歆及合口曉母瞦等共12個音節不被收錄。

旨韻經過適當合併可得到的閩南語音讀有：唇音4個、舌音4個、牙音5個、齒音10個、喉音4個及舌齒音3個，總共可30個閩南語音讀。

旨韻「否」是濁聲母並母，應該濁上歸去到陽去；見母癸也誤入陰去，見母是清聲母沒有濁上歸去問題。本韻有1／3音節不被收錄，是比例頗高的韻。

知母的「黹／豬几切」讀為[居3曾]，知端已有分離現象。

紙韻、旨韻是上聲韻，在漳州腔中，如果依發展規律看〔註25〕，「並澄群崇俟船常從邪」等濁聲母的「濁上歸去」上千年來閩南語漳州腔幾乎是跟著普通話步伐走。

至	聲	切語	雅俗通	小韻	收　錄　字	不　收　錄　字
唇音開	幫	兵媚	居3邊	祕	祕（秘）毖閟韠泌費	聣魾邲秘鈊鄪柴粜娸
	幫	必至	居3邊	痹	痹庇	畀薜比祉
	滂	匹備	居7邊	濞	濞／淠[居3邊]／嚊[栀7喜]	膍癠潷
	滂	匹寐	居3頗	屁	屁糪	
	並	平祕	居7邊	備	備僃轟鞴糒贔	鞁莆菢犕紴韝椺彅茝臕牌
	並	毗至	居3邊	鼻	鼻（又[栀7頗]）芘／比痹[居7邊]	枇鼻褋坒祉頮膟

〔註25〕雖然筆者默認有一個發展規律無形的支配著語音的發展，但是這只是一個方便研究的模型，就實際上來說，個人認為語言是約定俗成，不必真的有一定的通則，所以即便有例外其實也未必就是不對。

	明	明祕	栀7門	郿	媚	魅髶簹蝐嚜鐺媚娓郿
	明	彌二	居7門	寐	地寐	媚
舌音開	定	徒四	稽7地	地	地墜	
	知	陟利	居3地	致	致／疐懥[居3他／躓輊質[居3曾]，訛讀	懫摭躓摯爇瞛膣揤駤
	徹	丑利		屎		屎杲誺蠆訵緲跮致
	澄	直利	居3地	緻	緻／稚治倁稚[居7地]／縡[栀7他]	遟鯴摼諮靾緻
	娘	女利	居7入	膩	膩膩	暱醸
舌音合	知	追萃		轛		轛
	澄	直類	規7地	墜	墜懟	鎚
牙音開	見	几利	居3求	冀	冀兾概驥驥	覬洎懻
	溪	去冀	居3去	器	器	
	溪	詰利	居3去	棄	棄弃	銛屓齂
	群	其冀	居7求	臮	臮洎／曁塈[皆3去]，訛讀	臮驥坖濜
	疑	魚器	居7語	劓	劓	
牙音合	見	居悸	規3求	季	季（又[規3去]）	瞡
	見	俱位	規3去	媿	媿愧瞶謉	騩聭
	溪	丘愧	規2喜	喟	喟嘳（訛讀）	髖鬠脴襘揯槶埠
	群	求位	規7求	匱	匱匱臾饋餽櫃簣	櫃樻轊鞼
	群	其季	規3去	悸	悸（又[規3求]）瘁／侟[規7求]	猤瀤
齒音開	章	脂利	居3曾	至	至摯贄鷙	礩鷙鴲懥爇靾輊爇勢
	昌	充自		痓		痓
	船	神至	居7時	示	示諡謚眡	貤
	書	矢利		屍		屍訣
	常	常利	居7時	嗜	嗜視眂眂（眡）	餚醋
	精	資四	躆3曾	恣	恣	欤
	清	七四	躆3出	次	次佽	鴜髭紎坿蛓欫髭
	從	疾二	躆7曾	自	自	嫉
	心	息利	躆3時	四	四（又[居3時]）三死肆墨泗駟	柶牭猍絘（肄）脺薛矤
齒音合	初	楚愧		嶯		嶯
	生	所類	規3時	帥	帥（又[檜3時]）	率
	昌	尺類		出		出
	書	釋類		痳		痳衆
	精	將遂	規3曾	醉	醉	檇
	清	七醉	規3出	翠	翠	濢膵

	從	秦醉	規7曾	萃	萃顇悴瘁	崒穧
	心	雖遂	規3時	邃	邃崇誶粹 / 晬[檜3時] / 檖[規7時]	尗晬𧧼
	邪	徐醉	規7時	遂	遂璲檖檖纗隧燧穟采穗 / 彗[規7喜]訛讀 / 隧[規7地]訛讀	襚旞璲轊鐆鐩䆡篲䜹篸篆轊（轊）
喉音開	影	乙冀	居3英	懿	懿饐懿	㙪欹鷾擁
	曉	虛器		齂		齂吚屓呬㰶覤
	以	羊至	居7英	肂	肂勚	殔庖肔肂晞紿
喉音合	曉	許位	居3英	豷	豷（開合不對，訛讀）	燹
	曉	火季		侐		侐
	曉	香季		瞲		瞲姓睢
	云	于愧	規7英	位	位	
	以	以醉	規7求	遺	遺（訛讀成「餽」） / 瞶[檜7喜]	嘼䜹蜼蟪蠵
舌齒開	來	力至	居7柳	利	利（又[皆7柳]）劦痢 / 茘泣（又[梔7柳]）	颲觀崍
	日	而至	居7入	二	二式貳樲	髶
舌齒合	來	力遂	規7柳	類	類淚纇	瓃鷥壘藟崍襰

　　至韻331字《彙集音雅俗通十五音》收錄142字，189字不收錄，音節部份，50個音節中有舌音開口屎及合口轛、齒音開口痓屍及合口翣出痗、喉音開口齂合口侐瞲等共10個音節不被收錄。

　　至韻經過適當合併可得到的閩南語音讀有：唇音4個、舌音6個、牙音7個、齒音16個、喉音7個及舌齒音3個，總共可42個閩南語音讀，是閩南語音節較多的韻。

　　漳州腔去聲分清濁，至韻清濁錯置情況和黃謙的《彙音妙悟》比較，由於原鄉母語去聲分清濁的優勢，本韻的清濁錯置是相對的少見，只滂母濞、並母鼻、澄母緻、群母悸等4個音節，佔收錄音節1／10。其中並母鼻在白話音部份是正確、群母悸音節下也有「傺」字是正確的。

　　知母「致／陟利切」，除小韻字「致」讀為[居3地]外，同韻的字「痕懥／居3他」、「躓輊質／居3曾」。

之	聲	切語	雅俗通	小韻	收　錄　字	不　收　錄　字
舌音開	徹	丑之	居1出	癡	癡痴／笞[居1他]	眙
	澄	直之	居5地	治	持	治莉
牙音開	見	居之	居1求	姬	姬萁基箕錤居／其[居5求]	稘笑萁其諆
	溪	去之	居5去	欺	僛	欺娸顋顛儗魖鵋錤抾麒
	溪	丘之		抾		抾
	群	渠之	居5求	其	其期旗綦綨幋其騏基琪麒騏淇萁檤碁萁祺褀／錤[居1求]	鶀蟇璂瑻鯕跠艤騏弆麒
	疑	語其	居5語	疑	疑嶷	觺
齒音開	莊	側持	䢏1曾	菑	菑（葘）甾淄輜錙緇	蕃茬鶅紂榴鯔稻鄑
	初	楚持	䢏1曾	輜	輜／颸[䢏1時]	
	崇	士之		茬		茬（茌）
	俟	俟甾	居5柳	漦	漦（訛讀）	
	章	止而	居1曾	之	之芝屮	㟴
	昌	赤之	居1出	蚩	蚩嗤媸	妛崿聜䁀
	書	書之	居1時	詩	詩	邿鮖詞呞眵
	書	式其		眵		眵
	常	市之	居5時	時	時峕塒蒔鰣	鼭榯
	精	子之	䢏1曾	茲	茲（玆）孳孜滋鼒	嵫嗞黰鎡孖鰦仔鶿（鶿）嵫
	從	疾之	䢏5曾	慈	慈鷀（鶿）	茲（玆）磁（磁）濨
	心	息茲	䢏1時	思	思恖司罳伺緦偲／絲蒜[居1時]	篒禗覗㺒偲椵
	邪	似茲	䢏5時	詞	詞祠柌／辭嗣辝[居5時]	絘
喉音開	影	於其	居1英	醫	醫毉譩噫	瘂
	曉	許其	居1喜	僖	僖熙嬉禧譆熹嘻／誒[梔1喜]	歖嫛犐曦焁欨娭
	以	與之	居5英	飴	飴詒飼怡坭貽匜貽頤詒宧台瓵	弬嫛异頤椸鎬肶洍珆沶胚媐姬眙
舌齒開	來	里之	居5柳	釐	釐狸貍嫠／㹺[皆5柳]，訛讀	嫠勑㮚犛嫠鯉秾孷㜺嫠瘦箂藜庲嫠
	日	如之	居5入	而	而胹洏	栭檽隭陾胹髵峏轜輀臑鮞毸耏衈㹷陑誀鴯

　　之韻239字《彙集音雅俗通十五音》收了113字，有126字不被收錄。之韻因為不收唇音及合口音，音節數相對的少，只有23個。其中牙音抾、齒音「茬眵」等共3個音節無收錄，清濁方面是少見的正確。

　　之韻因為缺少相應唇音及莊精合流關係，閩南語只有20個音節，包括有舌音2個、牙音4個、齒音9個、喉音3個及舌齒音2個。

　　莊系開口字配「躆」在之韻已有明顯徵兆，所以俟母「縩／俟甾切」文讀音可訂為[躆5時]。精系還是搭配「躆」。

止	聲	切語	雅俗通	小韻	收　　錄　　字	不　收　錄　字
舌音開	知	陟里		徵		徵誺撇
	徹	敕里	居2他	恥	恥褫／祉[居2曾]	
	澄	直里	居7地	峙	峙痔偫時（歸去）／崻庤[居7時]（歸去）	歭跱秲涛
	娘	乃里	柅2柳	伱	伱	響
牙音開	見	居里	居2求	紀	紀己	改忌
	溪	墟里	居2去	起	起芑／杞[居2求]	邔屺起
	疑	魚紀	居2語	擬	擬儗礙	舂譺礙
齒音開	莊	阻史	皆2曾	滓	滓／第[居2曾]笫（又[躆2曾]）	胏莘
	初	初紀		剓		剓（剚）歘欻
	崇	鉏里	躆7時	士	士仕（歸去）	柹屣圯
	生	踈士	躆2時	史	史使（又[皆2時]）駛	㧐
	俟	牀史	躆7時	俟	俟竢涘	駿㝶糇竢
	章	諸市	居2曾	止	止沚趾址芷	止畤洔茝阯底
	昌	昌里	居2出	齒	齒（又[居2去]）	袘
	書	詩止	居2時	始	始	
	常	時止	居7出	市	市恃／時[居7時]	本音節現在都歸去
	精	即里	躆2曾	子	子（又[鷩2求]）孳仔籽秄梓	㜑杍
	心	胥里	居2時	枲	枲葸	葈狋諰諰廙
	邪	詳里	躆7時	似	似佀祀禩姒耜（歸去）	褃巳耛汜洍汦攺鈶鷹
喉音開	影	於擬		譩		譩醷
	曉	虛里	居2喜	喜	喜囍	憘
	云	于紀	居3英	矣	矣（歸去）	䓊
	以	羊己	居2英	以	以已苢苜	佁攺
舌齒開	來	良士	居2柳	里	里裏李理娌俚	悝鯉瘣郢
	日	而止	居2入	洱	耳（又[居7喜]）駬絼	洱䣖

　　止韻131字《彙集音雅俗通十五音》收了59字，有72字不被收錄。止韻只有24個音節，其中舌音「徵／陟里切」、齒音「剓／初紀切」、喉音「譩」共3個音節無收錄。

　　止韻閩南語可歸併為22個音節，包括舌音4個、牙音3個、齒音9個及喉音3個舌齒音2個。

　　本韻表現出強烈的濁上歸去現象，除喉音的云母錯歸陰去外，全都歸入陽去，極具漳州腔特色。濁上歸去的語音現象就全濁上而言，幾乎是定律，除了少數濁上字——包含止攝的「否」外，幾乎都已完成這個音變現象。次濁上云母的「矣」是否要歸去？撇開可能是漳州一些白讀音如「蟻[hia7]耳[hĩ3]」等字外，單就止攝次濁上而言，文讀音中除「矣」外，全都歸陰上。所以濁上次濁上的腳步和普通話是一致的，即全濁上大多歸陽去，次濁上大多歸陰上。

　　娘母「伱」收柳字頭配鼻化韻母[梔 2 柳]，這個部分顯示十五音不一定得多出[m、n、ŋ]三個不同念法。現代華語中因為少了鼻化元音，所以[ㄋ／ㄌ]必須有對立音位。在有鼻化元音的閩南語系中，只要像謝秀嵐將娘母的字配在鼻化元音，我們在接鼻化元音之前鼻腔一定會先準備，如此柳門語只要保存一個音位即可，目前中華人民共和國的學者多數傾向這樣的標音法。

志	聲	切語	雅俗通	小韻	收　錄　字	不　收　錄　字
舌音開	知	陟吏	居3地	置	置	諉
	徹	丑吏	居3出	眙	佁	眙魅叇誄
	澄	直吏	居7地	值	值治	植揸眷
牙音開	見	居吏	居3求	記	記	
	溪	去吏	居3去	亟	亟	唭諅
	群	渠記	居7求	忌	忌惎	邔綨驇鶀猉記綦梪彑幊惎
	疑	魚記		𩵋		𩵋儗嶷齹豙誽
齒音開	莊	側吏	躆3曾	菑	菑剚傳	榴（檔）事鸝
	初	初吏	嘉3出	厠	厠	
	崇	鉏吏	躆7時	事	事	餕
	生	踈吏	躆3時	駛	駛使	涑狻㹮齜窓
	章	職吏	居3曾	志	志誌痣	織識娡荶
	昌	昌志	居3出	熾	熾饎糦	哆鯔幟戠埴
	書	式吏	居3時	試	試幟[居3曾]	傺弒
	常	時吏	居7時	侍	侍蒔秲	
	清	七吏		裁		裁虸蒫
	從	疾置	居7入	字	字（又[躆7入]）	摯牸孖茡芓
	心	相吏	躆3時	笥	笥思	伺覗
	邪	祥吏	居7時	寺	寺／嗣㝎飤飼[躆7時]	
喉音開	影	於記	居3英	意	意鷾	亄黰
	曉	許記		憙		憙嬉
	以	羊吏	居7英	異	異（又[梔7英]）异廙	已潩㠊

舌齒開	來	力置	居7柳	吏	吏	憗
	日	仍吏	居7入	餌	餌鬻珥佴	䶳耳咡刵誀洱聏姐胢酺眲聐

志韻有 24 個音節共 123 個字，《彙集音雅俗通十五音》收錄了其中的 46 個字，有 77 個字不被收錄，音節則有牙音的魕、齒音的䵷、喉音的憙等 3 個音節不收錄。

志韻閩南語可以產生 21 個音節，包括舌音 3 個、牙音 4 個、齒音 9 個、喉音 3 個及舌齒音 2 個。

魕，恐也，已少見。駛，宋代（隋唐）的《廣韻》猶收上去兩個音節，到了清代的《康熙字典》已剩上聲。

䵷，毛毛蟲，在農業社會中是常見用語，但是不只《彙音妙悟》不收，《彙雅雅俗通十五音》也不收錄。

憙，好也，省做喜，但本字憙不收錄。志韻計有魕、䵷、憙等 3 個音節不收錄。

齒音歸字出現極大的不統一：「廁／初吏切」《彙雅雅俗通十五音》歸在[嘉3出]，現代漳州音是[ts'ɛ3]，兩者相當一致；「字／疾置切」歸在[艍7入]及[居7入]，現代漳州音有[dzu7]及[dzi7]，也相當一致；「寺／祥吏切」歸在[居7時]，現代漳州音也是[si7]，但是同音節的「嗣孠飤飼」都還在「艍」字母，現代漳州音則讀爲[su5]，《彙音妙悟》和現代泉州音也都還留在[su7]，《彙雅雅俗通十五音》和其他方言記錄還算一致，不知道「寺」爲何先單獨離開[ɯ／u]，而且漳泉兩腔都相當一致。

微	聲	切語	雅俗通	小韻	收 錄 字	不 收 錄 字
唇音合	幫	甫微	規1喜	斐	斐飛扉緋㵶非騑	誹棐餥鰈騑餥
	滂	芳非	規1喜	霏	霏妃菲騑	靅飛䶪蜚徘瞶
	並	符非	規5喜	肥	肥（又[規5邊]）腓淝	賁裴蜰範痱痱蜚蟦
	明	無非	居5門	微	溦薇	微散薇鐖癜瞂
牙音開	見	居依	居1求	機	機譏磯饑幾機機／蘄[居5求]	嘰蟣䶹襪越鐖刉幾
	群	渠希	居5求	祈	祈頎旂崎碕垍俟幾機[居1求]	蟣幾戀刉譏機蚚薣圻麒
	疑	魚衣	居5求	沂	沂	澄
牙音合	見	舉韋	規1求	歸	歸婦	騩
	溪	丘韋		巋		巋龜
	疑	語韋	規5語	巍	巍	犩

喉音開	影	於希	居1英	依	依譩	衣郼妳阤悠肙
	曉	香衣	居1喜	希	希晞稀欷	莃鵗睎豨趇桸烯俙
喉音合	影	於非	規1英	威	威葳	喴崣蜖鰄媁椳
	曉	許歸	規1喜	揮	揮煇輝暉徽翬徽 ／ 褘[規 5 英]訛讀	楎微瀈旝狔
	云	雨非	規5英	幃	幃圍闈違 ／ 韋[規2英]，訛讀	禕韡湋口鍏潿婔褱㠆鞪

　　止攝是三等韻，而三等韻最多音節的就在齒音，共有三組聲母，但是微韻無齒音，故音節數都極少。本韻只有 15 個音節共 142 個字，《彙集雅俗通十五音》收錄了其中的 59 個字，有 84 個字不被收錄，和《彙音妙悟》收 101 字比較，反而是收字比例最少的韻。音節方面則只有牙音的「虁」不收錄，收錄音節比例可算極高。清濁方面也都正確收錄。

　　微系韻母唇音只配合口，上表可以看出唇音合口除「明」母外，已經全轉成「喜」字頭。「沂／魚衣切」讀[居求 5]疑受「祈」等影響。

　　輕唇化後已失去送氣不送氣的辨義作用，全歸「喜」字頭，所以微韻能表現的閩南語音讀，以漳州音文讀系統而言只能產生

　　　　唇音：[hui1]斐霏、[hui5]肥、[bi5]微

　　　　牙音：[ki1]機、[ki5]祈、[gi5]沂、[kui1]歸、[k'ui1]虁、[gui5]巍

　　　　喉音：[i1]依、[hi1]希、[ui1]威、[hui1]揮、[ui5]幃

　　唇音因幫滂輕唇化剩 3 個音讀、加上牙音 6 個音讀、喉音 5 個音讀，15 個音節只剩 14 個音節。

　　「沂／魚衣切」讀[居 5 求]疑受傳統有邊讀邊的影響。

尾	聲	切語	雅俗通	小韻	收　　錄　　字	不　收　錄　字
唇音合	幫	府尾	規2喜	匪	匪篚棐蜚蜰	糞椔蘪
	滂	敷尾	規2喜	斐	斐菲俳	朏騑斐茇
	並	浮鬼		膹		膹穧樻蟦淝膹
	明	無匪	檜2門	尾	尾（又[居2門]）浘 ／ 斖亹	娓㟴稦餶
牙音開	見	居狶	居2求	蟣	蟣幾	機虁
	溪	袪狶	居2去	豈	豈（又[皆2去]）蒀	
	疑	魚豈		顗		顗螘
牙音合	見	居偉	規2求	鬼	鬼	
	溪					

喉音開	影	於豈	居2英	扆	庡偯	扆優靉悠
	曉	虛豈		豨		豨俙縰䜴唏
喉音合	影	於鬼		磈		磈巋
	曉	許偉	規2喜	烠	烠（又[規2英]）虫	卉烣蘬
	云	于鬼	規2英	韙	韙煒偉瑋葦韡	暐椲颹媦愇鍏撝

尾韻有 13 個音節 69 個字，《彙集音雅俗通十五音》收錄了 27 個字，有 42 個字不收錄。音節部分唇音臏、牙音顗及喉音的豨磈等 4 個音節不收錄，實收 9 個音節。

　　唇音：[hui2]匪斐、[hui7]臏、[bi2]尾

　　牙音：[ki2]蟣、[k'i2]豈、[gi2]顗、[kui2]鬼

　　喉音：[i2]扆、[hi2]豨、[ui2]磈韙、[hui2]烠

唇音因幫滂輕唇化剩 3 個音讀、加上牙音 4 個音讀、喉音 4 個音讀，13 個音節只剩 11 個音節。

本韻只有搭配「並」一個濁聲母，但這個音節不收錄，所以成了一律標陰上的特殊現象。

未	聲	切語	雅俗通	小韻	收　錄　字	不　收　錄　字
唇音合	幫	方味	規3邊	沸	沸痡 / 苐[規3喜]	誹茀鯡輩濷裈誹跰
	滂	芳未	規3喜	費	費	髴黂櫠昲襀
	並	扶沸	規3喜	膃	膃鷪狒 / 翡[規2喜]	腓怫菲屝蜚蟦痱棐疿跳勪穖蟹曊睛瞶豷蟦潰
	明	無沸	居7門	未	未味	沬眜頖粈鮇眛
牙音開	見	居豙	居3求	既	既（旣）	溉（漑）暨（曁）機欯炁蔇
	溪	去既	居3去	氣	氣（又[規3去]）炁气	吃䲨
	群	其既		臮		臮幾
	疑	魚既	居7語	毅	毅（又[稽7喜]）	忍豙顡穀顪籔
牙音合	見	居胃	規3求	貴	貴	瞶媹
	溪	丘畏		螺		蟲裊
	疑	魚貴	規7語	魏	魏	犨
喉音開	影	於既	居3英	衣	衣	
	曉	許既	居3喜	欷	愾餼忥	唏堅氣槩鎎愾熂氞飂摡隘獩驥㸥欷
喉音合	影	於胃	規3英	尉	尉慰畏蔚	尉熨蔚犚蝟蟎螱鰃
	曉	許貴	規3喜	諱	諱 / 卉屴[規7喜]	沛
	云	于貴	規7英	胃	胃謂蝟渭 / 緯[規7喜] / 彙（彚，[規7柳]）	圍慴媦餶熀鰃蠹緭彗蒮颵

未韻有 16 個音節 129 個字，其中有 33 個字被收錄，不收錄字則高達 96 個字。音節部分有牙音醨鱖兩音節不收錄。在清濁方面除「鸎／扶沸切」音節依同音節同義字「狒」檢得[規 3 喜]，發現並母誤歸陰去外，清濁還算正確。

如果扣掉聲母相同的音節及依去聲不分陰陽原則（都記成陰上），漳州音文讀系統在《廣韻》未韻中可以歸納出

　　　唇音：[hui3]沸費鸎、[bi7]未

　　　牙音：[ki3]既醨、[k'i3]氣、[gi7]毅、[kui3]貴、[k'ui3]鱖、[gui7]魏

　　　喉音：[i3]衣、[hi3]欷、[ui3]尉、[ui7]胃、[hui3]諱

唇音因輕唇化剩 1 個音讀、加上牙音 6 個音讀、喉音 4 個音讀，15 個音節只剩 11 個音節。

小　結：

在晚唐「濁上歸去」的語音現象發生後，全濁上已歸陽去，次濁上則歸陰上。在《彙音妙悟》中，「濁上歸去」的語音現象並不多見，但是到了謝秀嵐《彙集雅俗通十五音》已有明顯表現。

《彙音妙悟》遵循十五音傳統，部份採用[b／m]、[l／n]、[g／ŋ]的對立音位，但是《彙集雅俗通十五音》則是直接採用[b／l／g]配鼻化韻，例如「彌」分別出現在[居／梔]、和[nĩ]有關的都擺在「梔」，《彙集雅俗通十五音》沒有[ŋĩ]，都配到其他鼻化韻去了，至於[居語]同音字也找不到有非讀鼻化不可的字。像這樣不採用[b／m]、[l／n]、[g／ŋ]的對立方式已廣為大多數大陸學者採用，林連通就這樣說：

　　　[m、n、ŋ]是[b、l、g]的音位變體，當[b、l、g]與鼻化韻相拼時，

　　　分別變成[m、n、ŋ]，如「媽」[mã1]、「年」[nĩ5]、「雅」[ŋã2]。由

　　　於[b、l、g] 和[m、n、ŋ]這兩組沒有區別意義的作用，因此標音時

　　　不再區分，一律標為[b、l、g]。〔註26〕

這樣的觀念其實還有另一層意義，現代漢語因為缺少鼻化元音，所以需要創造「ㄇ、ㄋ」鼻化輔音來完成「米、馬、你、拿」等音節的拼音。

止攝音節轉成閩南語用到「居、規、艍、檜、嘉、稽、迦、皆、乖、瓜、

〔註26〕林連通《泉州市方言志》，1993，P17。

沽、糜、栀、驚、嬌、扛、更」，這 16 個韻依各家擬音及現代漳州音對照如下表：

擬音人 字母	羅常培	王育德	洪惟仁	董忠司	林寶卿	馬重奇	漳州市志
4 規	[-ui]	[-ui]	[-ui]	[-ui]	[-ui]	[-ui]	[-ui]
5 嘉	[-e]	[-ɛ]	[-ɛ]	[-ɛ]	[-ɛ]	[-ɛ]	[-ɛ]
8 乖	[-uai]	[-uai]	[-uai]	[-uai]	[-uai]	[-uai]	[-uai]
11 沽	[-ɔ]	[-ɔ]	[-ɔu]	[-ɔ]	[-ɔ]	[-ɔu]	[-ɔ]
12 嬌	[-iau]	[-iau]	[-iau]	[-iau]	[-iau]	[-iau]	[-iau]
13 稽	[-e]	[-e]	[-e]	[-e]	[-ei]	[-ei]	[-e]
16 皆	[-ai]	[-ai]	[-ai]	[-ai]	[-ai]	[-ai]	[-ai]
20 瓜	[-ua]	[-ua]	[-ua]	[-ua]	[-ua]	[-ua]	[-ua]
24 迦	[-ia]	[-ia]	[-ia]	[-ia]	[-ia]	[-ia]	[-ia]
25 檜	[-ue]	[-ue]	[-uei]	[-ue]	[-ue]	[-uei]	[-ue]
27 艍	[-u]	[-u]	[-u]	[-u]	[-u]	[-u]	[-u]
29 居	[-i]	[-i]	[-i]	[-i]	[-i]	[-i]	[-i]
31 更	[-ẽ]	[-ɛ̃]	[-ɛ̃]	[-ẽ]	[-ɛ̃]	[-ɛ̃]	[-ẽ]
34 栀	[-ĩ]	[-ĩ]	[-ĩ]	[-ĩ]	[-ĩ]	[-ĩ]	[-ĩ]
36 驚	[-iã]	[-iã]	[-iã]	[-iã]	[-iã]	[-iã]	[-iã]
39 伽	--	[-oi]	[-e]	[-e]	[-oi]	[-e]	[-ia]
45 糜	--	[-uẽ]	[-ueĩ]	[-uẽ]	[-uẽ]	[-uẽ]	[-ãi]
49 扛	[-õ]	[-õ]	[-ɔ̃]	[-õ]	[-ɔ̃]	[-ɔ̃]	[-ŋ / -aŋ / -ɔŋ]

從上表看，有關《彙集雅俗通十五音》的擬音在止攝部份，至少有「沽、稽、檜、更、伽、扛」等 6 個音是有歧見的，尤其是「伽、扛」兩韻不止擬音有歧見，和現代漳州音更是看不出任何繼承，羅常培則乾脆不爲「伽」擬音。

更巧的是六個人恰可分三組：王育德、林寶卿，洪惟仁、馬重奇，董忠司。但其餘兩組人中各有一位台灣學者及廈門大學學者實在有趣。

羅常培、董忠司的歧見在「嘉」（羅常培不擬伽糜），王育德、林寶卿這一組的歧見在「稽、扛」，洪惟仁、馬重奇這組的歧見在「稽」。上述擬音中比較特殊的是「稽、檜」兩音出現了[-ei]的擬音〔註27〕，漳浦以東的閩南方言受到「同位禁制」影響，[i／e]、[o／u]不會同時存在，「沽」擬音爲[-ɔu]應該

〔註27〕馬重奇在《漳州方言研究》一書中沒有記錄[-ei]。

也是漳浦音的表現。會做這樣擬音只有一個可能——認爲《彙集雅俗通十五音》所表現是漳浦音系。

可是現代的漳浦音除了[鞋／iei]這組白話音外，看不到半高前元音[-e]，全部都發較低的[-ɛ]。

且看現代漳州音和漳浦音複元音表現

現代漳州音系有 10 個複元音：

　　娃[-ua]、威[-ui]、灰[-ue]、耶[-ia]、腰[-io]、妖[-iau]、優[-iu]、哀[-ai]、甌[-au]、歪[-uai]

現代漳浦音系有 12 個複元音：

　　蛙[-ua]、威[-ui]、杯[-uɛ]、耶[-ia]、腰[-io]、鞋[-iei]、妖[-iau]、優[-iu]、哀[-ai]、歐[-au]、烏[-ɔu]、歪[-uai]

漳浦音和漳州音除了灰[-ue]、杯[-uɛ]不同外，漳浦音顯然較漳州音多了鞋[-iei]及烏[-ɔu]兩個複元音。

再看《彙集雅俗通十五音》音系有 8（7）個單元音

　　嘉、（沽）、稽、高、艍、膠、几、伽

有 10 個複元音：

　　規、乖、嬌、皆、瓜、交、迦、檜、丩、茄

從元音數據以論述，《彙集雅俗通十五音》音系更接近現代漳州音。

從讀書音的視角看，止攝支脂之微四韻在《彙集雅俗通十五音》中，開口字大都發音爲居[i]字母，約佔收錄音節的 80.5%，而且各個發音部位都可配；部分發音爲艍[u]字母，約佔收錄音節的 14.6%，主要搭配假四等「精」母字，佔 76.7%；其次是假二等的「莊」母字，佔 66.7%，兩者合計佔莊精兩組的 73.3%。

其他像「劑」普通話是蟹攝去聲，謝秀嵐可能把支韻合口的劑和蟹攝開口的劑弄混了，牙音「居」是魚韻「居」的讀法，「扻」可能是訛讀。

合口字收錄 99 個音節，多配規[ui]字母，共 88 個，佔收錄音節的 89.8%。

「衰陸羸枘蕤」5 個音發音爲檜[ue]，其中「衰」《廣韻》支脂韻各有 1 音[楚危切／所追切]，即普通話的[ㄔㄨㄟ]及[ㄕㄨㄞ]，《彙集雅俗通十五音》收錄的[檜1時／sue1]〔註28〕顯然屬脂韻音節。

〔註28〕《廣韻》「檜」收 3 音節，分別是泰韻匣母及見母（去）及末韻見母（入），《彙集

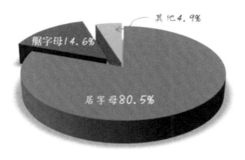

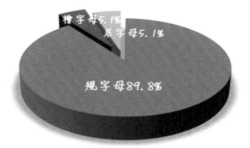

《彙集雅俗通十五音》止攝開口音讀分布圖　　　　《彙集雅俗通十五音》止攝合口音讀分布圖

「惟瓅微尾未」5 個合口音發音爲居[i]，合口字發爲開口的居[i]，而且微尾未三個唇音明母字分居平上去聲，恐怕我們後代人不宜以開合不對來討論這個音，而是應以更宏觀的眼光來探討，也許將來有更多的文獻出土就可以了解讀爲居[i]的原因。

台北景美最早的地名稱爲「梘尾」，清乾隆五年（1740 年），漳州人郭錫瑠出銀二萬兩興建瑠公圳：

> 引新店溪青潭湖水，爲了使灌溉水向北跨過景美溪，於是在溪流之上架設木製水槽，主要是以木樁和木板構成，並在槽中塗上一層油灰，用以導引水流使灌溉水順利注入北面的開墾地，此一導水設備稱爲梘，根據後來日本人的記載，梘長約九十公尺寬約兩公尺規模相當大，靠景美這一頭稱做梘尾。〔註29〕

《類篇》：「梘，古典切，音繭。通水器。」。日治時期因梘字少見，閩南話口音梘與景接近，將「梘尾」易名爲「景尾」。後來因景尾之名不好聽，1950年單獨設鎮時由地方名紳林佛國倡議將鎮名更名爲「景美」意寓風景美麗之地。尾會轉爲美是漳州音，《彙集雅俗通十五音》及現代漳州音「尾」字收兩音：[居2 門 bi2 ／ 檜 2 門 bue2]，因此林佛國先生才會倡議尾→美──景美[bi2]，現在地方以閩南語稱「景尾[be2]」應該是後來的廈門音。〔註30〕

雅俗通十五音》則收上平聲及上去聲，並以上平聲爲字母。上平聲來源不知其解。

〔註29〕見「余紀忠文教基金會」〈大河的故事・淡水河，之歌〉http://www.chinatimes.org.tw/features/tamsui/tamsui_2h.htm 梘應更正爲梘。

〔註30〕姚榮松在《臺灣閩南語常用詞辭典・方音差》中認爲是[be2]台北偏泉腔。

第三節 《彙集雅俗通十五音》中【止攝】音節的歸納與重建

從《廣韻》41 聲母演變到《彙集雅俗通十五音》的 15 音，聲母必有一番整併，以下是《彙集雅俗通十五音》從 41 聲母歸納到 15 聲母的情形。

唇音	幫→開口：邊頗（鄙）	合口：喜邊（沸飛）
	滂→開口：頗	合口：喜
	並→開口：邊頗（皮邳否）	合口：喜
	明→開口：門	合口：門（尾）
舌音	知→開口：地曾（知黹）	合口：地柳（腄）訛
	徹→開口：他出（癡）柳（摛）訛	合口：他
	澄→開口：地	合口：地他（鎚）時（鬐）訛
	娘→開口：柳入（膩）	合口：柳英（諉）訛
	定→開口：地（端組不配二三等，定母只有「地」這個音節）	
牙音	見→開口：求	合口：求氣（軌媿）
	溪→開口：氣求（崎）英（愷掎）	合口：氣求（闚跪）
	群→開口：求	合口：求氣（悸）
	疑→開口：語英（劓）	合口：語
齒二莊	莊→開口：曾	合口：
	初→開口：出	合口：出時（衰）
	崇→開口：時	合口：
	生→開口：時	合口：時
	俟→開口：時柳（漦）訛	合口：
齒三章	章→開口：曾地（寘）訛	合口：曾出（惴）
	昌→開口：出	合口：出
	船→開口：時（示）爭（餲）	合口：
	書→開口：時出（翅）	合口：時
	常→開口：時出（市）	合口：時
齒四精	精→開口：曾	合口：曾
	清→開口：出	合口：出
	從→開口：曾出（疵）入（字）	合口：曾
	心→開口：時	合口：時出（髓）
	邪→開口：時	合口：時
喉音	影→開口：英	合口：英喜（恚）
	曉→開口：喜	合口：喜英（咦）
	云→開口：英	合口：英
	以→開口：英	合口：英
舌齒音	來→開口：柳	合口：柳入（羸）
	日→開口：入	合口：入柳（蕊蘂）

再依發音部位整理，又可得下表（標*者爲白話音）

脣音	居[-i]	規[-ui]	糜[-ãi]	梔[-ĩ]	檜[-ue]	稽[-e]	不收音節
支開	陂卑鈹皮坡陴糜彌		糜*	彌*	皮*		
紙開	彼諀婢靡洍						俾旇被
寘開	賁臂避譬髲						帔-收平聲
脂開	悲丕邳砒眉	悲*				紕	
旨開	匕鄙嚭否美						牝
至開	祕備痹鼻濞屁寐	屁*		郿鼻*			
微合	微	肥斐霏／肥*					
尾合	尾	匪斐			尾*		膹
未合	未	沸費鬛					

1. 以平聲賅上、去，脣音不配支、脂合口。

2. 合口：肥斐霏、匪斐、費鬛等音節，聲母受輕脣化影響已轉入喉部清擦音：喜[h-]。但同組的「沸」並沒有受輕脣化影響，肥也還保有一重脣音。

3. 以平聲賅上、去，之不配脣音，微不配舌齒音、脣音只有合口字。微尾未音節由合口轉開口不知何解。巧合的是這三個音恰是微系平上去唯一（三）明母字，都沒有受到輕脣化影響。

4. 皮、悲、屁各出現一合口音，糜、彌、郿、鼻則另出現鼻音化現象。

5. 從上表看，脣音開口字多歸居[-i]，合口字多歸規[-ui]。故我們可爲上述不收錄的音節擬音：俾[居2邊]、牝[居7邊]、旇牝[居2頗]、帔[居3頗]、膹[規2喜]。

舌音	居[-i]	規[-ui]	梔[-ĩ]	稽[-e]	不收音節
支開	知摛馳				
支合		腄〔註31〕鬌〔註32〕			
紙開	褫豸				撦狔
寘開	智				
寘合		縋諉〔註33〕			娷
脂開	胝絺墀		尼		
脂合		追鎚			

〔註31〕腄：[規1柳]，此音義來自《集韻》／魯水切／，但平上也誤。

〔註32〕鬌：[規2時]，疑受《集韻》／音綏／影響。

〔註33〕諉：[規7英]，訛零聲母。

旨開	黹雉				穊柅
至開	致緻膩			地	屁
至合		墜			轛
之開	痴治				
止開	恥峙		伱〔註34〕		徵〔註35〕
志開	置值眙〔註36〕				

1、舌音在此攝有兩大特色：A 合口無上聲、B 不搭配 8 微韻。

2、舌音開口多歸居[-i]，合口多歸規[-ui]，但「尼」音可配「梔」。故我們可為上述不收的音節擬音：撜[居 2 地]、狔[梔 2 柳]、婔[規 3 地]、穊[梔 2 他]、柅[梔 2 柳]、屁[居 3 他]、轛[規 3 地]、徵[居 2 地]。

牙音	居[-i]	規[-ui]	迦[-ia]	艍[-u]	不收音節
支開	羈餃奇宜衹		奇（岐）		
支合		䁯媯〔註37〕虧闚危			
紙開	企綺技螘		螘		掎枳〔註38〕
紙合		詭跪跬硊			跪〔註39〕
寘開	寄芰議企		寄*		馶掎
寘合		僞			賄睯觖
脂開	飢鬐				狋
脂合		龜葵		龜*	巋
旨開	几跽				
旨合		軌癸			歸郎揆
至開	冀器棄臮劓				
至合		媿季喟〔註40〕匱悸			
之開	姬欺其欸				
止開	紀起擬				
志開	記忌皚				魕

〔註34〕娘母的膩歸到「入」字頭、伱（你）則歸到「柳」字頭。

〔註35〕「徵」字收曾攝蒸韻／陟陵切／，不收止攝止韻／陟里切／。

〔註36〕「眙」字收止攝之韻／與之切／，不收止志韻／丑吏切／。取同韻「怡」類推，但聲母「出」仍有誤，宜改為「他」。

〔註37〕「䁯、媯」兩音節取同韻字「規、潙」。

〔註38〕「枳」字收章母的／諸氏切／，不收見母的／居氏切／。

〔註39〕「跪」字收群母不收溪母，而且群母字也正確傳達「濁上歸去」。

〔註40〕「喟」字已被從溪母轉到曉母且收在陰上，訂為[規 2 喜]，宜改為[規 3 去]。

	居	規	皆	裾	梔	檜	嘉	瓜	不收音節
微開	機祈沂								
微合		歸巍							虁
尾開	蟣豈								顗
尾合		鬼							
未開	既氣毅								醾
未合		貴魏							縏

　　牙音開口多歸居[-i]，合口多歸規[-ui]。故我們可爲上述不收的音節擬音：枳掎蟣[居 2 求]、馱醾[居 3 求]、齮[居 3 去]、狋[居 5 語]、鸃[居 7 語]、瞡賹[規 3 求]、觖繫[規 3 去]、歸[規 1／2 去]、郇揆[規 7 求]、虁[規 1 去]、跪[規 2 去]

　　幾個來自上古歌部字都在牙音，顯然上古牙音和歌部的結合比起其他聲母而言，是相對穩固。

齒音	居 [-i]	規 [-ui]	皆 [-ai]	裾 [-u]	梔 [-ĩ]	檜 [-ue]	嘉 [-ɛ]	瓜 [-ua]	不收音節
支開	差支緁提雌			疵斯釃觜					齜眵齹厜
支合		吹䊳隨				衰吹*			劑驪韉睡
紙開	躧紙佊錫弛是紫徙			此	𣥺			紙*徙*	扯
紙合		揣觜髄				髄*			捶䔺惢𪗔
真開	真翅刺			漬賜屣	刺				袠㓹積
真合		惴睡							吹桵
脂開	脂尸鴟			師咨茨私					郪
脂合		錐推誰綏				衰			𪎕
旨開	旨矢視姊死			死兕					跐
旨合		水							濢趡嶉
至開	至示嗜四*			恣自次四					痓屍
至合		帥醉翠萃邃遂				帥			欻出疢
之開	緇之蚩詩時			蓄輜茲慈思詞					茬眵
止開	止齒市始枲		滓*	子士史俟似			滓		剚
志開	志熾試侍字*寺			葴事字笥			厠		胾駛

1、齒音不配 8 微韻

2、《彙集雅俗通十五音》齒音莊章精系分配：

　　章系字在韻圖三等位置，其字母以配居 [-i]音爲主；莊系字在韻圖二等位置稱假二等，止攝有 22 個莊系音節，《彙集雅俗通十五音》收錄其中 15 個，1

個配嘉韻[-ɛ]、1 個配皆韻[-ai]、3 個配居韻[-i]、10 個配艍韻[-u]；精系字在韻圖四等位置，本攝有 34 個精系音節，除 8 個配居韻[-i]（含 3 個白話音）、22 個配艍韻[-u]，有 4 音個不收錄。

顯然莊精組聲母主要是以配艍韻爲主，造成部分遺留在居韻字母的原因除了謝秀嵐的取捨原因外，因爲泉州音的[-ɯ]發音緊，容易向同位置較鬆的[-u]發展，甚至改向前發成[-i]也不無可能。所以如果比較兩者齒音的發展，將會發現《彙音妙悟》中有些是[-ɯ]音的，《彙集雅俗通十五音》已從[-u]跑到[-i]音，或剩下[-i]音。例如支韻的差雌、紙韻的紫徙、旨韻的姊等都已從[-ɯ]跳過[-u]跑到[-i]音去了；紙韻紙、寘韻刺等《彙音妙悟》原有[-i]、[-ɯ]兩音，《彙集雅俗通十五音》都只剩[-i]〔註 41〕一音而已。

我們依上述規則爲不收錄的音節擬音：

A. 開口：眵[居 1 出]、齜[居 1 曾]、厜[艍 1 曾]、扯[艍 2 曾]、
　　睽[居 1 時]、剢[艍 2 出]、蠢茬[居 5 曾]、柴積[艍 3 曾]、鄑[艍 1 出]、跡[居 2 曾]、載[艍 3 出]、屣駛屍[居 3 時]、痓刴[居 3 出]。

B. 合口：鸝眭[規 1 時]、劑騷嶉[規 1 曾]、捶澤[規 2 曾]、趡[規 2 出]、
　　惢嶉[規 7 曾]、萑簸[規 7 時]、吹出[規 3 出]、稜菝疲[規 3 時]。

喉音	居[-i]	規[-ui]	檜[-ue]	皆[-ai]	不收音節
支開	漪犧移				詑
支合		逶（倭在[檜]）麾爲	隓（隳）		蘬
紙開	倚酏				䨼
紙合		委毀蔿			蔿
寘開	戲易			縊	倚
寘合	瓗（瞖，集韻）	恚爲			餧毀孈
脂開	伊咦姨				
脂合	倠	惟帷			
旨開					欯
旨合		洧唯			睢
至開	懿肄				齂
至合		位遺			侐〔註 42〕瞲

〔註 41〕《彙集雅俗通十五音》「刺」收[-i]及[-ĩ]兩音，筆者認爲[-ĩ]在此只是[-i]的鼻化而已，可視爲同一音位。

〔註 42〕「侐」[公 4 喜]收的是職韻／況逼切／。

之開	醫僖飴		
止開	喜矣以		譩
志開	意異		憙
微開	依希		
微合		威揮幃	
尾開	扆		豨
尾合		虺韙	磈〔註43〕
未開	衣欷		
未合		尉諱胃	

1、喉音對應的方式非常單純，開口對應基[-i]、合口對應飛[-ui]，「㿋」在 [膾]、
　 「綈」在[皆]是兩個例外。

2、《彙隹雅俗通十五音》不收的音節可以補擬音如下：

　 詑[居1喜]、欨黐[居2喜]、譺憙欷[居3喜]、倚[居3英]、隨[規5英]、
葰瓕[規7英]、餒[規3英]、曨[規2喜]、毀嫛衈嬇[規3喜]、磈[飛英2]、譩[居
2英]。

舌齒音	居[-i]	規[-ui]	皆[-ai]	膾[-ue]	梔[-ĩ]	不收音節
支開	離兒					
支合				蠃〔註44〕 痿〔註45〕		
紙開	邐爾				爾	
紙合		絫蘂				
寘開	詈					
寘合		累		枘		
脂開			黎*			
脂合		灕		蕤		
旨開	履					
旨合		壘蕊				
至開	利二		利*			
至合		類				
之開	釐而					

〔註43〕「磈」[規2去]收的是蟹攝賄韻／口猥切／。

〔註44〕「蠃」／力爲切／，應在柳字頭，現被列入日字頭並轉爲膾字母。

〔註45〕「痿」[膾1英]收的是影母「逶」／於爲切／，舌齒音應是日母／人垂切／。

止開	里洱（耳）					
志開	吏餌					

1、舌齒音即半舌音來母及半齒音日母，和舌、齒音一般，不含 8 微韻。

2、舌齒音開口多讀基[-i]、合口多讀飛[-ui]。

3、半齒音讀柅[-ĩ]只日母開口上聲、讀檜[-ue]則有合口羸痿、枘、蕤。

4、爲 5 支韻半齒音日母合口字「痿」擬音爲[規 1 入]。

小　結：

止攝莊精開口 55 音節配韻如下：

	莊			精	
	艍[-u]	居[-i]	其他	艍[-u]	居[-i]
支	釃	差躧		貲疵斯此漬賜	雌紫徙刺
脂	師			咨茨私死兕恣次自四	姊
之	蕾輜士史俟裁事駛	緇	滓廁	茲慈思詞子似字笫	枲寺

止攝莊組開口有 22 個音節，《彙集雅俗通十五音》收錄了 15 音節，其中配艍[-u]的有 10 音節佔 66.7%。

止攝精組開口有 33 個音節，《彙集雅俗通十五音》收錄了 30 音節，其中配艍[-u]的有 23 音節佔 76.7%。莊精配艍[-u]的合計佔收錄音節的 73.3%。

和《彙音妙悟》配[-ɨ／ɯ]佔 82.6%比起來，止攝莊精兩組在《彙集雅俗通十五音》中顯然有向前高元音[-i]發展的趨勢。

止攝的支脂之合流，聲母的莊精也合流，於是讀書音形成了以下的狀況

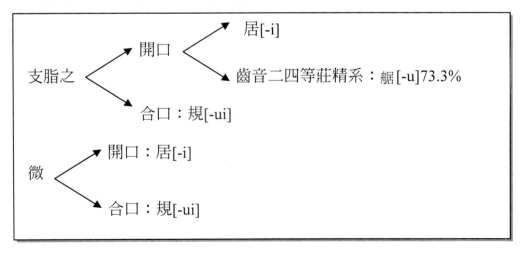

第四節　小　結

　　從以上的觀察，我們可以整理出下表結果。字母擬音參酌各家及《漳州市志》擬音爲：居[i]、規[ui]、艍[u]、檜[ue]、嘉[ɛ]、稽[e]、迦[ia]、皆[ai]、乖[uai]、瓜[ua]、沽[ɔ]、糜[uẽ]、梔[ĩ]、驚[iã]、嬌[iau]、扛[ɔ̃]、更[ẽ]

	讀書音開	讀書音合	白話音開	白話音合
脣音：〔註46〕	居	規檜居	檜糜梔皆規	居
舌音：	居梔稽	規	皆（知）	
牙音：	居	規	迦（奇）皆（豈）稽（毅）	艍（龜）檜（癸）
齒音2：	艍（釃）居	規	皆（師）	檜（帥）
齒音3：	居	規	瓜（紙）梔（豉）	檜（吹坒）
齒音4：	艍居	規	艍瓜（徙）梔（紫刺）	檜（髓）
喉音：	居迦（蛇）	規	迦（蛇）瓜（蛇）	
舌齒音：	居	規檜（贏㤗）	梔（爾）皆（利）	

　　【止攝】音節在《彙集雅俗通十五音》的表現經過整理可看出

　　開口音除齒音 2 和齒音 4 是以「艍」韻爲主，表現的正是「照精合流」的共性，其餘的脣舌牙音、齒音 3、喉音及半舌半齒音都是以「居[-i]」爲主，「蛇／[迦 5 時]」表現的不是「支」韻「以母」字，而是假攝麻韻的[食遮切]，白話音中的[瓜 5 出]也是，[居 5 英]才是本攝的音讀。從居[-i]的大量增加看，漳州音的精莊

　　合口脣音明母的「微尾未」，讀書音讀成開口的「居[-i]」已成爲漳泉共性。反而是白讀音分別讀爲檜韻、科韻才具有方音特性。

　　眞韻正齒音常母的「豉／[梔 7 時]」應是「醃漬成醃漬品」及「傷口或眼睛部位受到鹽或藥物刺激的刺痛感」的訓讀，《教育部臺灣閩南語常用詞辭典》特別定出 替，表示這個音可能是訓讀，在本質上和「爾／[梔 2 入]」反應「娘日歸泥」是不同的。

　　白話音有許多上古音殘餘，如奇、知、師、止、紙等，這部分也成了漳泉共性。白話音殘餘上古音的共性，顯示出漳泉系出同源，其形成時間早於《切

〔註46〕脣音配合合口時，聲母會受輕脣化影響已轉入喉部清擦音：喜[h-]。明母則在變化中，至少「尾」字已出現聲母會受輕脣化影響已轉入喉部清擦音：喜[h-]的語音現象。又「肥」字也同時保留了重脣音。

韻》時期，分化的原因可以指向第 7 世紀中葉，總章到儀鳳垂拱年間向泉州到潮州間的開墾。論者指出漳州音源於河南固始，但是這個論點只能解釋讀書音的形成〔註47〕，無法合理交待白話音，而且從漳州「濁上歸去」現象，其讀書音的音系年代恐怕又要後退到中唐時期而不是初唐總章時期。

神奈川大學教授望月眞澄在〈《龍龕手鏡》的音韻背景〉文中指出，調查了遼僧行均所編纂《龍龕手鏡》的山攝和止攝反切等，……發現止攝曾發生支之、脂之、脂支合流等現象〔註48〕。而這個年代應該在第 10 世紀結束之前〔註49〕。

從以上對漳泉方言止攝音韻的整理，我們也可以發現支脂之合流也成了漳泉方言的共性，而這個共性也標示著在第 9 世紀中葉後的五代間，曾有北方的官方語言再一次的大量進入，帶進了支脂之微合流的北方官話，改變六朝自江東帶來的讀書音，但還是保留了照精合流的特性。

〔註47〕嚴格説，讀書音要模擬的應該是京城長安音，不會是幾千兵力帶來的固始音，更顯固始音不可信，泉州音經移墾、分化及語言接觸才有可能兩者如此相近。

〔註48〕這段文字見師大國文系 92 年 9 月姚榮松教授主持的學術專題演講。

〔註49〕《龍龕手鏡》：遼聖宗耶律隆緒統合 15 年（西元 997 年～相當北宋太宗至道年間）僧行均撰。

第四章 《彙音寶鑑》中【止攝】音節探析

第一節 《彙音寶鑑》作者及成書年代背景

「彙音寶鑑」是全台灣第一本由台灣人自己編寫的台語字典，作者沈富進是雲林縣古坑鄉華山村人，小學沒畢業完全靠自學，在其40歲時完成「彙音寶鑑」的編寫，堪稱是目前學台語最重要的工具書。〔註1〕

沈富進先生出生於斗六鎮久安里〔註2〕，後遷居雲林縣古坑鄉華山村龜仔頭，光復後再遷至一山之隔的嘉義縣梅山鄉，並在梅山編寫《彙音寶鑑》，故常自稱「梅山沈富進」。1953年完成《彙音寶鑑》，因缺少經費，延到1954年年尾才得以付梓出版。

是戰後第一本台灣人自己編的韻書，每一字除了改良傳統的反切之外，還標教羅白話字，主要是提供民間藝人查詢單音節漢字的

〔註1〕2007年11月20日自由時報：http://www.libertytimes.com.tw/2007/new/nov/20/today-so10-3.htm

〔註2〕張媄雅《《彙音寶鑑》研究》第二章（民86）。

> 讀書音，及漳腔、泉腔等白話語音。他在這本詞典中編者增補了十
> 五個韻母，如果參考沈富進自行標注的白話字韻母，特別再區分「平
> 聲韻母」與「入聲韻母」兩種，那麼整本辭典有九十個常用的韻母。
> 這麼複雜的韻母系統，其目的就在於希望收錄足以表現日常生活中
> 的語音。這些努力都值得肯定，至少它提供了不少讓民間藝人發揮
> 創作的語言資產。

以上的讚語出自陳龍廷〈民間社會的漢文傳統與布袋戲〉。

從 1666 年陳永華建孔廟興學開始，兩百多年來台灣就一直存有漢文的傳統。甲午戰爭之後，1895 年台灣及其他附屬島嶼均依據「馬關條約」割讓予日本。進入日本殖民時期後，傳統的文人失去科舉功名的舞台，轉而在書房擔任「漢學仔先生」教授漢文——文言音。語言學家王育德（1924～1985），生於台南，幼年及少年時期曾受過書房漢文訓練的實際經驗，他最早的書房老師是台南的詩人趙雲石（1863-1936）。

根據《台灣教育沿革志》等官方統計資料的顯示，從 1898 至 1905 年之間，台灣的書房數量高達一千所以上。1936 年 9 月，台灣新任的總督——小林躋造（こばやし せいぞう）上任後，爲加強台灣人對日本帝國的認同及配合戰爭動員的需要，小林開始積極推動「皇民化」政策。1937 年第二次中日戰爭爆發，台灣地區的公學校正式廢除漢文科、廢止報紙漢文欄，限制台灣各族語言的使用，強制推行日本語言。「國語家庭」（國語の家）政策的推動，更使閩客語使用範圍大幅縮減。1943 年台灣開始實施義務教育，總督府頒佈廢止私塾令，書房完全停辦，文讀系統的漢文便漸漸衰弱。

沈富進先生完成《彙音寶鑑》後又在 1954 年成立文藝社，《彙音寶鑑》即由文藝學社出版社出版。文藝社除了出版《彙音寶鑑》外，也致力教讀漢文、推行閩音（台灣閩南語）。

1950 年台灣省政府教育廳頒布「台灣省非常時期教育綱領實施辦法」加強各級學校推行「國語」，並開始禁止使用「方言」。

1966 年又頒布「各縣市政府各級學校加強國語推行計畫」更是如火如荼推展國語運動，幾乎各校都制訂類似「我要說國語」的「狗牌」。《白色巨塔》作者，1961 年出生的醫生作家侯文詠恰好也趕上這波熱潮，所以在其文章中也提

到「掛狗牌」的經驗。

在政府大力推行國語運動的時代恰也是白色恐怖時期，當時的時局並不適合和政府背道而馳的推展「台灣閩南語」，漢文大概只餘李天祿、黃俊雄等布袋戲表演者在使用〔註3〕。所以漢文的教讀、閩音的推展在那個時代並不是想像中那麼容易。1973 年，黃俊雄在台視製作演出【新濟公傳】還為了順應政府的政策，被迫使用「國語」演出布袋戲，現在他兒子黃文擇則使用特有的「華語式台語」演出，並以新一代的霹靂布袋戲走紅。

《彙音寶鑑》發行初期台灣剛光復，教育還不甚普及，媒體也不發達，加上國語運動（指北京腔）的推行，是書沒經過講習者往往視為天書，蒙上一股神秘色彩，因此也增加了推廣上的難度。沈富進至 1973 年去世之前一直大力推廣《彙音寶鑑》，據說每一年也還有約 2000 餘本的銷售量。後來的十五音式閩南語韻書、字典也都離不開其框架。但真正受到重視還是要到 1977 年鄉土文學論戰及 1987 年解嚴之後。

《彙音寶鑑》從出版至今 50 幾年累積的銷售數量已不亞於暢銷書，要摘台灣閩南語韻書桂冠恐非它莫屬，其重要性可想而知。1959 年出生的布袋戲表演者沈明正先生自白也是靠著《彙音寶鑑》練就一口漢文口白。

第二節　《彙音寶鑑》性質研究

一、《彙音寶鑑》的編排

《彙音寶鑑》基本上是繼承自謝秀嵐《彙集雅俗通十五音》的偏漳州腔韻書〔註4〕，再參考《康熙字典》修訂而成。

在編排上，也是以一貫的以韻統八音再統聲。和謝秀嵐同樣每一字母音及各聲調的代表字都盡量使用「求」字頭的字為原則，若求字頭下沒有該韻、調的字就直接標出羅馬音，這部分不可說不進步。

〔註3〕有台灣第一苦旦之稱的廖瓊枝及其他歌仔戲表演者，因為歌仔戲歌多於文（口白）的特性，和漢文的接觸較少。

〔註4〕不僅格式相同，字序的安排及字義的解釋上也幾乎以謝秀嵐《彙集雅俗通十五音》為藍本。在原序編例中並言：

本書依照前之十五音法採用四十五字母音依順序而排音，用者從母音之次序檢音。

茲以君下入聲滑字韻柳字頭的音節為例

謝柳	㙭 / 魁大貌	律 / 一呂、法一	捔 / 捼也，手持	捼 / 去渣汁曰捼（捼）	崒 / 一崒山高峻也
	膟 / 腸間脂	繂 / 糯米	綷 / 大繩以竹為之	訥 / 言難也又遲鈍也	
沈柳	豽 / 骨豽海獸名	鈉 / 打鉄也	律 / 律呂、法律	㙭 / 律（㙭）魁大貌	捼 / 捼也，手指
	膟 / 腸間脂	捼 / 去渣汁曰捼	崒 / 崒崒山高峻也	繂 / 糯米也	綷 / 大繩以竹為之
	訥 / 言難出也又遲鈍也	䔿 / 艸浮甲出	吶 / 仝訥字	捋 / 五指捋（捋）也	
	悴 / 憂悶也	腽 / 海狗腎曰膃肭			

兩者除了沈本多出「豽鈉䔿吶捋悴腽」以外，在字序差不多，解釋上也因為均摘自《康熙字典》，也有系出同門的感覺。「捔」沈本傳抄錯誤、「律」沈本有錯字、「捼」沈本為是。

再以居上上聲己字韻去字頭的音節為例做個比較

謝去	起 / 興也作也立也發也	豈 / 非然之詞安也專也	企 / 夆足而行	萱 / 菜名
	芑 / 白粱之粟也又州名	綺 / 贈也細綾	齒 / 牙一	
沈去	起 / 興也作也立也發也	豈 / 非然之詞安也專也	企 / 舉足而行	萱 / 菜名
	芑 / 白粱之粟也又州名	綺 / 繪也細縷	竘 / 健也治也	齫 / 齒病朽缺也
	去 / 徹也收藏也	齒 / 嘴齒牙齒		

兩者除了沈本多出「竘齫去」以外，「企」應為舉踵望也，兩者以行解均錯、「綺」應解為繪也細綾，沈校正到繪，綾卻抄錯、「齒」因為漳泉均有此讀，沈認為此音係閩省方音。但正齒音昌母宜讀「出」字頭，故洪惟仁認為去字頭的「齒」是白讀音。

兩兩比較，可以發現沈本幾以謝為藍本再增補，所以《彙音寶鑑》基本上是繼承自謝秀嵐《彙集雅俗通十五音》。

在「韻母」方面，沈富進《彙音寶鑑》將謝秀嵐《彙集雅俗通十五音》的五十字母音歸併成四十五字母音。這些韻的歸併不是出自音位問題，代表150年來，漳州腔在雲嘉偏漳腔地區中已有 5 個韻消失。其中「嘉、稽」兩韻合流為「嘉[-e]」字母、「公、扛」兩個韻合流為「公[-oŋ]」字母、「迦、伽」兩韻合流為「迦[-ia]」字母、「薑、牛」兩韻合流為「薑[-iũ]」字母。

謝秀嵐的「閂[-uaĩ]」字母只收「閂樣輵閛」4字，後兩字入聲。沈保留了「閂」的官韻並加干韻（閂原本就屬刪韻合口），「樣」則改列在糜韻及嘛韻。沈不收「輵」，「閛」原本就屬刪韻入聲（鎋），入干韻倒也合理。如此就只剩45字母。

沈富進又把幾個字母字改音或改字：「躆[-u]」字改爲常用字「龜[-u]」、「褌[-uĩ]」改讀謝的「鋼[-ŋ]」、原[-uĩ]音則改爲「嘛」爲代表。

茲按照沈富進自己的標音轉換國際音標，把四十五字母羅列如下

君[-un]	堅[-ian]	金[-im]	規[-ui]	嘉[-e]
干[-an]	公[-oŋ]	乖[-oai]	經[-eŋ]	觀[-oan]
沽[-ɔ]	嬌[-iau]	梔[-ĩ]	恭[-ioŋ]	高[-o]
皆[-ai]	巾[-in]	姜[-iaŋ]	甘[-am]	瓜[-oa]
江[-aŋ]	兼[-iam]	交[-au]	迦[-ia]	檜[-oe]
監[-ã]	龜[-u]	膠[-a]	居[-i]	ㄐ[-iu]
更[-ẽ]	褌[-ŋ]	茄[-io]	薑[-iũ]	官[-oã]
姑[-õ]	光[-oaŋ]	姆[-m]	糜[-oaĩ]	閂[-aĩ]
嗓[-iaũ]	箴[-om]	爻[-aũ]	驚[-iã]	嘛[-uĩ]

洪惟仁曾對《彙音寶鑑》做了一個韻次音讀檢索表，但是他擬的音和原著沈富進設定的音有些出入，主要的分歧點在後元音的閉合上，沈富進以半閉後元音[-o]表現，洪惟仁卻以高後元音[-u]來表現：

	乖	觀	瓜	檜	官	光	糜
沈富進	[-oai]	[-oan]	[-oa]	[-oe]	[-oã]	[-oaŋ]	[-oaĩ]
洪惟仁	[-uai]	[-uan]	[-ua]	[-ue]	[-uã]	[-uaŋ]	[-uaĩ]

洪惟仁把沈富進的半閉後元音[-o]改成高後元音[-u]，是五十年來 [-o]已上升爲[-u]了嗎？但是實際拼音後，其實兩者的音位很難具有辨義作用，音質非常接近，洪惟仁使用的高後元音[-u]在拼音上來說，是較沈富進的半閉後元音[-o]來的容易。

沈富進在其書編例第三說：

> 本書分有黑字白字四角圍號，字黑色者爲漳州腔口，白者爲閩
> 省方音，四角圍號者口爲泉州腔口。

　　洪惟仁以《彙音寶鑑》爲偏漳腔口，認爲字黑色者爲文讀音，白者爲白讀音〔註5〕，四角圍號口者爲泉州腔口。

小　結：

　　沈富進《彙音寶鑑》45 字母→7 聲調→15 音的編排方式，是繼承並改良自謝秀嵐《彙集雅俗通十五音》的編排。

　　沈富進對文白及漳泉方音的了解均和現在的認知有一段差距〔註6〕，不管文白（含訓讀）也好、漳泉也罷，錯誤均甚多。但洪惟仁以偏漳腔口，字黑色者爲文讀音，白者爲白讀音來審視《彙音寶鑑》是比較合乎現實。

二、《彙音寶鑑》字頭和《廣韻》聲類的關係

　　《彙音寶鑑》的 15 字頭是繼承自《彙集雅俗通十五音》15 字頭。

　　以下是《彙音寶鑑》對《廣韻》41 聲類字的反切。

1、脣　音

幫：江 1 邊　　　　　　滂：公 5 邊

並：經 7 邊　　　　　　明：經 5 門

非：規 1 喜　　　　　　敷：龜 1 喜

奉：公 7 喜　　　　　　微：居 5 門

2、舌　音

端：觀 1 地　　　　　　透：交 3 他

定：驚 7 地〔註7〕　　　泥：栀 5 柳

知：居 1 地　　　　　　徹：堅 4 他／堅 8 地

澄：經 5 地　　　　　　娘：姜 5 柳

3、牙　音

見：堅 3 求　　　　　　溪：嘉 1 去

〔註 5〕黑底白字的韻有「栀、檜、監、龜、膠、更、褌、茄、薑、官、姑、光、姆、糜、閒、嗽、箴、爻、驚、嘓」等二十字母。

〔註 6〕其實日治時期的 20 世紀切，小川尚義主編《台日大辭典》時已標示各地腔口及文讀音。

〔註 7〕沈認爲透：[交 3 他]、定：[驚 7 地]是漳州腔——即洪惟仁認爲的文讀音。

群：君 5 求　　疑：居 5 語

4、齒　音

精：經 1 曾　　清：經 1 出

從：恭 5 曾　　心：金 1 時

邪：迦 5 時　　莊：公 1 曾

初：嘉 1 出　　牀：公 5 出／禪 5 時

疏：沽 1 時　　照：嬌 3 曾

穿：觀 1 出　　神：巾 5 時

審：金 2 時　　禪：堅 5 時

5、喉　音

影：經 2 英　　曉：嬌 2 喜

匣：膠 8 英　　喻：居 7 入

爲：規 5 英

6. 舌齒音

來：皆 5 柳　　日：巾 8 入

小　結：

以上分析知《彙音寶鑑》在十五音部分可說完全繼承自《彙集雅俗通十五音》，所以「柳門語」不再做對立音位，只有使用 15 個聲母。

第三節　【止攝】音節在《彙音寶鑑》中的表現

支	聲	切語	彙寶音	小韻	收　錄　字	不　收　錄　字
唇音開	幫	彼爲	居 1 邊	陂	陂碑／詖羆襲[居 5 頗]	鑼犤鑋籠襬蘢
	幫	府移	居 1 邊	卑	卑鵯裨／椑箄鞞[居 5 邊]	瘅庳淖鵯顊𢏳
	滂	敷羈	居 1 頗	鈹	鈹帔披狓／破[嘉 1 頗]	豉鮍畈秛狓旇秛
	滂	匹支		豉		豉
	並	符羈	居 5 頗	皮	皮疲罷／郫[居 5 邊]	椑欋
	並	符支	居 5 邊	陴	陴脾埤郫／埤裨[居 1 邊]	紕鞞焷甐蜱蠯廛廬麪椑
	明	靡爲	居 5 門	糜	糜縻蘼麋醾	孁瘮糜靡
	明	武移	居 5 門	彌	彌（濔[梔 1 門]）弥冞／獼（[梔 1 門]，沈誤獮爲獼）	鸍镾罙宩瞴彌籋擟麊孁瓕瀰 獼

舌音開	知	陟移	居1地	知	知鼅鼄蜘智	蜘
	徹	丑知	居5柳	摛	摛螭魑离彲／黐（又[居 1 他]）	誺熴离
	澄	直離	居5地	馳	馳池篪踟	趍簃鷈褫訑齝誃傂遞
舌音合	知	竹垂	規1柳	腄	腄	箠鼓
	澄	直垂	規5他	鬌	錘（聲母不對）	鬌甀
牙音開	見	居宜	居5求	羈	畸奇（又[迦1去]）	羈羇掎妓猗攲騎
	溪	去奇	居5求	攲	踦崎碕／觭[居 1 去][居 5 去]	攲猗踦犄倚螨攲
	群	渠羈	居5求	奇	竒奇琦碕錡／騎[居5去]	鵸弜魃輢祾
	群	巨支	居5求	祇	祇示岐歧蚑軝芪跂伎衹	祇郊鬾疷忯跂豧敍軝汥鴟蚔秖蕵鼓
	疑	魚羈	居5語	宜	宜宐多竩多儀／涯崖[皆 5 語]	䛿鄯鵜轙
牙音合	見	居隋	規1求	䐈	嬀（嬀）溈（溈）	
	見	居爲	規1求	嬀	規雉摫	䐈槻槻鬹
	溪	去爲	規1去	虧	虧	
	溪	去隨	規1求	闚	闚窺	
	疑	魚爲	規5語	危	危（漳[嚙5語]）㕒	洈峗
齒音開	莊	側移	皆5出	齜	齜	
	初	楚宜	居1出	差	差嵯	縒齹
	崇	士移		齹		齹
	生	所宜	龜1時	釃	釃／簏[皆1時]	襹褷簁欐蠝
	章	章移	居1曾	支	支巵梔衹枝肢胑鳷鳷／榰[居5曾]	紙只汥廷疻衼禔鬾氏疧敍雄觶巵鷙蟙眵軙轙
	昌	叱支	居1出	眵	眵	纚
	書	式支	居1時	纚	絁施葹	纚鍉鍦鉈鷀鼊簁覗敊
	常	是支	居5時	提	提翅匙姼	啑箟堤禔匙忯眡栣
	精	即移	龜1曾	貲	貲頿齜紫郜蚩	鴜訾姕柴媊郮欰鉴蕢觜
	精	姊移	規5時	厜	厜（出《集韻》）	惢纗嫢紫觜
	清	此移	居1出	雌	雌（泉[龜1出]，應是文讀）	呰茈姕鉴
	從	疾移	龜5出	疵	疵骴玼茈（又[居5曾]）	觜柴餈鴜姕
	心	息移	龜1時	斯	斯（泉[居1時]）虒廝凘蜇褫𠇿（泉[居1時]）	㶝榹㴲磃㾷傂謕𧵍鷈蜇㮐螔颸蕬菥磃㒋𩅺纚

齒音合	初	楚危	檜1時	衰	衰夊[檜1出]	
	生	山垂		韉		韉儺
	昌	昌垂	規1出	吹	吹（漳[檜1出]）炊籥歔	
	常	是爲	規5時	坐	坐（漳[檜5時]）垂陲倕衼	瞾雖圌箠箠
	精	遵爲	嘉1曾	劑	劑	臇燋爨蕢罇
	精	子垂		騥		騥
	心	息爲		眭		眭
	邪	旬爲	規5時	隨	隨隋	隨
喉音開	影	於離	居1英	漪	漪猗椅旖禕 / 犄[居1去]	陭敧猗顗橢
	曉	許羈	居1喜	犧	犧羲咦巇曦巇	桸羛戲瀰攠蠔觟鼗獥戯壏陒
	曉	香支	居1喜	訑	咦	訑
	以	弋支	居5英	移	移秕迻簃扅移酏匜詑蛇虵	灰杝鉹衺施椸憕訑簃烌袘崼迻侈扅迻蚭傂傂歋歋匜
喉音合	影	於爲	規1英	逶	逶痿（又[檜1英]）/ 矮[檜1英] 倭[規5英][檜1英]	萎椳觬蜲委騤螇
	曉	許爲	規1喜	麾	麾麾撝	嗚鰞隖
	曉	許規	檜1喜	墮	墮隳	墮眭眭觿曮鑴巂
	云	蓮支	規5英	爲	爲鳿鄔	潙隈鮞
	以	悅吹	嘉5喜	蕯		蠵（蟹攝）蕯鼜樶玁獮
舌齒開	來	呂支	居5柳	離	離籬醨羅璃驪鸝縭褵籬麗离羅孋漓黐褵劙	鵹樆醨鸝酈蘺螭欐黐褵灘蠡攡蠡燵矖穲灑灑讟
	日	汝移	居5入	兒	兒兕唲	媉
舌齒合	來	力爲	檜5柳	羸	羸	纑
	日	人垂		痿		痿甤

　　支韻502字，《彙音寶鑑》收錄了202字，有300字無收錄。音節部份，支韻53個音節中有唇音跛、齒音蓋韉騥眭、舌齒音痿等6個音節不收錄。

　　由於閩南語聲母的簡化，實際上的音節數比《廣韻》少很多。《廣韻》支韻有53個音節，而閩南語以漳州音文讀系統而言，只能產生40個音節。

　　但是若從漳州音的聲韻規則〔註8〕來看，齒音開口因爲莊精組沒有產生完全對應，相對複雜。齒音開口有8個音節、合口則有6個音節，實際音節數是比

〔註8〕這裡指的是讀書音。

依歸併規則來的多一些。

「摛／丑知切」收[居1他]及[居5柳]（《集韻》及《韻會》）。

「腄箠／竹垂切」收[檜5出]，疑訓讀。

「鬌錘／直垂切」收[規5他]，變成送氣音了。

「匜／姈移切」收[規5時]顯然是集韻的[是爲切]——跑到常母變成「垂」了。「劑」收的蟹攝字。

支韻合口字有「規、檜、嘉」三個韻，精系開口多配「龜」韻。

紙	聲	切語	彙寶音	小韻	收　　錄　　字	不　收　錄　字
唇音開	幫	甫委	居2邊	彼	彼佊	柀牌儸
	幫	并弭	居2邊	俾	髀	俾鞞箄鵯崥薜綼捭
	滂	匹靡		妑		妑緶披
	滂	匹婢	居2邊	諀	庀疕仳	諀吡訿
	並	皮彼	居7頗	被	被（歸去）	罷
	並	便俾	居7邊	婢	婢庳（歸去）	
	明	文彼	居2門	靡	靡骳（[居7邊]，歸去）	躃糜糜攮攠
	明	綿婢	居2門	渳	弭敉侎／瀰[梔2門]	灡蒒（訛）渳蚲芈矔怋
舌音開	知	陟侈		撱		撱徵
	徹	敕多	居2他	褫	褫	
	澄	池爾	居2地	豸	豸儠／褫[居2他]／廌（[皆7曾]，歸去）	眵緹踶杝陁鷈褆徥
	娘	女氏	居2柳	狔	旎	狔泥
牙音開	見	居綺	居2求	掎	掎	刲踦攲煀猗庋
	見	居氏		枳		枳
	溪	墟彼	居2去	綺	綺	婍碕趍悓觭㿱
	溪	丘弭	居2去	企	企	跂
	群	渠綺	居2求	技	技	妓伎錡崎徛
	疑	魚倚	居2語	螘	螘蟻蛾齮儀轙	齮（訛）礒義羛錡蛾
牙音合	見	過委	規2去	詭	詭垝郶陒／姽佹[規2求]	庪攱鈌觤恑衪袤庋㧌蟡鵊桅
	溪	去委	規2去	跪	跪	觖
	溪	丘弭	規2去	跬	趌頍	跬蹞
	群	渠委	規7求	跪	跪（歸去）	
	疑	魚毀	規2語	硊	頠	硊鵃姽

齒音開	莊	側氏	嘉2出	扺	扺	跐
	生	所綺	居2時	躧	躧纚縰釃鞴／屣（泉[龜2時]）	鞴灑曬筵
	章	諸氏	居2曾	紙	紙（漳，其實是語音[瓜2曾]）舓只軹枳恅抵抧	坻砥坁泜恀積馶
	昌	尺氏	居2出	侈	侈（泉[龜2出]）誃恀哆	姼姼鉹廖廖垑灖烾袳袤象
	船	神弋	居7曾	舓	舓舐舓（歸去）	狧
	書	施是	居2時	弛	弛豕阤	
	常	承紙	居7時	是	是（泉[龜7時]）氏諟	媞徥狧褆姼趆侈
	精	將此	居2曾	紫	紫（漳[梔2曾]）訾訾呰呰	茈泚跐扺
	清	雌氏	龜2出	此	此佌玭泚	跐齹佌趀枭
	心	斯氏	居2時	徙	徙（泉[龜2時]、語[瓜2時]）佃婔	璽壐
齒音合	初	初委	規2出	揣	揣	散
	章	之累	規7曾	捶	捶／箠[規5時]又漳[檜5出]	腨腄枀
	常	時髓	規5時	菙	菙	惢
	精	即委	規2曾	觜	觜	紫
	從	才捶		惢		惢
	心	息委	規2出	髓	髓（漳[檜2出]）鑴／瓗[規2時]	霍滫
	邪	隨婢		猶		猶
喉音開	影	於綺	居2英	倚	倚（漳，實是語[瓜2英]）椅輢	猗旑
	曉	興倚		纔		纔
	以	移爾	居2英	酏	迤	酏迤匜袘肔施慷孈
喉音合	影	於詭	規2英	委	委骫	蜲魆矮
	曉	許委	規2喜	毀	毀（毇）燬檓	毇籔魆毇擊烜嫛
	云	韋委	規2英	蔿	蓮寪	蔿鄔憍隖蔫瘣閽
	以	羊捶		芛		攟荨藬芛獮癉
舌齒開	來	力紙	居2柳	邐	邐	剺灸
	日	兒氏	居2入	爾	爾（泉[龜2入]）尒邇迩	
舌齒合	來	力委	規2柳	絫	絫累樏厽	藟壘
	日	如累	規2柳	蕊	蕊蕋	狨絫

紙韻 289 字《彙音寶鑑》收錄 111 字，178 字不收錄。音節部份 50 個音節中有脣音殏、舌音揻、牙音杫、齒音獝、喉音穤莈等 6 個音節不被收錄。

但是如果把聲母相同的音節予以合併，加上莊精合流及濁上歸去，漳州音文讀系統在《廣韻》紙韻中，可歸納出 38 音節

如果包括莊精沒有完全對應到「龜」字母產生的分歧音節就更多些了。

紙韻是上聲，大部分的漢語方言都已受到濁上歸去影響，《彙音寶鑑》在此也有多處痕跡，如並母的「被婢」、群母的「技跪」、船母的「舓」、承母的「是」。但是清濁不分以至濁上誤列陰上的現象仍有，如澄母列在陰上，其濁聲母特性被忽略了。

目前台灣通行腔聲調向漳州腔靠攏，正好是濁上歸去現象。

實	聲	切語	彙寶音	小韻	收 錄 字	不 收 錄 字
脣音開	幫	彼義	居3邊	貱	貱貶	佊詖陂跛龐
	幫	卑義	居3邊	臂	臂	
	滂	披義		帔		帔秛襬
	滂	匹賜	居3頗	譬	譬	獘
	並	毗義	居7邊	避	避	
	並	平義	居7邊	髲	髲被鞁	弢旇羆
舌音開	知	知義	居3地	智	智智	溜
	徹					
舌音合	知	竹恚	規7地	娷	娷諈	
	澄	馳偽	規7地	縋	縋硾/膇[規7他]	槌錘睡甄
	娘	女恚	規7英	諉	諉（現代音）	捼桵
牙音開	見	居義	居3求	寄	寄（漳，實是語[迦3求]）	徛掎
	見	居企		馶		馶蹳
	溪	卿義		齮		齮掎
	溪	去智	居3去	企	企跂	攱迲蚑吱
	群	奇寄	居7求	芰	芰	騎魕輢賤㩦汥誃
	疑	宜寄	居7語	議	議誼義	宜蟻顗
牙音合	見	規恚		瞡		瞡
	見	詭偽		蟡		蟡垝觤攱庪
	溪	窺瑞		觖		觖
	疑	危睡	規7語	僞	僞（偽）	

齒音開	莊	爭義		裝		裝奘
	生	所寄		屣		屣儷灑曬鞭
	章	支義	居3曾	賨	賨（又[居3地]）忮 / 觶[居3地]	鼓綫伿嵿伎
	昌	充豉		夠		夠
	書	施智	居3時	翅	翅施 / 翅祕孤啻[居3他]	駛鉹螫雌夠豥翅屣
	常	是義	居7時	豉	豉（疑漳[柮7時]）攱觗	緹緹鯷
	精	子智	龜3曾	積	積	㰦蘠𧎢
	清	七賜	居3出	刺	刺刾柬莉	庪庪諫庇裁誡
	從	疾智	龜3曾	漬	漬㣛殨觜	皆骴眥𧍙
	心	斯義	龜3時	賜	賜傷 / 澌（現代音，平聲）	蕬𦃃杫
齒音合	章	之睡	規2出	惴	惴（訛爲上）	睡喘
	昌	尺僞		吹		吹籥秹
	常	是僞	規3時	睡	睡瑞[規7時]	種錐
	心	思累		桵	灕[規2出]，出《正韻》	桵
喉音開	影	於義		倚		倚輢猗
	影	於賜	皆3英	縊	縊	殪螠
	曉	香義	居3喜	戲	戲戯	
	以	以豉	居3英	易	易伇 / 傷[居7英]	貤易敡屭
喉音合	影	於僞	規2英	餧	萎（現代音入上）	餧矮矮
	影	於避	規7喜	恚	恚	娷
	曉	況僞		毀		毀
	曉	呼恚		孈		孈
	云	于僞	規7英	爲	爲	
	以	以睡	居3英	瓗	蕒，出《集韻》	瓗纗譣
舌齒開	來	力智	居7柳	詈	詈離 / 荔[嘉7柳]漳[開7柳]	癘珕籬
	日					
舌齒合	來	良僞	規7柳	累	累	
	日	而瑞		枘		枘

　　寘韻181字《彙音寶鑑》收錄65字，有116字不被收錄。音節部份46個音節中有唇音帔、牙音駛尵覞賵觖、齒音裝屣夠吹、喉音倚毀孈及舌齒音枘等

14 個音節不被收錄。

「稜瀡／[規 2 出]」疑出《正韻》息委切。

「瓗瞖／[居 3 英]」疑出《集韻》於賜切。

整個支系平上去聲有個共同特徵：齒音開口精組的聲母幾乎都搭配「龜[-u]」，二等位置的莊組大都還是配「居[-i]」。

脂	聲	切語	彙寶音	小韻	收　　錄　　字	不　收　錄　字
唇音開	幫	府眉	居 1 邊	悲	悲	
	滂	敷悲	居 1 頗	丕	丕伾伾秠駓怌狉	頬髲鉟頯鈈
	滂	匹夷	嘉 1 頗	紕	紕	眦維諙性愱
	並	符悲	居 1 頗	邳	邳	鴄岯魾頯鈈
	並	房脂	居 5 邊	毗	毗琶貔豼膍肶枇（漳[居 5 語]）／蚍鈚[居 1 邊]椑[居 5 頗]	比芘朏豒仳玭魮秕琵豼阰蜌鵧貔
	明	武悲	居 5 門	眉	眉（漳[皆 5 門]）嵋嵋湄楣黴麋蘪郿薇微（又[規 1 門]）	瀰鶥瑂瞇䲥薇麾萺欐
舌音開	知	丁尼	居 5 地	胝	胝秪[居 1 地]	氐※訨上底
	徹	丑飢	居 1 他	絺	絺（泉[龜 1 他]）瓻郗（又[居 1 喜]）	瓻篪脪詞
	澄	直尼	居 1 地	墀	墀墀遲遲蚳／坁泜[居 5 地]	荎※訨上坻低坻涾謘莉貾
	娘	女夷	梔 5 柳	尼	尼怩呢	柅蚭跜餛狔
舌音合	知	陟佳	規 1 地	追	追	鼉裰
	澄	直追	規 1 曾	鎚	鎚（漳[規 5 他]）椎／槌[規 5 他]	鎚柏顀
牙音開	見	居夷	居 1 求	飢	飢肌	机虮
	群	渠脂	居 5 求	鬐	鬐耆者祁鰭	惜覯睧稽鰭鮨
	疑	牛肌	居 1 語	狋	狋	
牙音合	見	居追	規 1 求	龜	龜（漳[龜 1 求]）鬮嶇	踦魁騩
	溪	丘追	規 1 去	巋	巋	蘬
	群	渠佳	規 5 求	葵	葵（[檜 5 求]，[囃5 求]均漳）	鄈楑鮭悸睽鶏蜼
	群	渠追	規 5 求	逵	逵馗戣騤頯頄	夔聻鐓欜蹊尣俇歸虁踜脥
齒音開	生	疏夷	龜 1 時	師	鰤篩／師獅（泉[居 1 時]）（獅又[皆 1 時]，疑白）	鰤薜
	章	旨夷	居 1 曾	脂	脂	衹泜砥栺鴲滍疧洡蜄

	昌	處脂	居 1 出	鴟	鴟雖鵄胵眡	諸逕
	書	式之	居 1 時	尸	尸鳲屍蓍	
	精	即夷	龜 1 曾	咨	咨（泉[居 1 曾]）諮齍濱／資粢齎姿（泉[居 1 曾]）	齌禴汶齎蓍顧賷
	清	取私	嘉 1 出	郪	郪趑[龜 1 出]	葦趀趦覒屎贋蠙
	從	疾資	龜 1 曾	茨	茨（又[龜 5 曾][居 5 曾]）穦濱／瓷餈[龜 5 曾]餈（泉[居 5 曾]）	蒫餚薺垐齍絧葦顧
	心	息夷	龜 1 時	私	私（泉[居 1 時]）鋖蟴厶	耘玒
齒音合	初	叉隹	規 1 出	推	蓷	推
	生	所追	檜 1 時	衰	衰榱／瘣[規 1 時]	
	章	職追	規 1 曾	錐	錐隹騅鵻	欔雈鸙萑
	常	視隹	規 5 時	誰	誰脽	誰
	精	醉綏	規 1 曾	嶉	檇	嶉
	心	氏遺	規 1 時	綏	綏雖葰浽荾（漳[嘣1 時]）·	荾芆奞夊睢灉桵
喉音開	影	於脂	居 1 英	伊	伊咿黟[居 5 英]	黝蚜
	曉	喜夷	居 5 英	咦	咦／屎[居 1 喜]	忔脤屄
	以	以脂	居 5 英	姨	姨彝夷峓眱巳痍桋蛦胰羠跠／羡[居 1 英]	寅恞欙珆黃陝荑鮧鏔徯鶇屢洟
喉音合	曉	許維	規 1 喜	倠	倠婎	眭虔睢
	以	以追	規 5 英	惟	帷	
	云	洧悲	規 5 英	帷	惟維遺濰唯	壝（詘去）旞瞶蓶讙琟蟦
舌齒開	來	力脂	嘉 5 柳	棃	棃梨（漳[皆 5 柳]）剺蔾犂／黎蜊劙[居 5 柳]／蜊（漳[膠 5 柳]、[茄 5 柳]）	秜憃黧鑗籬螺鄹
	日					
舌齒合	來	力追	規 5 柳	瀍	瀍纍虆欙樏嫘縲纝縲	儽（詘上）欙巊瓃矘鸓
	日	儒隹	檜 5 入	蕤	蕤（又[規 5 時]）緌捼	甤擩桵稄

脂韻 353 字《彙音寶鑑》收錄 163 字，有 190 字不被收錄。音節部份 40 個音節全都收錄。

「邳／符悲切」並母，應收濁（陽）平，誤入陰平。

「墀／直尼切」澄母，應收濁（陽）平，誤入陰平。

「咦／喜夷切」曉母，《唐韻》、《集韻》均在以母，[居 5 英]應是以母音。

「郪／取私切」音雌，[嘉1出]出自《唐韻》、《集韻》

「棃／力脂切」，[嘉5柳]收自《集韻》、《韻會》、《正韻》蟹攝齊韻字。

脂韻開口有「居、嘉」兩韻，合口有「規、檜」兩韻。造成一韻兩音現象主要在參考不同韻書，做為官話代表的北方漢語隨著民族融合不斷演化，閩南語顯然也沒有原地踏步，至少文讀系統還是隨著北方官話與時俱進。

旨	聲	切語	彙寶音	小韻	收　錄　字	不　收　錄　字
唇音開	幫	方美	居2頗	鄙	鄙啚痞	姝
	幫	卑履	居2邊	匕	匕妣秕比祉沘秕疕髀	枇
	滂	匹鄙	居2頗	嚭	嚭秠	敃疕崥
	並	符鄙	居2頗	否	否痞仳[居2邊]	妃（訛）奜（訛入）殍帔醲
	並	扶履		牝		牝
	明	無鄙	居2門	美	美媺渼（疑漳[檜2門]）	擎媄
舌音開	知	豬几	居2曾	黹	黹攵	鼓撠
	徹	楮几		縣		縣
	澄	直几	居7地	雉	雉（泉[龜7地]，歸去）薙	滍
	娘	女履	梔2柳	柅	柅	
牙音開	見	居履	居2求	几	几麂机犰	廗屼邔厜硙
	群	暨几	居7求	跽	跽（歸去）	
牙音合	見	居洧	規2去	軌	軌（聲母訛）簋晷氿匦汍／宄[規2求]	屠朹漸頠術
	見	居誄	規3求	癸	癸（歸去）	湀
	溪	丘軌		巋		巋巋
	群	暨軌		郿		郿
	群	求癸		揆		揆（訛平）楑愰嫢湀
齒音開	章	職雉	居2曾	旨	旨指臨厎／砥[居2地]	恉祁芪
	章	止姊		跱		跱
	書	式視	居2時	矢	矢夭菌屎	
	常	承矢	居7時	視	視眂眎（歸去）	
	精	將几	居2曾	姊	姊秭	
	心	氏姊	龜2時	死	死（漳[居2時]）	
	邪	徐姊	龜7時	兕	兕（歸去）䓣兒兜	羠薙荑

	聲	切語	彙寶音	小韻	收錄字	不收錄字
齒音合	書	式軌	規2時	水	水（又[規2曾]）	
	精	遵誄	規1曾	澤	膵（沈和「膵」搞混了）	澤嶵嗺
	清	千水	規2出	趡	趡	趡雅
	從	徂累		崒		崒
喉音開	影	於几		欼		欼
喉音合	曉	火癸		瞗		瞗
	云	榮美	規2英	洧	洧鮪痏	蕍
	以	以水	規2英	唯	唯壝／濰[規2入]，訛	瀢鱃孈趡撌
舌齒開	來	力几	居2柳	履	履	
舌齒合	來	力軌	規2柳	壘	壘樏藟蘽誄讄	蜼狔濼絫轠鸓耒貁
	日	如壘	規2柳	蕊	蕊	㽋蘂

旨韻144字《彙音寶鑑》收錄77字，67字不收錄，音節部份34個音節中有唇音開口並母牝、舌音開口徹母縲、牙音合口溪母的巋及群母郎揆、齒音開口章母跡、齒音合口從母崒、喉音開口影母欼及合口曉母瞗等共9個音節不被收錄。

見母「癸」入陰去，見母是清聲母沒有濁上歸去問題，但是從《台日大字典》以降，都歸入陰上。知母的「黹／豬几切」讀為[居2曾]，知端已有分離現象。

「否／符鄙切」並母，留在陰上有幾個可能：

1、本韻的否字除卦名及相關卦辭「否極泰來」外少有其他用法，容易固著在較早留下的聲調，沒有隨著「濁上歸去」。

2、漳州腔「濁上歸去」後留下的陽上空位以陰上填補，古代留存下來的否字也不例外，因此失去了濁上音調殊為可惜。

至	聲	切語	彙寶音	小韻	收　錄　字	不　收　錄　字
唇音開	幫	兵媚	居3邊	祕	祕（秘）毖閟柲邲鷩泌費	鉍𥧔舭鄪柴柒娝
	幫	必至	居3邊	痹	痹庇／比[居7邊]	畀薜秕
	滂	匹備	居7邊	濞	濞／嚊[居7頗]淠[居3邊]	膭疪潷
	滂	匹寐	居3頗	屁	屁䏶	

並	平祕	居7邊	備	備俻莆葡蘱奰糒轡贔	紱膡韛軷構彌琵髬
並	毗至	居7邊	鼻	鼻比痺 / 苉[居3邊]	褲（訛入聲）祉枇坒頯膍
明	明祕	居7門	郿	郿 / 媚魅彯[栀7門]（魅彯又[嚦7門]）	姲箺蝐嚜籣湏
明	彌二	居7門	寐	寐	媚
舌音開 定	徒四	嘉7地	地	地墜	
知	陟利	居3地	致	致鷙（又[居3曾]）/ 懥質躓輊[居3曾]疐摚躓懥[居3他]	輊賆暨摯駤
徹	丑利		屎		屎杲諫蝥訵縔跢駤
澄	直利	居3地	緻	緻（[又[居3曾]）/ 稚稱絺治 倁[居7地]	摵（訛為「膩」）遲鰌譁鞭緻
娘	女利	居7入	膩	膩臡	暱酣
舌音合 知	追萃	規3地	轛	轛	
澄	直類	規7地	墜	懟	墜鎚
牙音開 見	几利	居3求	冀	冀冀概驥洎 / 覬（[居3去]，又[皆2去]從謝誤）	驥懻
溪	去冀	居3去	器	器（泉[龜3去]）	
溪	詰利	居3去	棄	棄弃	蟿（收霄韻音）結屓
群	其冀	居3求	臮	洎（又[居7求]）墍（又[皆3去]）	臮暨礨坦潩
疑	魚器	居7語	劓	劓	
牙音合 見	居悸	規3求	季	季（又[規3去]）	睽
見	俱位	規3去	媿	媿愧瑰詭騩	睕
溪	丘愧	規2喜	喟	喟（沿謝，聲調俱錯）	噴髖鬠脘襘施軰槶
群	求位	規7求	匱	匱賷臾（虫）饋餽櫃鞼簣	繢槶鞼
群	其季	規3去	悸	悸（又[規3求]）痵 / 俟[規7求]	猤饟
齒音開 章	脂利	居3曾	至	至摯	懥贄鷙礩墊鴲鷙鞑輊暬蟄
昌	充自		痓		痓
船	神至	居7時	示	示（又[龜7時]）諡謚眎	舭
書	矢利		屍		屍諕
常	常利	居7時	嗜	嗜膳酯視眡眎	
精	資四	龜3曾	恣	恣	欨
清	七四	龜3出	次	次伙	髿鶿紋塢蚩欻髿
從	疾二	龜7曾	自	自	嫉

	心	息利	龜3時	四	四（漳[居3時]）三兕肆鼙柶泗駟聿	牭獄絲（隸）膞薛
齒音合	初	楚愧		敠		敠
	生	所類	規3時	帥	帥（漳[檜3時]）	率
	昌	尺類		出		出
	書	釋類		痑		痑窊
	精	將遂	規3曾	醉	醉	檇
	清	七醉	規3出	翠	翠／膬[規1曾]（沈和「脽」混了）	濢
	從	秦醉	規7曾	萃	萃顇悴瘁	崪穳
	心	雖遂	規3時	邃	邃崇誶粹睟（疑漳[檜3時]）／憓[規7時]	敿睟謥
	邪	徐醉	規7時	遂	遂璲檖檖䨓隧燧遂鐆鐆檖蓫采穗／彗[規7喜]隧墜旞（又[規7地]）襚[規3出]	轛蠹緣豙篸轊（轊）
喉音開	影	乙冀	居3英	懿	懿饐懿	墿欭䴘擅
	曉	虛器	居3喜	齂	呬	齂叱肩霼擤
	以	羊至	居7英	肄	肄勩	眡肆欷庹希緣
喉音合	曉	許位		豷		
	曉	火季		血		血
	曉	香季		瞲		瞲婎睢
	云	于愧	規7英	位	位	
	以	以醉	規7英	遺	蜼矙[檜7喜]，疑漳	遺（訛牙音）薈薈繢蟥䗖
舌齒開	來	力至	居7柳	利	利（[皆7柳]，疑白）穭浰痢／荔浰（[梔7柳]，疑漳）	颲觀峛
	日	而至	居7入	二	二弍貳樲	聲
舌齒合	來	力遂	規7柳	類	類淚纇	纝璢䎃坴類埭

　　至韻331字《彙音寶鑑》收錄168字，163字不收錄，音節部份，50個音節中有舌音開口屍、齒音開口瘁屍及合口敠出痑、喉音合口豷血瞲等共9個音節不被收錄。

　　漳州腔去聲分清濁，由於原鄉母語去聲分清濁的優勢，至韻的清濁錯置情況是相對的少見，只有滂母濞、澄母緻、群母臮、悸等4個音節，佔收錄音節的1／10。

　　知母「致／陟利切」，除小韻字讀爲[居3地]外，同韻的字「懘摚踶憓／居3他」、「懫躓輊質／居3曾」。從這個音節也可看出沈富進編《彙音寶鑑》上對《彙集雅俗通十五音》的繼承。

之	聲	切語	彙寶音	小韻	收　錄　字	不　收　錄　字
舌音開	徹	丑之	居1出	癡	癡齝痴／笞[居1他]	
	澄	直之	居5地	治	治持	莉
牙音開	見	居之	居1求	姬	姬萁箕鎡諆[居1去]	稘基筶萁其居其
	溪	去之	居1去	欺	欺（泉[龜1去]）／娸僛	頗顛儗魌鶼娸抾麒
	溪	丘之		抾		抾
	群	渠之	居5求	其	其期旗綦綨其萁琪麒騏淇萁檕碁蘄祺禥／鎡踑[居1求]	幕諆鶀藄璂瑧麒艃舁麒
	疑	語其	居5語	疑	疑（泉[龜5語]）／嶷	**齮**
齒音開	莊	側持	龜1曾	菑	菑（葘，泉[居1曾]）甾淄輜錙椔鯔／緇紂（泉[居1曾]）	菑齜茊鶅稵鄑
	初	楚持	龜1曾	輜	輜	
	崇	士之		茬		茬
	俟	俟甾	居5柳	漦	漦（聲母訛）	
	章	止而	居1曾	之	之芝虫	蛭
	昌	赤之	居1出	蚩	蚩嗤嫜	妛崻鴟眵
	書	書之	居1時	詩	詩（泉[龜1時]）邿	鮞鰤呞眒
	書	式其		睞		睞
	常	市之	居5時	時	時峕塒鼭蒔鰣	**榯**
	精	子之	龜1曾	茲	茲（又[龜5曾]）（兹）孳嵫孖鼒／孜滋鎡（泉[居1曾]）	鶿嗞黰鰦仔稵
	從	疾之	龜5曾	慈	慈（泉[居5曾]）兹（兹）鶿（鸕）礠（磁）	濨
	心	息茲	龜1時	思	思（泉[居1時]）恖罳伺／司緦偲（泉[居1時]）／絲[居1時]	㮁禗覗狤偲蕬楒
	邪	似茲	龜5時	詞	詞祠／辭嗣辝（漳[居5時]）	枱絧
喉音開	影	於其	居1英	醫	醫黳瑿	噫瘂
	曉	許其	居1喜	僖	僖熙嬉禧譆熹嘻娸誒	歖嫛㷀曦烸欤
	以	與之	居5英	飴	飴貽飴怡坨貽匜遺頤詒宧鮞台眙瓵	㖇嫛异瓵柂鏔沶洟姲沶肔姬
舌齒開	來	里之	居5柳	釐	釐貍狸嫠嫠桸釐剺（又[嘉5柳]）	倈（訛來）氂鯉耗犛㹑釐瘙莉嫠庲嫠
	日	如之	居5入	而	而（泉[龜5入]）栭陑陾輀輀臑腝胹䋞洏鮞肵鸸	檽隭髵峏咡㛠誀

之韻239字《彙音寶鑑》收了137字，有102字不被收錄。之韻因爲不收唇音及合口音，音節數相對的少，只有23個。其中牙音拸、齒音「茌睞」等共3個音節無收錄。

莊系開口字配「龜」在之韻已有明顯徵兆，所以俟母「鏺／俟甾切」文讀音可訂爲 [龜5時]。精系還是搭配「龜」。

以之韻而言，沈富進收錄了許多「泉音」，但他不知道【止攝】莊系及精系的音，泉州腔「居[-ɯ]」是展唇後高元音，發音位置雖然和「龜[-u]」相同但稍扁，漳州腔的「居[-i]」卻是前高元音，兩者發音方式完全不同。以思而言，[si1]是漳泉共有白話音，眞正的區別在於文讀音：泉州音讀[sɯ1]、漳州音讀[su1]。再以「詩」字爲例，章系字不論漳泉大多讀[-i]。沈富進不知，在收錄[si1]的同時又蹦出一個[su1]並標泉州腔，事實上，詩不論漳泉就一個讀音——[si1]，《台日大辭典》也只收[シイ]。

止	聲	切語	彙寶音	小韻	收　錄　字	不　收　錄　字
舌音開	知	陟里	居2地	徵	徵	摯敽
	徹	敕里	居2他	恥	恥褫（又[居2出]）／祉[居2曾]，現代音	
	澄	直里	居7時	峙	峙跱峙偫時庤（本韻俱歸去） / 痔[居7地]	峙（訛平）涛秲
	娘	乃里	居2柳	伱	伱顲[柅2柳]	
牙音開	見	居里	居2求	紀	紀己	改㠱
	溪	墟里	居2去	起	起芑／邔杞屺[居2求]	玘
	疑	魚紀	居2語	擬	擬儗薿譺	晉礙
齒音開	莊	阻史	居2曾	滓	滓笫胏茦（漳[龜2曾]）	滓（[皆2]、[嘉1]均訛）等
	初	初紀		剚		剚（剌）歃歁
	崇	鉏里	龜7時	士	士（又[居7時]）仕𣎳𡗉／柿（柿）[居7去]（本韻俱歸去）	
	生	疎士	龜2時	史	史使駛（又泉[居2時]、漳[皆2時]）	㾭
	俟	牀史	龜7時	俟	俟竢涘	駛紫穢俟
	章	諸市	居2曾	止	時沚趾址阯芷底／茞[居2出]，海韻字？	時涛
	昌	昌里	居2出	齒	齒（又[居2去]）	紕

	書	詩止	居 2 時	始	始（泉[龜 2 時]）	
	常	時止	居 7 出	市	市 / 恃畤[居 7 時]，歸去	
	精	即里	龜 2 曾	子	子（泉[居 2 曾]漳[驚 2 求]）学虸耔秄梓仔（泉[居 2 曾]、漳，疑白助詞[膠 2 英]）	杍
	心	胥里	居 2 時	枲	枲諰葸（泉[龜 2 時]）	葈𤞟箵廙
	邪	詳里	龜 7 時	似	似佀祀祀禩姒粔耜汜麀 / 巳[居 7 曾]（疑訓讀）	洍汜鈶攺
喉音開	影	於擬		譩	醷[經 4 英]，訛入	譩
	曉	虛里	居 2 喜	喜	喜蟢	憙（訛平）
	云	于紀	居 3 英	矣	矣（歸去）	誒
	以	羊己	居 2 英	以	以（泉[龜 2 英]）㠯已苡苢攺 / 佁（歸去）	
舌齒開	來	良士	居 2 柳	里	里裏（裡）鯉李理娌俚	悝瘇郹
	日	而止	居 2 入	耳	耳洱駬䎶緝	

止韻 131 字《彙音寶鑑》收了 93 字，有 38 字不被收錄。止韻只有 24 個音節，其中齒音「剢 / 初紀切」、喉音「譩」共 2 個音節無收錄。

止韻是上聲韻，表現出強烈的濁上歸去現象，極具漳州腔特色。「矣 / 于紀切」云母，在上聲分陰陽的泉州腔中，《彙音妙悟》讀陰上，現代泉州音、南安音均讀陽上，至於同安音因爲和漳州腔一樣失去濁上音，所以同安、漳州及《彙集雅俗通十五音》均讀爲陰去。

娘母「伱」收柳字頭配鼻化韻母[梔 2 柳]，這個部分是沿用謝秀嵐採用 15 聲母配鼻化韻母的方式。

志	聲	切語	彙寶音	小韻	收　錄　字	不　收　錄　字
舌音開	知	陟吏	居 3 地	置	置	徥
	徹	丑吏	居 3 出	眙	佁	眙魅𡔷誺
	澄	直吏	居 7 地	値	値治揎	植貣
牙音開	見	居吏	居 3 求	記	記	
	溪	去吏	居 3 去	亟	亟唭曁	
	群	渠記	居 7 求	忌	忌惎	邔諅鵋鵋隸誋萁梞畁帺䓅
	疑	魚記		艤		艤儗譺嶷礙家

齒音開	莊	側吏	龜3曾	裁	裁事剚倳	榸檵鶅
	初	初吏	嘉3出	廁	廁	
	崇	鉏吏	龜7時	事	事（又[居7時]、漳[皆7時]）	餕
	生	疎吏	皆3時	駛	使	駛洓狽䬠齰䆥
	章	職吏	居3曾	志	志誌痣（又[居3求]）	織識娡荶
	昌	昌志	居3出	熾	熾饎鯏糦	哆埴幟戠
	書	式吏	居3時	試	試（[居3出]）/幟[居3曾]僿[龜3時]	弒
	常	時吏	居7時	侍	侍蒔秲	
	清	七吏	龜5曾	载	载蚝螆（訛讀聲母及聲調）蛔	
	從	疾置	龜7入	字	字（漳[居7入]）牸	孳孜芓芓
	心	相吏	龜3時	笥	笥思/伺[龜7時]	覗
	邪	祥吏	居7時	寺	寺/嗣䢮飤飼[龜7時]（漳[居7出]）	
喉音開	影	於記	居3英	意	意鷾	乢黖
	曉	許記		憙		憙嬉
	以	羊吏	居7英	異	異（[梔7英]，疑漳）异廙	已食潩冀
舌齒開	來	力置	居7柳	吏	吏	慈
	日	仍吏	居7入	餌	餌鸋珥衈咡聏佴聤	洱耺誀聏姼胹眲䎴

志韻有 24 個音節共 123 個字，《彙音寶鑑》收錄了其中的 58 個字，有 65 個字不被收錄。音節則有牙音的齝、喉音的憙等 2 個音節不收錄。

齒音歸字出現極大的不統一：「廁／初吏切」《彙音寶鑑》歸在[嘉3出]；「使／疎吏切」生母歸在[皆3時]；「字／疾置切」歸在[龜7入]及[居7入]，現代漳州音有[dzu7]及[dzi7]，也相當一致；「寺／祥吏切」歸在[居7時]，現代漳州音也是[si7]，但是同音節的「嗣䢮飤飼」都還在「龜」字母。總計齒音 12 個音節就用了「嘉、皆、龜、居」4 個韻母。

止攝是三等韻，而三等韻最多音節的就在齒音，之系共配了 4 組聲母——曾出時及入（字[龜7入／居7入]）。

微	聲	切語	彙寶音	小韻	收　錄　字	不　收　錄　字
唇音合	幫	甫微	規1喜	裴	非飛扉緋㩟誹騑	餥（訛開）誹※訛上鯡騛齋裴
	滂	芳非	規1喜	霏	霏妃斐菲騑	斐※訛上霏鼟棑棐

並	符非	規5喜	肥	肥（[規5邊]，疑白）腓淝蜚蟦	箆疕痱蜚蟦蕡裴
明	無非	居5門	微	微薇溦（漳[規1門]）	散薇鑺癮矘
牙音開 見	居依	居1求	機	機譏嘰譏機幾機璣刉 / 蘄[居5求]	蔇磯饑鱀鐖畿
群	渠希	居5求	祈	祈頎旂碕圻俟犧 / 幾幾刉[居1求]	夔機譏朡蚚蟣圻麒
疑	魚衣	居5求	沂	沂（訛聲母）	澄
牙音合 見	舉韋	規1求	歸	歸嶜	騩
溪	丘韋		蘄		蘄蠹
疑	語韋	規5語	巍	巍	犪
喉音開 影	於希	居1英	依	依衣譩悠肩	郼依嫙
曉	香衣	居1喜	希	希晞睎稀俙欷	菥鵗豨趘桸烯
喉音合 影	於非	規1英	威	威（漳[嚙1英]）葳蝛娍	喊嵔鹹媁
曉	許歸	規1喜	揮	揮（漳[嚙1喜]）煇輝徽翬徽[檜5門]褘[規5英]	暉楎微潷旗㺌
云	雨非	規5英	幃	圍幃韋闈違口	禕韘潿鍏潿婔幃幃鞼

微韻無齒音，音節數都極少。本韻只有 15 個音節共 142 個字，《彙音寶鑑》收錄了其中的 72 個字，有 70 個字不被收錄。音節方面則只有牙音的「蘄」不收錄，收錄音節比例可算極高。

輕唇化後已失去送氣不送氣的辨義作用，全歸「喜」字頭，所以唇音因幫滂輕唇化剩 3 個音讀、加上牙音 6 個音讀、喉音 5 個音讀，15 個音節只剩 14 個音節。

微系韻母唇音只配合口，上表可以看出唇音合口除了明母外，已經有模擬輕唇音轉成「喜」字頭趨勢。遺留下的重唇音「肥／規 5 邊」、「飛／檜 1 邊」等是白讀音遺緒。

「沂／魚衣切」云母，從《唐韻》到《正韻》都在云母。此字包含《彙音妙悟》、《彙集雅俗通十五音》、《彙音寶鑑》及現代漳州音都讀[ki5]，疑受傳統有邊讀邊的影響。但是語言是約定俗成，當大家都訛讀後我們也必須承認這樣的讀法才不會失去溝通性。

尾	聲	切語	彙寶音	小韻	收　錄　字	不　收　錄　字
唇音合	幫	府尾	規2喜	匪	匪篚棐椎蜚蜚	饟藟
	滂	敷尾	規2喜	斐	斐菲悱	胐騛斐芑
	並	浮鬼		膹		膹穩橨蟦陫䰕
	明	無匪	居2門	尾	尾（漳[檜2門]）鼅亹浘[檜2門]娓[規2門]／梶[檜3門]，漳，歸去	挽餶
牙音開	見	居狶	居2求	蟣	蟣幾	機㦖
	溪	袪狶	居2去	豈	豈薲	
	疑	魚豈	居2語	顗	顗螘	
牙音合	見	居偉	規2求	鬼	鬼	
	溪					
喉音開	影	於豈	居2英	扆	庡俋	優饜扆悠
	曉	虛豈	居2喜	狶	狶（豨）唏	俙豨豨
喉音合	影	於鬼		磈		磈嵬
	曉	許偉	規7喜	虺	虺卉（歸去）／虫[規2喜]	
	云	于鬼	規2英	韙	韙煒暐偉瑋葦韓愇	樟颹媁鍏撞

　　尾韻有 13 個音節 69 個字，《彙音妙悟》收錄了 39 個字，有 30 個字不收錄。音節部分，唇音膹及喉音的磈等 2 個音節不收錄，實收 11 個音節。

　　唇音因幫滂輕唇化剩 3 個音讀、加上牙音 4 個音讀、喉音 4 個音讀，13 個音節只剩 11 個音節。

　　本韻只有搭配「並」這個濁聲母，但這個音節不收錄，應該一律標陰上。但「虺／許偉切」曉母，收到濁去去了。

未	聲	切語	彙寶音	小韻	收　錄　字	不　收　錄　字
唇音合	幫	方味	規3邊	沸	沸痏芾弗／誹[規2喜]受現代音影響	鯡軬濞裶誹蹳
	滂	芳未	規3喜			費髴纉昲繢
	並	扶沸	規3喜	曊	曊鼻狒費潰§§	屝（誤入上）蜚蠹（現代音無去）翡（入上，現代音）胇佛菲斐疿靅帯痱跰勒穩蜚曹睸齎蟦
	明	無沸	居7門	未	未（漳[檜7門]）味鮇／沬[檜7門]，疑漳	菋頮梶眛

牙音開	見	居豙	居3求	旣	旣（旣）曁（曁）厼	機漑（漑）衣蕀
	溪	去旣	居3去	氣	氣炁气	吃鎎
	群	其旣		臮		臮幾
	疑	魚旣	居7語	毅	毅（又[嘉7語]）藙	豙忍顡籔頾
牙音合	見	居胃	規3求	貴	貴瞶	歸
	溪	丘畏		繄		繄佩裳
	疑	魚貴	規7語	魏	魏	犚
喉音開	影	於旣	居3英	衣	衣	
	曉	許旣	居3喜	欷	欷憘餏㗤蘃忥/塈[皆3去]	欷唏氣鎎憠燺黖摡狶驕愾盭
喉音合	影	於胃	規3英	尉	尉（又[㘝3英]，疑漳）裵（誤入平聲）慰畏尉蔚	尉熨犚蜅蝟鰛
	曉	許貴	規3喜	諱	諱卉歂/[規7喜]	沸
	云	于貴	規7英	胃	胃謂緯蝟渭/愇[規3英]彙（彙）[規7柳]	媦緭煟鯟蒉緭寚薈闠圍

未韻有 16 個音節 129 個字，其中有 41 個字被收錄，不收錄字則高達 82 個字。音節部分有牙音臮繄兩音節不收錄。在清濁方面除「罍／扶沸切」音節依同音節同義字「沸」檢得[規3喜]，濁聲並母誤歸陰去。

未韻依閩南語和《廣韻》音韻的對應方式可有唇音 4 個、牙音 7 個、喉音 5 個，共 14 個音節。

從以上分析，我們可找到《廣韻》止攝音節在《彙音寶鑑》中，主要表現在開口的居[-i]及合口的規[-ui]上，其餘還有嘉[-e]、皆[-ai]、檜[-oe]、迦[-ia]、龜[-u]、瓜[-oa]、梔[-ĩ]、㘝[-uĩ]。

有[-a]的皆、迦、瓜多來自古老語言層中的「歌部」及「佳部」，梔及㘝字母除了尼、柅兩個來自娘母的音節產生[l／n]的對立音位外，紫、豉、異、危等音節則是鼻化的結果。

嘉字母，以劑、批、郪而言，收的可能是蟹攝字；棃、紕、毅則可能受到形似的蟹字藜、批、額影響。

至於檜字母底下的音節：嗟、睡、羸、衰及蕤，從反切來看，主要元音實在沒有理由從[i-]跑到[e-]。

從讀書音的視角看，止攝支脂之微四韻在《彙音寶鑑》中，開口字大都發音為居[i]字母，約佔收錄音節的 80.9%，而且各個發音部位都可配；部分發音為龜[u]字母，約佔收錄音節的 14.5%，主要搭配假四等「精」母字，其次是假二等的「莊」母字。

合口字則多配規[ui]字母，約佔收錄音節的 90%，部分音節發音為檜[oe]字母，約佔收錄音節的 5.5%。嘉字母除了配開口外也配合口，但是像合口的「劑」配嘉[e]字母可能閩南語已把支韻合口的劑和蟹攝開口的劑弄混了。

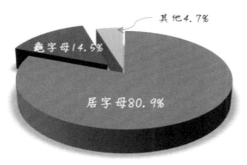

《彙音寶鑑》止攝開口音讀分布圖

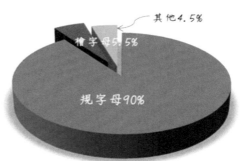

《彙音寶鑑》止攝合口音讀分布圖

「劑」：《廣韻》收兩音

1、止攝支韻平聲遵為切，夯也

2、蟹攝霽韻去聲在詣切，分劑

《彙音妙悟》收錄[居 1 爭]：周禮小市以劑［註9］；[西 1 爭]：調劑分也。

《彙音寶鑑》「劑」：分也藥也。

由《廣韻》知，從《彙音妙悟》以降的劑[tse1]其實收的都是霽韻的劑，但是聲調上又和支韻混在一起。

第四節 《彙音寶鑑》中【止攝】音節的歸納與重建

在表現上來說，我們依發音部位整理音節可得下表（標*者為白話音）

唇音	居[-i]	規[-ui]	檜[-oe]	皆[-ai]	梔[-ĩ]	不收音節
支開	陂卑鈹皮陴糜彌				彌*	皼
紙開	彼俾諀婢靡洍					破被

［註9］《周禮·地官司徒·質人》大市以質，小市以劑。《疏》質劑謂券書。恐民失信，有所違負，故為券書結之，使有信也。大市以質，小市以劑，故知質劑是券書。

	居[-i]	規[-ui]	檜[-oe]	嘉[-e]	栀[-ī]	不收音節
真開	貧臏頻避髲					帔
脂開	悲丕紕邳妣眉			眉*		
旨開	鄙㔻嚭否美					牝
至開	祕痹濞屁備鼻郿寐					
微合	微	裴霏肥				
尾合	尾	匪斐	尾*			膹
未合	未	沸費疿	未*			

1、唇音不配支、脂合口。

2、合口：裴霏肥、匪斐尾膹、沸費疿等音節，聲母受輕唇化影響已轉入喉部清擦音喜[h-]。

3、以平聲賅上去，支、脂唇音無合口，之不配唇音，微韻只有合口字。微、未音節依傳統韻書由合口轉開口。

4、從上表看，唇音開口字多歸居[-i]，合口字多歸規[-ui]。故我們可為上述不收的音節擬音：

A. 開口：帔[居1頗；p'i1]、牝[居6邊／2；p'i6／2]、被殕[居2頗；p'i2]〔註10〕。

B. 合口：膹[規2喜；hui2]

舌音	居[-i]	規[-ui]	檜[-oe]	嘉[-e]	栀[-ī]	不收音節
支開	知摛馳					
支合		鬌腄				
紙開	褫豸狔					撒
寘開	智					
寘合		娷縋諉				
脂開	胝絺墀				尼	
脂合		追鎚				
旨開	黹雉				柅	檾
至開	致			地		屎
至合		轛墜				
之開	癡治					
止開	徵恥峙你					
志開	置眙值					

〔註10〕 並母字本有送氣和不送氣兩種讀法，「被」配合切語上字「皮」訂為送氣。又去寘韻下有「被」，故不以「濁上規去」論之。

1、舌音在此攝有兩大特色：A 合口無上聲、B 不搭配 8 微韻。

2、舌音開口多歸居[-i]，合口多歸規[-ui]。故我們可爲上述不收的音節擬音：
撤[居 2 地；ti2]、孻[居 2 他；t'i2]、屄[居 3 他；t'i3]

牙音	居[-i]	規[-ui]	檜[-oe]	龜[-u]	𡃊[-uĩ]	不收音節
支開	羈馶奇衹宜					
支合		鬹嬀虧闚危			危*	
紙開	掎綺企技螘					枳
紙合		詭跪觟硊				
寘開	寄企芰議					馶焧
寘合		僞				睍賜觖
脂開	飢鬐狋					
脂合		龜歸葵逵	葵*	龜*	葵*	
旨開	几跽					
旨合	軌癸					歸郎揆
至開	器棄臮劓			器*		
至合		季媿喟匱悸				
之開	姬欺其疑			欺疑*		
止開	紀起擬					
志開	記嘔忌					魕
微開	機居沂					
微合		歸巋				鬛
尾開	蟣豈顗					
尾合		鬼				
未開	旣氣毅					
未合		貴魏				綮

牙音開口多歸居[-i]，合口多歸規[-ui]。故我們可爲上述不收的音節擬音：

A. 開口：枳[居 2 求；ki2]、馶[居 3 求；ki3]、魕[居 7 語；gi7]、焧[居 3 去；k'i3]

B. 合口：睍賜[規 3 求；kui3]、觖綮[規 3 去；k'ui3]、歸[規 2 去；k'ui2]、郎揆[規 7 求；kui7]〔註11〕、鬛[規 1 去；k'ui1]

〔註11〕濁上歸去。

齒音	居 [-i]	規 [-ui]	嘉 [-e]	檜 [-oe]	皆 [-ai]	龜 [-u]	梔 [-ĩ]	不收音節
支開	差支眵纏提雌斯				眦*	釃觜疵雌斯		蠡厜〔註12〕
支合		吹厜隨		衰吹厜*				劑䪎驪眭
紙開	躧紙侈賜弛是紫徙					此徙*		批
紙合		揣捶蘤觜髓		髓*				惢㻆
真開	真翅彣刺					積漬賜	攲*	裞屜刹
真合		惴睡						吹稜
脂開	脂鴟尸咨私					師咨茨私		郪〔註13〕
脂合		推錐誰雄綏	衰					
旨開	旨矢視姊死					兕死		跐
旨合		水濢蓷						崣
至開	至示嗜四					恣次自四		痤屍
至合		帥醉翠萃邃遂	帥					㩧出痻
之開	薔氂之蚩詩時慈					薔輜詩兹慈思詞		茬眛
止開	滓士止齒始市子枲					士史俟始子似		剚
志開	事志熾試侍寺		廁		駛	菑事載字笥		

1、齒音不配 8 微韻

2、《彙音寶鑑》齒音相配的字母相對複雜，但開口多歸居[-i]、龜[-u]兩韻，合口多歸規[-ui]。細分莊章精系開口我們發現：章系字在韻圖三等位置，其字母以配居[-i]音為主；莊系字在韻圖二等位置稱假二等，其字母以配龜[-u]音為主；精系字在韻圖四等位置，其字母以配龜[-u]音為主。我們依上述規則為不收錄的音節擬音：

  A. 開口：蠡[龜 5 曾；tsu5]、厜[龜 5 曾；tsu5]、裞[龜 3 曾；tsu3]、

       屜[龜 3 時；su3]、㻆[居 3 出；ts'i3]、批跐[居 2 曾；tsi2]、

       痤[居 3 曾；tsi3]、屍[居 3 時；si3]、茬[居 5 時；si5]、

       眛[居 1 時；si1]、剚[居 2 出；ts'i2]、郪[居 1 出；ts'i1]

〔註12〕 厜，《廣韻》讀同「觜」。收錄[規 5 時]出自《集韻》[厜／是為切]，非廣韻音。

〔註13〕 劑批郪收錄字音是蟹攝音。

B. 合口：劑騒[規 1 曾；tsui1]、韉眭[規 1 時；sui1]、蓪[規 7 時；sui7]、惢嶊[規 7 曾；tsui7]〔註 14〕、吹出皷[規 3 出；ts'ui3 / 檜 3 出；ts'oe3]、稄痳[規 3 時；sui3]

喉音	居[-i]	規[-ui]	嘉[-e]	檜[-oe]	皆[-ai]	嚻[-uĩ]	不收音節
支開	漪犧詑移						
支合		逶麾爲					隓蘳
紙開	倚酡						䳑
紙合		委毀蔿					荍
寘開	戲易						倚縊〔註 15〕
寘合		餧恚爲					毀孈瓗
脂開	伊咦姨						
脂合		倠惟帷					
旨開							歕
旨合		洧唯〔註 16〕					瞲
至開	懿齂肄						
至合		位遺					豷侐瞲
之開	醫僖飴						
止開	喜矣以						譩
志開	意						憙
微開	依希						
微合		威揮幃				威揮*	
尾開	扆豨						
尾合		虺韙					磈
未開	衣欷						
未合		尉諱胃				尉*	

1、喉音對應的方式非常單純，開口字對應居[-i]、合口字則對應規[-ui]，「威揮尉」音節除對應規[-ui]外也產生鼻化現象。

2、《彙音寶鑑》不收的音節可以補擬音如下：

A. 開口：䳑譩歕[居 2 喜；hi2]、倚縊[居 3 英；i3]、詑咦[居 1 喜；hi1]、譩[居 2 英；i2]、憙[居 3 喜；hi3]

〔註 14〕濁上歸去。

〔註 15〕縊收兩音[皆英 3 / 喜英 3]應都來自蟹攝。

〔註 16〕洧唯兩音濁上應歸去才是，也才符合正常說法。

B. 合口：陸[規 1 喜；hui1]、隋[規 5 英；ui5]、莜爲瓅[規 7 英；ui7]、
　　　　毀孈[規 3 喜；hui3]、瞔[規 2 喜；hui2]、瞔侐𤯳[規 3 喜；hui3]、
　　　　磈[規 2 英；ui2]。

舌齒音	居[-i]	規[-ui]	龜[-u]	嘉[-e]	檜[-oe]	皆[-ai]	不收音節
支開	離兒						
支合				蠃			痿
紙開	邐爾		爾*				
紙合		絫蘂					
寘開	詈						
寘合		累					枘
脂開				棃		棃*	
脂合		灤蕤		蕤			
旨開	履						
旨合		壘蕊					
至開	利二					利*	
至合		類					
之開	釐而		而*				
止開	里耳						
志開	吏餌						

1、舌齒音即半舌音來母及半齒音日母，和舌音、齒音一般，不含 8 微韻。

2、半齒音日母開口上聲讀青[-ĩ]、合口去聲讀杯[-ue]。

3、爲 5 支韻半齒音日母合口字「痿」擬音爲[規 5 入；dzui5]、5 寘韻半齒音日
　　母合口字「枘」擬音爲[規 7 入；dzui7]。

第五節　小　結

從以上對《彙音寶鑑》的觀察，我們可以整理出以下結論：

	讀書音開	讀書音合	白話音開	白話音合
脣音：	居[-i]	規[-ui]微[-i]	彌[-ĩ]眉[-ai]	尾未[-oe]
舌音：	居[-i]地[-e]	規[-ui]	尼柅[-ĩ]	
牙音：	居[-i]	規[-ui]	器[-u]	葵[-oe]危[-uĩ]
齒音2：	居[-i]扡[-e]師[-u]	規[-ui]	居[-i]齜[-ai]	衰[-oe]
齒音3：	居[-i]	規[-ui]	居[-i]豉[-ĩ]始[-u]	吹[-oe]
齒音4：	龜[-u]刺[-i]	規[-ui]	居[-i]	

喉音：	居[-i]	規[-ui]	倚[-oa]異[-ĩ]	揮[-uĩ]
舌齒音：	居[-i]	規[-ui]羸[-oe]	爾[-u]黎[-ai]	

1、.《彙音寶鑑》止攝微尾未三個合口音節文讀音讀「居[-i]」。

2、《彙音寶鑑》止攝讀書音開口部分以配「居[-i]」爲主，齒音的莊系五母以「龜[-u]」爲多，精系五母則以幾全配到「龜[-u]」，顯示從《彙集雅俗通十五音》到《彙音寶鑑》又再進一步演化了。

3、《彙音寶鑑》止攝白話音的開口部分百花齊放，除「居[-i]」外，還有[-ĩ]、[-ai]、[-u]、[-oa]等。

4、《彙音寶鑑》讀書音合口部分以配「規[-ui]」爲主，但是在白話音部分除了「規[-ui]」〔註17〕外，還有更層的「[-oe]、[-uĩ]、[-uĩ]」等。

小　結：

在晚唐「濁上歸去」的語音現象發生後，全濁上已歸陽去，次濁上則歸陰上，這個部分在謝秀嵐漳州腔的《彙集雅俗通十五音》已有明顯的體現，到台灣梅山偏腔的《彙音寶鑑》也有相同的表現。

從以上整理還可看出由於《彙音寶鑑》和《彙集雅俗通十五音》有繼承關係。

止攝莊精開口 55 音節配韻如下：

	莊			精		
	龜[-u]	居[-i]	其他	龜[-u]	居[-i]	其他
支	醴	差躧	齜批	貲疵斯此積漬賜	雌紫徙刺	
脂	師			咨茨私死兕恣次自四	姊	鄒
之	菑輜士史俟崽事	縡滓	廁駛	茲慈思詞子似載字笥	枲寺	

止攝莊組開口有 22 個音節，《彙音寶鑑》收錄了 17 音節，其中配龜[-u]的有 9 音節佔 52.9%。

止攝精組開口有 33 個音節，《彙音寶鑑》收錄了 33 音節，其中配龜[-u]的有 25 音節佔 75.8%。莊精配龜[-u]的合計佔收錄音節的 68%。

和《彙音妙悟》配[-ɨ / ɯ]佔 82.6%、《彙集雅俗通十五音》配[-u]佔 73.3%

〔註17〕閩南語大部分的讀音是無法分出文白讀，已融在一塊成爲特殊文化。

比起來，《彙音寶鑑》又降到 68%。

止攝的支脂之合流，聲母的莊精也合流，於是讀書音形成了以下的狀況

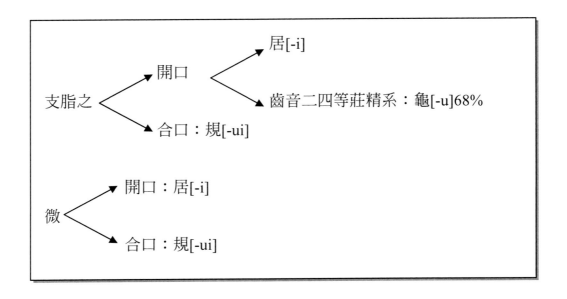

第五章 【止攝】音節在漳泉中的比較

　　《漢語方言調查字表》以「攝等韻調」爲經，36 聲母爲緯，交織成一個音節表。和《韻鏡》不同的是，《韻鏡》一個音節只收一個代表字，《漢語方言調查字表》則可能同時收錄數個字。而且爲了讓發音人能更準確發音，還以小字標出詞彙，是學界研究方言演變最常使用的工具。

　　本研究中，《彙音妙悟》及《彙集雅俗通十五音》代表的是 200 年前的福建漳泉音腔，《彙音寶鑑》代表的是台灣現代偏漳腔。由於三本韻書收錄的內容不盡相同，且缺少台灣閩南語泉腔的代表，所以底下將採用《漢語方言調查字表》做比較，並塡入台灣泉腔特有音讀。台灣泉腔語料則取自代表台灣官方，最佳的語料——姚榮松主編的《臺灣閩南語常用詞辭典》及小川尙義主編的《台日大辭典》，這兩本辭典都附有豐富的漳泉語料。

　　「止攝」主要表現在韻，而且《漢語方言調查字表》並不等同音節表，所以將 36 聲母的編排方式修改成只列唇舌牙齒喉等發音部位，不列聲母。

凡 例

1、台灣泉腔語料以姚榮松《臺灣閩南語常用詞辭典》鹿港方音爲主，小川尙義《台日大辭典》泉腔語料爲輔，來自台日加[*]，空白表已融入通行腔。

2、泉州《彙音妙悟》代表、漳州《彙集雅俗通十五音》代表、台泉 1907 取自《台日大辭典》、台泉 2008 取自《臺灣閩南語常用詞辭典》、台漳《彙音寶

鑑》。

3、台日調類〔註1〕：陰平空白　上｜　去＼　入ˋ；陽平＜　　去｜　入ˊ（鼻音加
　　[。]）。台日採直式編排，調號標在旁邊不會和50音搞混。本文因為採橫式，
　　原小川尚義調號改為數字調號，鼻音在代表調號的數字左邊加[。]。

4、日本50音缺少[-ə]及[-ɯ]，台日在オ及ウ上加一橫代表：ㇿㅎ。遇到送氣音
　　則在底下加[·]：ㄗ。

5、上古音採王力參考陳新雄（詩經韻字表），陳新雄加括號。

第一節　支／紙／寘

支（開）					
	例字	彙音妙悟	臺灣泉州腔	彙集雅俗通	彙音寶鑑	備註
唇音	碑卑	[pi1]		[pi1]	[pi1]	古支部
	披	[p'i1]		[p'i1]	[p'i1]	古歌部
	皮	[p'i5 / p'ə5]	[p'ə5]	[p'i5 / p'ue5]	[p'i5 / p'ue5]	古歌部
	疲	[p'i5]		[p'i5]	[p'i5]	古歌部
	脾	[pi5]		[pi5]	[pi5]	古支部
	䴢	--		--	[bi5]〔註2〕	--
	麋	[bi5 / bə5]	[bə5　mai5*]	[bi5 / buẽ5]	[bi5 / boaĩ5]〔註3〕	古脂部
	彌	[bi2]	[bi1*]	[bi2 / bi5 / mĩ1]	[mĩ1 / mĩ2 / bi2 / bi5]	古歌部
	彌（篾）	[biat8 / biʔ8]		[biat8 / biʔ8]	[biat8 / biʔ8]	--
舌音	知	[ti1 / tsai1]		[ti1 / tsai1]	[ti1 / tsai1]	古支部
	蜘	[ti1]		[ti1]	[ti1]	古支部
	池馳	[ti5]		[ti5]	[ti5]	古歌部
牙音	奇	[k'ia1 / ki5]	私[k'a1]	[k'ia1 / ki5]	[k'ia1 / ki5]	[k'a1*] 歌部
	騎	[k'ia5 / ki5]	[k'a5*]	[k'ia5 / k'i5]	[k'ia5 / k'i5]	古歌部
	岐	[ki5]		[kia5 / ki5]	[kia5〔註4〕 / ki5]	古支部
	宜儀	[gi5]		[gi5]	[gi5]	古歌部

〔註1〕台日（泉）：小川尚義在1907年完成的《日台大辭典》調性已採漳調，無陽上。後
　　　　來1931年出版的《台日大辭典》也沿用，可見至少在1907年以前，台灣漳泉調類
　　　　已趨一致。

〔註2〕常用字表的「䴢」《廣韻》《說文》均「穄也」，南方沒有這種作物並不算常用字，
　　　　只有沈從《康熙字典》抄進去。

〔註3〕洪惟仁則標成[buaĩ5]。

〔註4〕[kia5]疑訓讀。

	例字					
齒2	差	--	[ts'ɯ1*]	[ts'i1]	[ts'i1]	古歌部
	篩	[sai1]	[tai1]（通行腔）	[sai1 / tai1]	[sai1 / tai1]	古歌部
齒3	支肢	[tsi1]		[tsi1]	[tsi1]〔註5〕	古支部
	枝	[tsi1 / ki1]		[tsi1 / ki1]	[tsi1 / ki1]	古支部
	梔	[tsi1]		[kĩ1]	[tsi1 / kĩ1]	古支部
	眵	--		--	[ts'i1]	古歌部
	施	[si1]		[si1]	[si1]	古歌部
	匙	[si5]		[si5]	[si5]	古支部
齒4	雌	[ts'ɯ1]		[ts'i1]	[ts'i1]	古支部
	疵	[ts'ɯ5]		[ts'u5]	[ts'u5]	古支部
	斯	[sɯ1]	[sɯ1*]	[su1]	[su1]	古支部
	廝	[sɯ1]		[su1]	[su1]	古支部
	撕	[sɯ1]			[se1]	古支部
喉音	犧	[hi1]		[hi1]	[hi1]	古歌部
	移	[i5]		[i5]	[i5]	古歌部
舌齒	離	[li5]		[li5]	[li5]	古歌部
	籬	--		[li5]	[li5]	古歌部
	璃	--		[li5]	[li5 / le5]	古歌部
	兒	[ji5]		[ji5]	[ji5]	古支部

支（合）						
	例字	彙音妙悟	臺灣泉州腔	彙集雅俗通	彙音寶鑑	備註
唇音						
舌音						
牙音	規	[kui1]		[kui1]	[kui1]	古歌部
	虧	[k'ui1]		[k'ui1]	[k'ui1]	古歌部
	窺	[kui1]		[kui1]	[kui1]	古歌部
	危	[gui3]		[gui5]	[gui5 / guĩ5]	古歌部
齒2						
齒3	吹炊	[ts'ui1 / ts'ə1]	[ts'ə1]	[ts'ui1 / ts'ue1]	[ts'ui1 / ts'ue1]〔註6〕	古歌部
	垂	[sui5]		[sui5 / sue5]	[sui5 / sue5]	古歌部

〔註5〕支肢：通行腔讀[ki1]。

〔註6〕吹：黃謙又收[pun5]，並註（土），疑訓讀：謝沈除[pun5]又收[p'uʔ4]。

齒4	隨	[sui5]		[sui5]	[sui5]	古歌部
喉音	萎爲	[ui1] [ui5]		-- [ui5]	-- [ui5]	古歌部（微） 古歌部
舌齒						

===

潗麋：アム2 マイ。5（P28）　　　阿彌：オオ1 ビイ1（P133）

奇：カア1（P163）　　　　　　騎：カア5（P163）

參差：サム1ッウ1（P623）　　　斯文：スウ1　ブヌ5（P779）

===

紙（開）						
	例字	彙音妙悟	臺灣泉州腔	彙集雅俗通	彙音寶鑑	備註
唇音	彼	[pi2]		[pi2]	[pi2]	古歌部
	俾	[pi2]		[pi7 / p'i3]	[pi7 / p'i3]	古支部
	被	[p'ə6]	[p'ə7]	[p'ue7]	[p'ue7]	古歌部
	婢	[pi6]		[pi7]	[pi7]	古支部
	靡	[bi2]		[bi2]	[bi2]	古歌部
舌音						
牙音	企	--		[k'i2]	[k'i2]	古支部
	徛（立）	[k'ia6]	[k'ia6]	--	[ki1]〔註7〕	古歌部
	技	[ki6]		[ki7]	[ki2]	古支部
	妓	[ki6]		[ki7]	[ki7]	古支部
	蟻	[gi2 / hia6]		[gi2 / hia7]	[gi2 / hia7]	古歌部
齒2						
齒3	紙	[tsi2 / tsɯ2 / tsua2]		[tsi2 / tsua2]	[tsi2 / tsua2]	古支部
	只	[tsi2]		[tsi2]	[tsi2]	古脂部
	侈	[ts'i2]		[ts'i2]	[ts'i2]	古歌部
	舐	[tsi6]		[tsi7]	[tsi7 / tsĩ7]	古支部
	豕	[si2]		[si2]	[si2]	古歌部
	是	[si6]	[si6]	[si7]	[si7]	古支部
	氏	[si6]		[si7]	[si7]	古耕部

〔註7〕此音來自《康熙字典・集韻》，丘奇切，舉足以渡也，故沈標陰平。

齒4	紫	[tsɯ2]	[tsɯ2*]	[tsi2 / tsĩ2]	[tsi2 / tsĩ2]	古支部
	此	[ts'ɯ2]	[ts'ɯ2*]	[ts'u2]	[ts'u2]	古支部
	璽	[su2]		[ji2]	[ji2]	古歌部
	徙	[sɯ2]		[si2 / sua2]	[si2 / sua2]	古歌部
喉音	倚	[i2]	[i2 / ua2]	[i2 / ua2]	[i2 / ua2]	古歌部
	椅	[i2]		[i2]	[i2]	古歌部
舌齒	爾	[jĩ2]		[jĩ2 / ji2]	[jĩ2 / ji2 / ju2（泉）]	古歌部

紙（合）						
	例字	彙音妙悟	臺灣泉州腔	彙集雅俗通	彙音寶鑑	備註
唇音						
舌音						
牙音	詭	[kui2]		[k'ui2]	[k'ui2]	古歌部
	跪	[kui6]		[kui7]	[k'ui2 / kui7]	古歌部
齒2	揣	[ts'ui3]		[ts'ui2]	[ts'ui2]	古歌部
齒3						
齒4	嘴	[ts'ui7]		--	[ts'ui3]	古支部
	髓	[ts'ə2]	[ts'ə2]	[ts'ui2 / ts'ue2]	[ts'ui2 / ts'ue2]	古歌部
喉音	毀	[hui2]		[hui2]	[hui2]	古歌部
	委	[ui2]		[ui2]	[ui2]	古歌部
舌齒	累	--		[lui2]	[lui2]	古微部
	蘂	[jui2（正）/ lui2（土）]		[lui2]	[lui2]	古歌部

紫微：ツヮ2 ビイ5／／紫檀ツヮ2 トア。5（P372）

此時：ㄘヮ2 シイ5（P370）

寘（開）						
	例字	彙音妙悟	臺灣泉州腔	彙集雅俗通	彙音寶鑑	備註
唇音	臂	[pi7]		[pi3]	[pi3]	古錫部
	譬	[p'i3]		[p'i3]	[p'i3]	古錫部
	被	[p'i6]		[pi7]	[pi7]	古歌部
	避	[pi7]		[pi7]	[pi7]	古錫部
舌音	智	[ti3]		[ti3]	[ti3]	古支部
牙音	寄	[ki3 / kia7]		[ki3 / kia3]	[ki3 / kia3]	古歌部
	誼義議	[gi7]		[gi7]	[gi7]	古歌部

齒2						
齒3	翅	[ts'i7]		[ts'i3 / t'13]	[t'i3]	古支部
	豉	[si7]		[sĩ7]	[si7 / sĩ7]	古支部
齒4	刺	[ts'ɯ7 / ts'i7]		[ts'i3 / ts' ĩ3]	[ts'i3 / ts' ĩ3 / ts'u3]	古錫部
	賜	[sɯ7]	[sɯ3*]	[su3]	[su3]	古錫部
喉音	戲	[hi3]		[hi3]	[hi3]	古歌部
	易	[i3]		[i7]	[ĩ7]	古錫部
舌齒						

寘（合）						
	例字	彙音妙悟	臺灣泉州腔	彙集雅俗通	彙音寶鑑	備註
唇音						
舌音						
牙音	僞	[gui3]		[gui7]	[gui7]	古歌部
齒2						
齒3	睡	[sui7]		[tsue7 / sui3]	[tsue7 / sui3]	古歌部
	瑞	[sui7]		[sui7]	[sui7]	古歌部
齒4						
喉音	餧	--		--	--	
	爲	--		[ui7]	[ui7]	古歌部
舌齒	累	--		[lui7]	[lui7]	古微部

==

賜：スヲ3（P775）

泉州		台泉 1907		台泉 2008	漳州		台漳
[ɯ]莊精系開	→	[ɯ]	→	[ɯ]	莊章：[i]	→	[i]
					精：[u]	→	[u]
[ə]歌部	→	[ə]	→	[ə]	[ue]	→	[ue]
[ia]歌部	→	[ia / a]	→		[ia]	→	[ia]
[i]開口	→	[i]	→		[i]	→	[i]
[ui]合口	→	[ui]	→		[ui]	→	[ui]
[ua]紙倚		[ua]	→		[ua]	→	[ua]

　　從上表看，泉腔的[-ɯ]漳腔多轉爲[-u]，也有部分轉爲[-i]。止攝來自古歌部的字大多在支系落腳，古歌部牙音開口的「奇騎徛蟻寄」、齒2開口的「篩」、喉音開口的「倚」，白話音都還保留歌部開口低元音特色。但止攝其他部分的古歌部則有元音前高化傾向，唇音開口的「皮被」泉腔上升到央元音[-ə]，漳腔則

上升到後高元音[-ue]，另外有更多的古歌部字則是隨「支」一起跑到前高元音了。

《彙音寶鑑》因爲繼承關係，沈除了校正外沒有改變太多。所以是否呈現40 年代梅山實際音系（經過田野訪查），恐怕得專文研究。又，漳腔的「璽」聲母會從[s-]→[j-]倒是值得玩味。

第二節 脂／旨／至

脂（開）					
	例字	彙音妙悟	臺灣泉州腔	彙集雅俗通	彙音寶鑑	備註
唇音	悲	[pi1]		[pi1／pui1]	[pi1／pui1]	古微部
	丕	[p'i1]		[p'i1]	[p'i1]〔註8〕	古之部
	琵枇	[pi5]		[pi5]	[pi5]〔註9〕	古脂部
	眉楣	[bi5／bai5（土）]		[bi5／bai5]	[bi5／bai5（漳）]	古脂部
	黴			[mue5]〔註10〕	[bi5]	古微部
舌音	遲	[ti5]		[ti5]	[ti5]	古脂部
	尼	[li5]		[lĩ5]	[lĩ5]	古脂部
牙音	飢肌	飢[ki1]		[ki1]	[ki1]	古脂部
	祈鰭	祈[ki5]		[ki5]	[ki5]	古微部
齒2	師	[su1]	[sɯ1]	[su1]	[su1]	古脂部
	獅	[sai1（解）]		[su1／sai1]	[su1／sai1]	古脂部
齒3	脂	[tsi1]		[tsi1]	[tsi1]	古脂部
	尸屍	[si1]		[si1]	[si1]	古脂部
齒4	資姿咨	[tsɯ1]		[tsu1]	[tsu1]	古脂部
	瓷餈	餈[tsɯ5]		[tsu5]	[tsu5]	古脂部
	私	[sɯ1]		[su1]	[su1]	古脂部
喉音	伊	[i1]		[i1]	[i1]	古脂部
	夷姨	[i5]		[i5]	[i5]	古脂部
舌齒	梨	[li5／lai5]		[lai5]	[le5／lai5]	古脂部

〔註8〕枇：漳腔多了[i5]音。

〔註9〕枇：小川尚義有[gi5]，姚榮松、董忠司均不收。

〔註10〕黴：[mue5]只謝有，小川尚義、董忠司也收[bi5]，姚不收「黴」。

脂（合）					
	例字	彙音妙悟	臺灣泉州腔	彙集雅俗通	彙音寶鑑	備註
唇音						
舌音	追	[tui1]		[tui1]	[tui1]	古微部
	槌錘	[tui5]		[t'ui5]	[t'ui5]	古歌部
牙音	龜	[kui1 / ku]		[kui1 / ku]	[kui1 / ku]	古之部
	逵葵	[kui5]		[kui5]	[kui5]	古脂（陳微）
齒2	衰	[sue1 / sui1]		[sue1]	[sue1]	古歌部
齒3	錐	[tsui1]		[tsui1]	[tsui1]	古微部
	誰	[sui5]		[sui5]	[sui5]	古微部
齒4	雖綏	[sui1]		[sui1]	[sui1]	古脂部
喉音	維惟遺	[i5] 遺[ui5]		[ui5]	[ui5]	古脂部
舌齒						

旨（開）					
	例字	彙音妙悟	臺灣泉州腔	彙集雅俗通	彙音寶鑑	備註
唇音	鄙	[p'i2]		[p'i2]	[p'i2]	古之部
	比秕	[pi2]		[pi2]	[pi2]	古脂部
	美	[bi2]		[bi2]	[bi2]	古脂部
舌音	雉	[ti6]		[ti7 / t'i7]	[ti7 / t'i7]	古脂部
牙音	几	[ki2]		[ki2]	[ki2]	古脂部
齒2						
齒3	旨指	[tsi2]		[tsi2]	[tsi2]	古脂部
	矢	[si2]		[si2]	[si2]	古脂部
	屎	[sai2]		[sai2]	[sai2]	古脂部
齒4	姊	[tsɯ2]〔註11〕		[tsi2]	[tsi2]	古脂部
	死	[sɯ2 / si2]	[sɯ2*]	[su2 / si2]	[su2 / si2]	古脂部
喉音						
舌齒	履	[li2]		[li2]	[li2]	古脂部

旨（合）					
	例字	彙音妙悟	臺灣泉州腔	彙集雅俗通	彙音寶鑑	備註
唇音						
舌音						
牙音	軌	[k'ui2]		[k'ui2]	[k'ui2]	古幽部
	癸	[kui3（土）]		[kui3]	[kui3]	古脂部

〔註11〕姊：謝沈都記有[tsiau2]，《台日》也有チアウ2　フウ（P96）。

齒 2					
齒 3	水	[sui2]		[sui2]	[sui2 / tsui2]	古脂部
齒 4					
喉音	唯	[ui2]		[ui2]	[ui2]	古脂部
舌齒	壘	[lui2]		[lui2]	[lui2]	古微韻

==

死亡：スヲ2 ボソ 5（P779）

==

至（開）					
	例字	彙音妙悟	臺灣泉州腔	彙集雅俗通	彙音寶鑑	備註
唇音	祕泌	[pi3]泌又[pi7]		[pi3]	[pi3]	古質部
	轡庇痹	[pi7]		轡痹[pi3]	[pi3]	古物部
	屁	[p'i7 / p'ui7]		[p'i3 / p'ui3]	[p'i3 / p'ui3]	古脂部
	備	[pi7]		[pi7]	[pi7]	古職部
	鼻	[pi7]		[pĩ7]	[pi7 / pĩ7]	古質部
	媚	[bi3 / bi6（土）]		[bĩ7]	[bĩ7]	古脂部
	寐	[bi7]		[bi7]	[bi7]	古質部
舌音	致	[ti7]		[ti3]	[ti3]	古質部
	稚	[ti6]		[ti7]	[ti7]	古脂部
	地	[te7 / tæ7〔註 12〕/ t'i7]		[te7]	[te7]	古歌部
	膩	[ji3]		[ji7]	[ji7]	古脂部
牙音	冀	[ki7]	[k'i3]	[ki3]	[ki3]	古微部
	器棄	器[k'i3]〔註 13〕		[k'i3]	[k'i3]	古物部
齒 2					
齒 3	至	[tsi7]		[tsi3]	[tsi3]	古質部
	示視嗜	[si7] 無"嗜"		[si7]	[si7]	古支部
齒 4	次	[ts'ɯ3]	[ts'ɯ3]	[ts'u3]	[ts'u3]	古脂部
	自	[tsɯ7]	[tsɯ7]	[tsu7]	[tsu7]	古質部
	四肆	[sɯ7 / si7]	[sɯ3 / si3]	[su3 / si3]	[su3 / si3]	古質部
喉音	肆	[i7]		[i7]	[i7]	古質部
舌齒	利痢	[li7] "利"[li3]		[li7]	[li7]	古質部
	二貳	[ji3]		[ji7]	[ji7]	古脂部

〔註12〕採馬重奇擬音。

〔註13〕「棄」黃[k'i7]。

至（合）					
	例字	彙音妙悟	臺灣泉州腔	彙集雅俗通	彙音寶鑑	備註
唇音						
舌音	墜	[tui7]		[tui7]	[tui7]	古物部
牙音	愧	[k'ui3]		[k'ui3]	[k'ui3]	古微部
	季	[kui7]		[kui3 / k'ui3]	[kui3 / k'ui3]	古質部
	櫃	[kui7]		[kui7]	[kui7]	古物部
齒2	帥	[sue7]		[sui3 / sue3]	[sui3 / sue3]	古物部
齒3						
齒4	醉	[tsui7]		[tsui3]	[tsui3]	古物部
	翠	[ts'ui3]		[ts'ui3]	[ts'ui3]	古物部
	粹	[sui7]		[sui3]	[sui3]	古物部
	遂	[sui7]		[sui7]	[sui7]	古物部
	隧	[sui7]		[tui7]	[sui7]	古物部
	穗	[sui3]		[sui7]	[sui7]	古質部
喉音	位	[ui7]		[ui7]	[ui7]	古緝部
舌齒	類淚	[lui7]		[lui7]	[lui7]	古微部

泉州		台泉 1907		台泉 2008		漳州		台漳
[ɯ]莊精系開	→	[ɯ]	→	[ɯ]		莊章：[i]	→	[i]
						精：[u]	→	[u]
[i]開口	→	[i]	→	[i]		[i]	→	[i]
[ui]合口	→	[ui]	→	[ui]		[ui]	→	[ui]

　　沈富進《彙音寶鑑》在齒2及齒4音讀有多處配上[-i]並以四角圍號「囗」
註明泉腔。

　　雖然小川尚義的《台日大辭典》1932年已出版，沈富進並沒有參考引用，
更沒有向上查閱《彙音妙悟》，且沈富進也沒有發音人的觀念，這些「泉音」是
沈富進接觸的人說過的嗎？或者沈富進誤以為這些音讀泉州音「理應」讀為[u
／ɯ]或[i／ɯ]，因為沈書沒有[-ɯ]這個韻，所以就多歸到[-u／i]這個兩個韻——
例如：雌、斯。泉音（《彙音妙悟》屬[居]），謝雌[ts'i1]，沈雌[ts'i1／ts'u1（泉）]、
謝斯[su1]，沈斯[su1／si1（泉）]等。而且這個現象不只出現在[居]韻，遇到半
濁聲母也有之，例如：疑母宜，謝[i5]沈[gi5／gu5（泉）]、日母兒、謝[ji5]沈[ji5

／ju5（泉）]，而且這樣的例子數見不鮮。

　　例如：雌斯兒爾是徙師獅資姿咨瓷餈私詩茲滋慈磁司思使史駛治事氣，謝標[-i]沈就標[-u（泉）]、謝標[-u]沈就標[-i（泉）]。

第三節　之／止／志

之（開）					
	例字	彙音妙悟	臺灣泉州腔	彙集雅俗通	彙音寶鑑	備註
唇音						
舌音	痴	[ti1]		[ts'i1]	[ts'i1]	古之部
	持	[ts'i5]		[ti5]	[ti5]	古之部
牙音	基	[ki1]		[ki1]	[ki1]	古之部
	欺	[k'i1]		[k'i1]	[k'i1]	古之部
	其棋旗	[ki5]		[ki5]	[ki5]	古之部
	期	[ki1]		[ki1] [ki5]	[ki1] [ki5]	古之部
	疑	[gi5]		[gi5]	[gi5]	古之部
齒2	輜	--		[tsu1]	[tsu1]	古之部
齒3	之芝	[tsi1]		[tsi1]	[tsi1]	古之部
	嗤	[ts'i1]		[ts'i1]	[ts'i1]	古之部
	詩	[si1]		[si1]	[si1]	古之部
	時鰣	[si5]		[si5]	[si5]	古之部
齒4	茲滋	[tsɯ1]	[tsɯ1*]	[tsu1]	[tsu1]	古之部
	慈磁〔註14〕	[tsɯ5]	[tsɯ5*]	[tsu5]	[tsu5]	古之部
	司思	[sɯ1]	[sɯ1*]	[su1]	[su1]	古之部
	絲	[sɯ1]		[si1]	[si1]	古之部
	辭詞祠	[sɯ5]	[sɯ5*]	[su5] "辭"[si5]	[su5] "辭"[si5]	古之部
喉音	嬉熙	[hi1]		[hi1]	[hi1]	古之部
	醫	[i1]		[i1]	[i1]	古脂部
	飴	[i5]		[i5]	[i5]	古之部
舌齒	釐狸	[li5]		[li5]	[li5]	古之部
	兒	[ji5]		[ji5]	[ji5]	古支部

==

滋味：ツヌ1 ビイ7（P372）　　　　慈悲：ツヌ5 ピイ1（P372）

〔註14〕黃「磁」[tsɯ1]，「磁」又[hui5]。

司徒：スウ1 トオ5（P778）　　思慕：スウ1 ボオ7（P779）

辭典：スウ5 チエヌ2（P777）　　祝詞：チオク4 スウ5（P188）

祠堂：スウ5 ツン○5（P777）

==

止（開）						
	例字	彙音妙悟	臺灣泉州腔	彙集雅俗通	彙音寶鑑	備註
唇音						
舌音	恥	[t'i2]		[t'i2]	[t'i2]	古之部
	痔	[ti6]		[ti7]	[ti7]	古之部
	你	[li2 / jĩ2]		[lĩ2]	[li2 / lĩ2]	古之部
牙音	己紀	[ki2]		[ki2]	[ki2]	古之部
	起	[k'i2]		[k'i2]	[k'i2]	古之部
	杞	[k'i2 / ki2]		[ki2]	[ki2]	古之部
	擬	[gi2]		[gi2]	[gi2]	古之部
齒2	滓	[tsɯ2]		[tsai2]	[tsai2]	古之部
	士仕俟	[sɯ6]	[sɯ7*]	[su7]	[su7]士又[si7]	古之部
	柿	[ki6]		[ki7]	[ki7]	古之部
	使	[sɯ2 / sai2]	[sɯ2*]	[su2 / sai2]	[su2 / sai2]	古之部
	史駛	[sɯ2]	[sɯ2*]	[su2]	[su2 / sai2]	古之部
齒3	止趾址	[tsi2]		[tsi2]	[tsi2]	古之部
	齒	[ts'i2 / k'i2]		[ts'i2 / k'i2]	[ts'i2 / k'i2]	古之部
	始	[si2]		[si2]	[si2]	古之部
	市	[ts'i6]		[ts'i7]	[ts'i7]	古之部
	恃	[si3]		[si7]	[si7]	古之部
齒4	子	[tsɯ2 / kiã2]	[tsɯ2*]	[tsu2 / kiã2]	[tsu2 / tsi2 / kiã2]	古之部
	梓	[tsɯ2]		[tsu2]	[tsu2]	古之部
	似祀	[sɯ6]	[sɯ7*]	[su7 / sai7]	[su7 / sai7]	古之部
	巳		[sɯ7*]		[tsi7]	古之部
喉音	喜蟢	喜[hi2]		[hi2]	[hi2]	古之部
	矣	[i2]		[i3]	[i3]	古之部
	已	[i2]		[i2]	[i2]	古之部
	以	[i2 / i6]		[i2]	[i2]	古之部
舌齒	李里裏理鯉	[li2]		[li2]無"鯉"	[li2]	古之部
	耳	[hi6 / jĩ2]		[ji2 / hi7]	[ji2 / hi7 / hĩ7]	古之部

==

士仕俟祀巳：スゥ7（P775） 　　　設使：シエツ4 スゥ2（P683）

史略：スゥ2 リオク8（P779）　　　子：ツゥ2（P369）

==

志（開）						
	例字	彙音妙悟	臺灣泉州腔	彙集雅俗通	彙音寶鑑	備註
唇音						
舌音	置	[ti7]		[ti3]	[ti3]	古職部
	治	[ti6]		[ti7]	[ti7]	古之部
牙音	記	[ki2]		[ki3]	[ki3]	古之部
	忌	[ki7 / k'i7]		[ki7]	[ki7]	古之部
齒2	廁	[ts'e7]		[ts'e3]	[ts'e3]	古職部
	事	[sɯ7 / sai7]	[sɯ6]	[su7]	[su7 / sai7]	古之部
齒3	志誌痣〔註15〕	[tsi3]無「誌」		[tsi3]	[tsi3]	古之部
	試	[si7]		[si3 / ts'i3]	[si3 / ts'i3]	古職部
	侍	[si7]		[si7]	[si7]	古之部
齒4	字	[tsɯ3]	[tsɯ3]	[ji7]	[ju7 / ji7]	古之部
	牸				[ju7]	古之部
	伺思		伺[sɯ7*]	思[su3]	伺[su7]	古之部
	寺嗣	[si7]	嗣[sɯ7*]	[si7]	寺[si7]嗣[su7]	古之部
	飼	[sɯ7 / ts'i7]		[su7 / ts'i7]	[su7 / ts'i7]	古之部
喉音	意	[i3]		[i3]	[i3]	古職部
	異	[i7]		[i7 / ĩ7]	[i7 / ĩ7]	古之部
舌齒	吏	[li7]		[li7]	[li7]	古之部
	餌	[ji7]		[ji7]	[ji7]	古之部

==

伺候：スゥ7 ヒヲ7（P778）　　　嗣子：スゥ7 ツゥ2（P777）

==

泉州		台泉 1907		台泉 2008	漳州		台漳
[ɯ]莊精系開	→	[ɯ]	→	[ɯ]	莊章：[i]	→	[i]
					精：[u]	→	[u]
[i]開口	→	[i]	→	[i]	[i]	→	[i]
[ui]合口	→	[ui]	→	[ui]	[ui]	→	[ui]

〔註15〕 「痣」又[ki3]，黃「痣」在濁去。

　　台灣泉腔和原鄉比較，出現較漳腔爲多的差異。從小川尚義記錄到的語料看，至少糜→[mai5]、奇→[k'a1]、騎→[k'a5]已脫出《彙音妙悟》的音讀，而且都出現在最常用的白讀音，更可看出文讀的相對穩固。

　　漳腔部份，也是出現在最常說的糜：[buẽ5]→[boaĩ5 / buaĩ5]，台灣閩南語的音讀有可能因爲語言的頻繁接觸而開始質變。以糜來看，從[ẽ]到[aĩ]（註16）已形成一個新的趨勢：這樣的情況值得從事方言研究的人注意。

　　《彙音妙悟》：[bi5 / bə5]

　　《泉州市志・方言志》：[bə5 / bãi1]

　　《彙集雅俗通十五音》：[bi5 / buẽ5]

　　《台日大辭典》：[be5//bue5 / muai5 / mue5（漳）//mai5（泉）bə5（同）]

　　董忠司：[mi1 / bue5 / mue5]

　　《漳州市志・方言志》：[bi5 / bue5 / bãi5]

　　姚榮松：[mue5 / be5 / muai5 / 鹿港偏泉腔、三峽偏泉腔 bə5 / 台北偏泉腔 be5 / 宜蘭偏漳腔 mue5 / 台南偏漳腔、高雄通行腔 muai5 / 替字音 mi1]

第四節　微／尾／未

微（開）						
	例字	彙音妙悟	臺灣泉州腔	彙集雅俗通	彙音寶鑑	備註
唇音						
舌音						
牙音	幾機譏饑	[ki1]		[ki1]	[ki1]	古脂（陳微）
	祈	[ki5]		[ki5]	[ki5]	古微部
	沂	[ki5]		[ki5]	[ki5]	古微部
齒2						
齒3						
齒4						
喉音	希稀	[hi1]		[hi1]	[hi1]	古微部
	衣依	[i1]		[i1]	[i1]	古微部
舌齒						

（註16）這個鼻音也可記成鼻化輔音加元音，例如：[bãi]=[mai]、[buẽ]=[mue]。

微（合）

	例字	彙音妙悟	臺灣泉州腔	彙集雅俗通	彙音寶鑑	備註
唇音	非	[hui1]		[hui1]	[hui1]	古微部
	飛	[hui1 / pə1]	[pə1]	[hui1]	[hui1 / pue1]	古微部
	妃	[hui1]		[hui1]	[hui1]	古微部
	肥	[pui5]		[hui5 / pui5]	[hui5 / pui5]	古微部
	微	[bi5]		[bi5]	[bi5]	古微部
舌音						
牙音	歸	[kui1]		[kui1]	[kui1]	古微部
齒2						
齒3						
齒4						
喉音	揮輝徽	[hui1]		[hui1]	[hui1]揮又[huĩ1]	古微部
	威	[ui1]		[ui1]	[ui1 / uĩ1]	古微部
	違圍	[ui5]		[ui5]	[ui5]	古微部
舌齒						

尾（開）

	例字	彙音妙悟	臺灣泉州腔	彙集雅俗通	彙音寶鑑	備註
唇音						
舌音						
牙音	幾			[ki2]	[ki2]	古微部
	豈	[k'i2]		[k'i2]	[k'i2]	古微部
齒2						
齒3						
齒4						
喉音						
舌齒						

尾（合）

	例字	彙音妙悟	臺灣泉州腔	彙集雅俗通	彙音寶鑑	備註
唇音	匪榧	[hui2]無"榧"		[hui2]無"榧"	[hui2]	古微部
	尾	[bə2 / hui2]	[bə2]	[bi2 / bue2]	[bi2 / bue2]	古微部
舌音						
牙音	鬼	[kui2]		[kui2]	[kui2]	古微部
齒2						
齒3						

	例字	彙音妙悟	臺灣泉州腔	彙集雅俗通	彙音寶鑑	備註
齒4						
喉音	偉葦	[ui2]		[ui2]	[ui2]	古微部
舌齒						

未（開）						
	例字	彙音妙悟	臺灣泉州腔	彙集雅俗通	彙音寶鑑	備註
唇音						
舌音						
牙音	既 氣 毅	[ki7] [k'i7] [gi7]		[ki3] [k'i3 / k'ui3] [gi7]	[ki3] [k'i3 / k'ui3] [gi7 / ge7]	古物部 古物部 古物部
齒2						
齒3						
齒4						
喉音						
舌齒						

未（合）						
	例字	彙音妙悟	臺灣泉州腔	彙集雅俗通	彙音寶鑑	備註
唇音	痱 費 翡 未 味	[pui3] [hui2] [bi7 / bə3] [bi7]	 [bə7] 	[pui3] [hui3 / pi3] [hui2] [bi7 / bue7] [bi7]	[pui3] [hui3 / pi3] [hui2] [bi7 / bue7] [bi7]	古物部 古物部 古微部 古物部 古物部
舌音						
牙音	貴 魏	[kui3] [虒ui7]		[kui3] [虒ui7]	[kui3] [虒ui7]	古物部 古微部
齒2						
齒3						
齒4						
喉音	諱 畏慰 緯 胃謂蝟 彙	 [ui7] [hui3] [ui7]胃又[ui6] [lui3]		[hui3] [ui3] [hui7] [ui7] [lui7]	[hui3] [ui3 / uĩ3] [ui7] [ui7] [lui7]	古微部 古微部 古微部 古物部 古物部
舌齒						

泉州		台泉 1907		台泉 2008	漳州		台漳
[ə]飛尾未	→	[ə]	→	[ə]	[ue]	→	[ue]
[i]開口	→	[i]	→	[i]	[i]	→	[i]
[ui]合口	→	[ui]	→	[ui]	[ui]	→	[ui]

　　不談清濁調類，漳泉兩腔【止攝】開口部分，除齒 2、齒 4 外，在唇舌牙喉等部份有極高的一致性，合口部分的差異則相對的小很多。但是不管漳泉台「微尾未味」文讀音都有[i]的開口讀法。

　　不管開合，當泉音配上[-ə]時，漳音多配[-ue]。而且這麼多的字只來自上古的兩（三）類：皮糜被髓吹炊來自上古歌部、飛尾來自上古微部、未來自上古物部。歌部一般擬音認知多是位置比較低的前開元音，微王力擬[miəi]潘悟雲擬[mɯl]，[ə / ɯ]都屬於比較偏中間的元音。

　　這些音如果從泉[-ə]→漳[-ue]→廈[-e]的語音變化看，恰可看到元音高化的影響。鄭張尚芳 2002 年〈漢語及其親屬語言語音演變中的母音大推移〉一文提到低元音[-a]中古有向上推移的活動，[-a]再向上推會到[-ə]（泉），鄭張的考證宋以後已到[-u]，到了《蒙古字韻》那些字又跑到[-ue]（漳）。至於廈門音讀[-e]不必是漳廈開合對調，而是同安腔的[-ə]向前跑。

　　[-ə]向前跑有兩個位置，一個是較低較開的[-ɛ]，一個是較高較閉合的[-e]。廈門往較高的[-e]（漳州現在仍有[-ɛ]），羅常培在《廈門音系》中為《彙集雅俗通十五音》的字母做擬音時，他選擇了[-e]應是當時的廈門語音現實，所以擬了兩個[-e]（嘉稽）後遇到第三個（伽）他選擇放棄[註 17]。

〔註17〕近來也有學者認為閩南沒有 50 個韻母，是當時的韻書編纂者為了完美湊出來的。例如「糜」全韻 4 個字只配「門」，如果把門[m-]配上檜也可得到一樣音。同樣的，「交噭」兩個鼻化複元音也只配「柳門語」。如果「柳門語」採鼻化輔音互補讀法，至少這 3 個字母音就省了。但是「柳門語」採互補法的黃謙雖然把「交」等放在「郊」字母，但是又造了「貓嘹」兩字母，其中「貓」只收「貓鳥」，「嘹」更是全韻無字——跑到「郊」字母了。所以 15 音要不要含鼻化輔音互補讀法變 18 音，或不採互補讀法，恐怕見仁見智，但 50 字母是否全部必要？恐怕不乏點綴湊數成分吧。

第五節　小　結

閩南地區山水阻隔，各區的接觸頻或乏和地形有極大關係。晉江下游的泉州三邑（南安、惠安、晉江）彼此交通方便，和安溪也能靠晉江西溪聯絡〔註18〕。同屬泉州府的同安和漳州溝通無礙，反而和泉州山川阻隔，因此在語言上同安的調類已靠向漳州，平常也和漳州相善，所以1853年的台北萬華頂下郊拼三邑人會借道安溪人的地盤攻打同安人。

閩南語雖分漳泉，語言上溝通無礙。兩者除調類調值及詞彙略有差異外，由於都是使用十五音，聲母方面差異不大〔註19〕，韻類部分才是彼此差異的主要元素。把資料限定為【止攝】來看，漳泉腔在韻類部分，相同的地方在於均保留了三等韻的特點──細音。以方言字表所收錄的359個字226個音節來說，泉州音漳州音保留細音的開合口音節大約有200個〔註20〕，佔全攝98%。

泉州音的主要特色在佔2%的莊系齒2及精系齒4音讀，反應的是莊精合流。從上古韻部看，來自支部（雌／疵／斯廝撕／紫／此）、脂部（師／資姿咨／餈／私／姊／死／次）、之部（茲滋／慈磁／司絲思／辭詞祠／滓／士仕俟／使史駛／子梓／似祀巳／事／字牸／伺思／嗣飼）及少數質部（自／四肆）、歌部（差徙）、錫部（刺賜），這些上古不同的韻部，在止攝因為莊精合流匯為一爐（[ɯ]）了。

泉州音另有一項重要音讀[ə]，這些讀[ə]的音韻都是白讀音，字主要來自上古歌部（皮吹炊被髓）、上古微部（飛尾）、上古物部（未）及上古脂部（糜），這些字除了央元音外也都有另一個細音文讀音，所以歸類在98%裡頭。

當上古歌部的字因為歸併分合跑到止攝來時，大都落腳在「支紙寘」，這些上古歌部字來到止攝後，會因不同發音部位聲母的結合，在泉州白讀音留下不同的韻類：唇音開（皮被）、齒3合（吹炊）、齒4合（髓）等讀[ə]；牙音開（奇騎徛蟻寄）白讀音[ia]；齒4開（徙）白讀音[ua]；齒4開（璽）白讀音[u]。

〔註18〕南安、晉江、惠安及安溪現在均隸屬泉州市（地級市）。

〔註19〕廈門腔的入母已快速消失中，台北偏泉腔（個人認為偏廈）入已讀為柳。

〔註20〕不讀細音的指泉州腔讀[ɯ]漳州腔讀[u]，如果除上述讀音外，漳或泉還保有細音的以細音計，但是是方言字表中，該音節若有同音字不讀細音就擯除在細音之外，例如「子梓」音節，雖然「子」可讀細音，但是「梓」漳泉都沒細音讀法，本音節不計入細音。

　　台灣俗諺：「鹿港施一半」，三百多年前眾多的晉江施姓居民（多施琅族裔）移居到鹿港一帶。晉江音現在已失去濁上調、央元音[ə]及展唇後高元音[ɯ]。這些失落的調和韻卻在三百年前由晉江移民帶到鹿港保存至今〔註21〕，正所謂「禮失求諸野」。《彙音妙悟》的時代晉江有沒有央元音[ə]及展唇後高元音[ɯ]？至少《彙音妙悟》前一百多年的大移民時代肯定是有的，保存的力量就是來自「鹿港施一半」。

　　漳州音的主要特色在莊系齒2及章系齒3合流讀細音[-i]，反應的是中唐以後的莊章合流、讀[-u]的字則多在精系齒4字。泉州音讀[ə]的上古歌部字漳州音都讀[ue]；牙音開（奇騎徛蟻寄）白讀音（ia）、齒4開（徙）白讀音[ua]和泉州同。

　　泉州音漂洋過海到台灣的年代比《彙音妙悟》早了一百多年，三百多年來，莊精二系的[ɯ]也經歷了重大變化。在1907年小川尚義調查以前，「雌疵徙刺資齋私姊滓」等9個音節的[ɯ]已消失了；到了2008年姚榮松編《臺灣閩南語常用詞辭典》的調查，「差紫此賜死茲慈司辭士使伺嗣」這13個音節的[ɯ]也消失了。這些音節的[ɯ]音讀消失，代表著台灣語言正不斷的在進行融合演化，也許有一天，台灣泉腔的[ɯ]也會像現代晉江語一樣全部消失。但相對的，漳州音從《彙集俗雅通十五音》的兩百年前始，到現在「止攝」還是居於穩定的狀態。茲把整個「止攝」漳泉腔演變情形歸納如下：

泉州		台泉 1907		台泉 2008		漳州		台漳
[ɯ]莊精系開	→	少 9 / 35	→	再少 13 / 35（剩 1 / 3）		莊：[i]	→	[i]
						精：[u]	→	[u]
[ə]歌脂微部	→	[ə]	→	[ə]		[ue]	→	[ue]
[ia]歌部	→	[ia / a]	→	[ia / a]		[ia]	→	[ia]
[ai]脂部	→	[ai]	→	[ai]		[ai]	→	[ai]
[i]開口	→	[i]	→	[i]		[i]	→	[i]
[ui]合口	→	[ui]	→	[ui]		[ui]	→	[ui]
[ua]紙徙倚	→	[ua]	→	[ua]		[ua]	→	[ua]

〔註21〕語料見姚榮松《臺灣閩南語常用詞辭典》方音差。

第六章　結　論

一、研究的發現

　　語言不是靜止的，會透過接觸改變。對於偏隅東南的福建而言，也免不了因為移民、征伐等接觸而改變。所以我們不能如論者說閩南語是唐代的語言、不能說閩南語是中原的語言。但是凡走過必留下痕迹，我們還是可以從過去遺留下來的有限的一些現象向上推論，做為尋根的依據。

　　從泉州語系的發展歷史及上聲清濁分明，我們可以大膽推論他的語言層除了閩地原有及吳語接觸外，至少她的聲調是隋唐以前留下，接著又歷經晚唐以後的支脂之合流，所以【止攝】已成為很典型的三等韻，合口音以[-ui]為主而開口音則以[-i]為主。

　　但是在齒音的部分，當大多數的漢語經由《切韻》「莊章精分流」〔註1〕時，泉州音系卻是「莊精合流」、「莊章有別」，所以有閩南語工作者不承認精系的「ㄐ、ㄑ、ㄒ」，認為就是莊系的聲母加上[-i]。因此兩者成了一個只能接[-u]另一個只能接[-i]、[-y]的對立現象。但是閩南語因為沒有這樣的對立音位，所以演化成泉州音在【止攝】中，莊系和精系的開口音多接合口的[-ɯ]，也形成了泉州音的特色。

　　漳州音方面，明確的「濁上歸去」現象，讓我們可以斷定至少在晚唐以後

　　〔註1〕現代普通話莊系多演化為[ㄓㄔㄙ]、章系多[ㄓㄔㄕ]、精系多[ㄐㄑㄒ]。

漳州語曾經歷一次重大改變。是不是王潮、王審之兄弟建閩國帶來的影響很難找到佐證，因為王潮兄弟是從福州泉州一路南下，不可能漳州音受影響泉州音可以不受影響，除非漳州在當時成了移民性格，移民性格總是較多變也較容易改變。

聲、調的影響不只一攝而是全面的，所以談整個【止攝】音節的演化，要著重的是韻的部分，這點漳泉的步調其實是一致的。齒音莊系和精系開口音漳州多接[u]，元音[u]和[ɯ]都是屬於後高元音，發音位置一樣，但是[u]的圓唇化較好發音，所以漳州人選擇慢慢的把嘴唇放鬆，就成了圓唇的[u]。同樣的情況也發生在台灣北部的偏泉腔。在台灣，除了以鹿港為中心向外輻射的幾個鄉鎮外，距離這個中心點愈遠的約束力愈小，也同樣放鬆嘴唇到往後到[u]或往前到[i]了。姚榮松《臺灣閩南語常用詞辭典》中的方音差，其中的台北偏泉腔正是最好的佐證。

在說話音方面，摘台灣閩南語韻書銷售桂冠的《彙音寶鑑》因為強烈的繼承性，使得《彙音寶鑑》除了後出轉精外，離不開《彙集雅俗通十五音》的框架。所以如果單從【止攝】音節看，台灣偏漳腔的閩南語和謝秀嵐《彙集雅俗通十五音》描述的漳州音差異並不大。由於[ɯ]元音的流失，【止攝】音節中，反倒是台灣偏泉腔和《彙音妙悟》差異較大。加上台灣偏泉腔聲調向漳州腔靠攏，所以止攝部分如果以台灣閩南語和原鄉的漳泉音比較，台灣偏漳腔和漳州腔至少還90%以上的相似度，偏泉腔和泉州腔的相似度可能不及60%了。

二、未來的展望

審視了漳泉現代方言點的音腔，包括泉系的泉州、南安、晉江及同安，漳系的漳州、漳浦，發現到《彙音妙悟》和《彙集雅俗通十五音》所代表的音腔都還有值得探討的空間。如果以「我寫我口」的角度來看兩本韻書，能流傳兩百年成為兩腔韻書最主要的代表，一定有她獨到的地方。

所以如果有足夠的證據證明晉江音和泉州音一樣，原來也都具有「居科」韻，那麼從《彙音妙悟》上去清濁的紊亂就可推定是晉江腔韻書，黃謙就不必背負「擾亂泉州音系」的原罪。

《彙集雅俗通十五音》到底是漳州音腔或漳浦音腔，最後的解決辦法還是只能在沒有「出歸時」、元音數量以及元音限制來界定了。

附　錄
【止攝】音節在漳泉台閩南語中的歸納

　　本表以南部偏漳腔為基幹所做的同音字表，泉腔去聲不分陰陽，故把陰去全歸入陽去。陽去部分若是來自「濁上歸去」者，泉腔一律回歸陽上，故陽去分兩列，一列是原濁上音，泉腔標陽上（姚榮松的方音差語料中鹿港仍保有陽上）；一列濁去音兩腔相同。但是兩者的調值並不相同，所以不能以單一調值來讀，而是漳泉可以各以其調值各自表述。

　　漳泉調值參考如下：

	陰　調				陽　調			
	陰平君	陰上滾	陰去棍	陰入骨	陽平群	陽上滾／近〔註1〕	陽去郡	陽入滑
泉州調	33	554	41	5t	24	22	41	24t
漳州調	44	53	21	32t	13	53	22	121t
台灣調	55	53	21	3t	12	53	33	5t

※台灣北部通行腔陰平 44 陰去 31 陰入 2t，陽平 13 陽去 22 陽入 3t，和南部調值略別。（入聲加 t 以資區別）

〔註 1〕近柱是座抱厚杜父：泉州發陽上音。

凡　例

※下表中灰色字是小韻，後頭是同韻字

※本表所列音讀是以讀音和《廣韻》關係較密切的文讀音爲標的

※泉腔去聲不分陰陽，本表以陽去代表之

※台灣調屬陽去的分兩列，來自濁上的標泉調陽上，陽去的兩腔相同

音節	腔口特色	歸　　字
li5		離籬驪鸝縭褵离漓㒿酈羅孋醨罹璃儷黸樆鴛鵹蘺麗麗欐蠡褵灘蠡熽蠡攡藜曬穲戀讕劙棃梨藜犂蜊刕剺秜嫠鑗鑗嫠䅘鄒釐貍狸氂嫠氂嫠桵犛髬氂倈鯉耗犛犛氂瘽箈蔾厤
li2		邐剓炎履你㸚里裏鯉李理娌俚悝瘷郰
li7		詈荔琍離癧籬利涖苙痢悷秜颲覼吏慭
ni5		尼呢怩柅蚭跜馜狔
ni2		柅妮
pi1		陂碑詖羆麾鑣攡鑒籠襬鼙卑裨椑痺鵯箪鞞頯淠鎞椑卑裨椑痺鵯箪鞞頯淠鎞椑悲
pi5		陴訛入脾郫埤韓焷羹裨蜱蟲厤廬椑麰紕紕吡琵貔蚍枇鵝比楂苉汃犯牌肶鼙仳鈚魤鈚甀毘阰蚝
pi2		彼佊柀牌儷徣俾髀鞞箪纍峥薜埤摛匕妣比秕祇沘杜髀枇疕牝鄙啚痞妭
pi3	泉 pi7	賁佊詖陂陂跛龍臂帔襬祕（秘）毖轡泌酃閟泌秘聢鈚邲鈚費柴粜娑庳庇畀比祇薜
pi7	泉 pi6	婢庳
pi7		避髲被靸彼旇斃備俻奰蟲糒紴苃膘莆葡蠭犕輫輢犕彌牖鼻苉比祇枇瘭坒襅頧膟
ki1		羇畸羈奇土解掎敧猗妓敧飢肌机蚘姬萁基箕其居錤萁笸綦諆機譏磯饑機幾機機幾刉虋嘰簑虋蟣趬鐖期綦綨幾幾
ki5		奇奇琦騎攲錡鵸弓魃敕碕岐榖軝芪秖碕亝示祇歧郊駓疧蚑低赾菠軝汥踑疧蚑趐伎敳耆薈祁愭覿睹稽鐯鰭鮨其旗其基琪麒騏淇萁榛碁祺禔期綦幕祺鵋錤綦璂瑂鯕軝跠艖麒畀麒亓祈頎旂碕幾幾崎巑機圻刉饑謄俟蚚獬蟣圻鱶
ki2		踦掎敧庋剞楮猗几庿庪虮机邔犰眉碳紀己改皀蟢幾機蟣枳
ki3	泉 ki7	寄觭埼

ki7	泉 ki6	技妓徛伎錡崎
ki7		芰騎魓輢賝峚汥詖跽曁洎息驚垍壓濜忌鼻邞綮鷩鴶隷記簊杞幘恳慧醶幾
ki'1		骹崎埼觭猗踦埼碕猗犄敧欺顋儯傲扠娸頍麒魖鶈萁
ki'2		綺犄䧚碕趌倚觭企跂起杞屺玘芑邔荳荳
ki'3	泉 ki'7	企忮跂这蚑吱器棄弃絬屑螯盓唭罊氣汽气吃盓
ki'7	泉 ki'6	悸俟猴癢瘁
ti1		知鼅鼃蜘餔賀胝疷氐秪
ti5		馳趍池簁跮袳氎褫跎齝謻傂趍墀埘遲遟泜蚔荎蓨諱莉胝坻岻低阺治持莉
ti2		掋黹諦徵掋箷夂鼓掋
ti3	泉 ti7	智督澘致憓寘躓輊掋懥擿躓質鷙熱暍砠駤置媞
ti7	泉 ti6	雉薙漦峙痔庤秲峙時涛跱俖
ti7		緻稚稺治遲緯鯔俤搋諱輊緻值植揸畟治
p'i1		鈹披狓秛帔鮍畞秛狓旇殍岥不秠伾秠駊§§頍伾額豾髬魾鈇荓紕忮維荓悻悱
p'i5		皮疲郫羆椑糒邳悲鵧坯魾額鈇
p'i2		柀紴披仳吡諀庀疕訛譬疕敃秠嵔
p'i3	泉 p'i7	帔柀譬鸊渒濞膜嚊癖濞屁嬄
p'i7	泉 p'i6	被罷否痞圮仳殍帔敗
t'i1		摛螭誺魑黐熻离崀鼜絺郗鴟筂肺瓻訹
t'i2		褫䌨恥础褫
tsu1	泉 tsu1	齜貲頿鶿眥鄑蠀眥紫旹媥邔齜鎡娸蚩觜劑紫萇騰熓燦咨資齎粢粢齎禠諮姿濱次薑藾顡賫茨薺薺飺瓷餈坌積齎濱絧軰髊蕾（蕾）淄鎦緇紒甾薔鷀苴輜鵵榴鯔稲鄑兹（茲）孳孜滋鎡孖嵫嗞黬鼒鰦仔鷀毿
tsu5	泉 tsu5	慈兹（茲）礠鷀（鷥）濨
tsu2	泉 tsu2	批趾紫眥茈皆訿趾眥泚批姊秭滓第宋胏莘子仔梓芓好籽秄杍
tsu3	泉 tsu7	裘麫積欪積蹟恣欨裁剚事榴（樀）倳鷀漬殨眥蹟芓皆髊觓自嫉恣欨裁剚事榴（樀）倳鷀

tsu7	泉 tsɯ7	字孳孖牸学芓漬殰觜羵訾眥髊骴自嫉
tsi1		支汥巵梔枝肢胑禔紋只廷衹疷衼躰馶氏疻豉鳷雉觶榰藠鷙螲眵軙輸脂祗泜砥楮鴲湝疻薙溢之芝㞢銍厔觜忥纁㜸椞
tsi2		紙只枳咫抵汦砥帋坻軹坻泜抧恀稹鴃旨指䐈砥恉祁厎茋跡止沚阯址阯芷茝畤洔厎
tsi3		寘忮敍觶詖伿嵮伎至懥鷙摯贄礩鏊鴲鷙鞊軽帮婺志恙痣誌織識娡
tsi7	泉 tsi6	瑒甜舐犾
dzi2	泉 li2	爾尒（尔）邇迩洱駬緝
dzi5	泉 li5	兒唲皃婼而栭臑胹烦耏檽隭陾陑髵峏轜輀鬴洏鮞咡㶊誀鳾
dzi7	泉 li7	二弍貳樲髶餌珥峏咡刵鬻毦佴誀洱聏娸胹酾眲聕
su1	泉 sɯ1	斯㒋虒螔榹滤傂凘磃㡪傂謕鼶鷉蜇蟴螔鷈纚蘄菥磃蜇燍禠鐁師獅篩螄鰤葹私鍶（鐁）䔲玈厶思司罳伺偲絲蕬恖緦篾禗覗獅眮楒
su5	泉 sɯ5	茬茬（茌）詞詞祠辭辤辞柌絧
su2	泉 sɯ2	躧屣灑曬纚縰躧韆釃鞿簁徙璽佡壐㜷死史使駛䮞
su3	泉 sɯ7	賜凘虒澌傷杫四三兕肆柶泗隸駟牭髶隸緆肆蕼殔駛使洓貄䮞鶳寈笥伺思覗
su7	泉 sɯ6	士仕柹（柹）巵戺俟竢涘騃扅糇俟似佀祀姒汜洍攺禩禩巳耜耙洍鈶麀兕家兕光䄟薙矣
su7	泉 sɯ7	事餕
si1		釃籭簁欐欐蠝褷纚施葹䋿絁䚖鍦鉈鸍鼉螫攱尸鳲屍蓍詩邿齝齝呞眣眹
si5		提匙堤趧啻箟堤禔忯㚤眡杫鯷㮛禜時峕塒蒔鰣鬄榯
si2		弛豕阤矢矢菌屎始枲葸萆偲箟諰㞗
si3		屍詄試傃絉幟
si7	泉 si6	是氏㹮媞諟恀徥禔㚤跃視眡眎
si7		豉枝㔭鯷虒鍉示眎眊謚謚視嗜餚醋眎眡侍蒔秲寺嗣孠飤飼
i1		漪猗禕欹旖椅陭痾犄灦檹伊咿黝蛜黟醫譩噫毉瘱唉依衣譩戽郼㰣陈悠

i5		移迻箷屐迤（迆）酏匜虵秕灰柂銘羠榹慔訑簃蒩燲袘竾豩移歋扅誃迻蛇蟣儀欥皼姨彜夷崺悷痍黃楎胰珆寅眱橠黃叾陦眱鰊羠羨鎮徲鶼屓跠洟惟維灘唯遺壝矑矚瞶誰琟蠵飴怡圯貽頤詒眙龕飴豛嫛异甌椔鎮肔洰匜醤珇沶宧脓鮧姬台瓵
i2		倚椅猗旑輢酏迆匜袘拖肔肔施㦸嫷欹譩醷辰饗悠庡儾侇以已苢苡已佁攺
i3	泉 i7	懿饐歐擪壒鷧氥意鷾氥黳
i7	泉 i6	矣薏
i7		易肔傷毅佀屣肂勘隶㣈庡希絼肔異异已食潩冀廙
bi5		糜糜䕆醾（醿）黌黀糵麛麿眉沓湄楣麛虋郿薇嵋瀰鶥瑂瞇䁑薇黴溦麢微薇敳溦薇鑛癍瞇
bi2		靡躤麻骳麿㠌䕆弭濔灖半敉侎蒴蚎闡怋美燘犘渼媄
bi7		郿媚魅嚜髱簢蝐繿媚娓寐媚未味菋沫頖糜鮇峹
gi5		宜辺儀轙娸議鄩鶃涯崖狋疑嶷觺沂澄
gi2	泉 gi6	螘蟻礒錡蛾齮犧檥虃輢羛敲擬儗嶷宑誽礙顗螘
gi7		議誼義堄蟻酨齻儗嶷鷐家誽毅縠頾忍�鷍鷐簸
tsi'1		眵繬鴟雌鶅脄觜諸迕癡笘痴鮐蚩嗤媸訾妜瞽矔
tsi2		佁哆姼妳銘誃庨庬坄瀯烀袳蒙象佹歂歂刴齜紕
tsi3	泉 ts7	劙翅祓狋畲跂屣施駃鏉蠐婎劙�痓熾幟饎穛哆鯽戠埴尿壿杲誄訵纇跱欶眙佁魅誄
tsi7	泉 ts6	市恃時
hi1		犧羲義灕曦盧焌桸幟戲攡蟻舭獻嘻歔壒隵訑焌咦忔脿尿屎忔脿尿僖熙嬉禧熹欥歔嫛譆弊瞺焕嘻娭誒希晞稀俙欷悕蒿鶆睎豨趆桸烯浠
hi2		穤喜憙螶豨飝俙鵗唏
hi3		戲嚱肂吤厒呬揎霼憙嬉欥墍憘餼憘摡懘飝唏氣鎎燨㷉盥獇驍鱀忥
lui5		濐絫藟櫐（樏）縲（縲）轠巕巕（嫘）璀曙鸓儽陾蒫欙貊
lui2		蘃蕊狫縈疊誄矗雌狔櫐藟濐絫轠鸓耒讄獷蕊狔縈
lui7	泉 lui6	累絫樏繠厽壘
lui7		累類淚顡攦璀鬠壘纝肆

pui3		沸疿芇祓茀誹鯡辈鸑誁跡
kui1		睽規睽槻槻鬹雉摫嬀嬀溈闚闚窺龜鼅瞡（瞡）跻蜿騩歸婦騩
kui5		葵郑楑鯸悷揆鶟蝰逵夔馗頄聂戣鍨騤櫰睽躨尣跻傒頯僪矡尖
kui2		詭歧枝垝郈陒銳觤恑蛫祪庪庋洈螐鵤姽桅佹癸湀鬼軌晷厬潚宄 媿愧瑰謉騩晲餽蜿頍氿匭簋朹匭頯術
kui3		瞡賜垝攱歧庪季瞡貴瞶僪
kui7	泉 kui6	跪郈揆楑悷嫢湀
kui7		匱蕢（虫）饋餽櫃簣臾繢樻鞼䫥
k'ui1		虧歸蘬矡
k'ui2		跪尯歸蘬
k'ui3		觖喟喟禬樻嘳髖鬢腃旇韋槼褽
tui1		追䨨娺
tui5		髫鍾甀鎚椎槌梠頧
tui3	泉 tui7	娷諈轛
tui7		縋膇硾腄槌鍾甀墜懟鎚
tsui1		騅錐隹騅靡騅雈鵻萑嵟檇嗺
tsui2		捶箠林𪉖騅觜柴澤嘬臎嗺
tsui3		惴睡腨醉檇
tsui7	泉 tsui6	惢靠
tsui7		萃瘁顇悴崪穙
dzui5		痿颾蕤甤緌捼桵桵挼
dzui2		蘂惢甤䋹
dzui7		枘
sui1		綏雖荽睢濉
sui5		誰脽誰
sui2		水
sui3		稜瀡瘀㳈邃粹祟檖誶晬敹睟譢

sui7	泉 sui6	菫嫢獝
sui7		睡瑞桵雞遂彗�隧燧毸豕璲穗旞遂轊鐆鐩薚彗緣采篲韢（轊）檖隧檖檖
ui1		威葳蝛喊崴鹹媁槭
ui5		帷幃圍韋闈違潿口襢褘鍏潿婔寠寠鞼
ui2		委骫骫蝛羥硊崣䳲煒偉瑋葦韗暐椲颹媁愇鍏撞
ui3		餧蔢羥矮衣尉尉熨慰畏尉蔚褽犚蝟螱鰃恚娓
ui7	泉 sui6	蒍寪蒍鄔僞隩嵎痏闠薳荽芛擪莜薩獮癐洧洧鮪痏巋唯唯濆跬薙鱩壝嫷搞
ui7		爲璏繐譖賢位遺濤戀蜼瞶蟥蝅胃謂渭緯彙（彙）圍愄媚觟熖鰃蔶綢蕡蔶颶蝟
gui5		危儀洈峗巍犩
gui7	泉 gui6	硊頠鵳姽
gui7		僞（僞）魏犩
ts'ui1		吹炊䲕歔（古文）推蓷
ts'ui2		趡跬䧺
ts'ui3		揣敠吹䲕秎皺出翠澤膵
hui1		麾麾撝嗚鯼隯催婎睢睢麾裴飛扉鯡騑緋誹俲鰴驨餥霏妃騑飛鼟裴徘昚菲揮輝暉翬褘輝徽徽楎微潩旚狟
hui5		肥腓裴笵淝疤痱蜚垍蟦賁
hui2		毀燬檓毇籔骫諱擊烜嫛瞴匪篚桒蛍餥榧蛣菙斐菲俳垍肦駼斐尾毇蘁婗洷桅楒餛虫㹱炬靁卉
hui3		毀（毀）嫷獩燹衁瞴婎睢費鬃譭櫘昢繢
hui7	泉 hui6	膭槥穢蟪俳餫
hui7		痱費扉翡菲垍腓鞫狒潰怫蠚厞辈舭䲪跬勚穢蛍曹昢鬞蟥

參考書目

一、韻書辭典

1. （宋）陳彭年，新校宋本《廣韻》，臺北市：洪葉文化，2001 年初版。

2. 周祖謨校正，宋本廣韻データ，日本：日本学術振興会，2003 年。

3. 張麟之校正，《韻鏡》元祿九年版，日本：早稻田大學圖書館
   http://archive.wul.waseda.ac.jp/kosho/ho04/ho04_00376/ho04_00376.pdf

4. （清）張玉書，康熙字典，台南市：大孚書局，2002 年 3 月。

5. （清）黃謙，彙音妙悟，中和市：國立中央圖書館台灣分館，民 85 年 6 月。

6. （清）謝秀嵐，彙集雅俗通十五音，台中市：瑞成書局，民 44 年。

7. 小川尚義，台日大辭典，臺北市：武陵出版社，1993 年。

8. 沈富進，增補彙音寶鑑，斗六市：文藝學社，民 96 年再版 50 刷。

9. 周長楫等編撰，閩南語詞典，台南：眞平企業公司，2000 年。

10. 周長楫，閩南方言大詞典，福州：福建人民出版社，2006 年 12 月。

11. 林寶卿，閩南方言與古漢語同源詞典，廈門：廈門大學出版社，2002 年 7 月。

12. 姚榮松，臺灣閩南語常用詞辭典，台北：國語推行委員會，2008 年。

13. 國語推行委員會，中華新韻，臺北市：正中書局，1963 年。

14. 董忠司總編纂，台灣閩南語辭典，臺北市：五南書局，2001 年初版。

二、方言資料

1. 泉州市地方誌編纂委員會，泉州市志，北京：中國社會科學出版社，2000 年 5 月。

2. 福建省南安縣誌編纂委員會，南安縣誌，南昌市：江西人民出版社，1993 年 10 月。

3. 晉江市地方誌編纂委員會，晉江市志，上海：三聯書店上海分店出版，1994 年 3 月。

4. 晉江市地方誌編纂委員會，晉江市志（簡本），北京：方志出版社，2001 年 11 月。

5. 同安縣地方誌編纂委員會，同安縣誌，北京：中華書局出版，2000 年 10 月。

6. 漳州市地方誌編纂委員會，漳州市志（5 卷本），北京：中國社會科學出版社，1999 年 11 月。

7. 漳浦縣地方誌編纂委員會，漳浦縣誌，北京：方志出版社出版，1998 年 4 月。

8. 南靖縣地方誌編纂委員會，南靖縣誌，北京：方志出版社出版，1997 年 12 月。

9. 林連通，泉州市方言志，北京：社會科學文獻出版社，1993 年。

10. 林立武，歸仁典籍，台南：歸仁鄉公所，民國 90 年。

11. 林正芳，續修頭城鎮志，宜蘭：頭城鎮公所，民國 91 年。

三、專 著

1. 丁邦新，台灣語言源流，台中市：台灣省政府新聞處，1970 年。

2. 丁邦新、張雙慶，閩語研究及其周邊方言的關係，香港：香港中文大學，2002 年。

3. 丁邦新主編，歷史層次與方言研究，上海：上海教育出版社，2007 年 11。

4. 王力，漢語音韵學，臺北市：藍燈文化事業，民 86 年 6 月。

5. 王力，漢語史稿，北京：中華書局，2008 年 6 月。

6. 王育德，台灣語音の歷史的研究，東京：第一書房，昭和 62 年 9 月。

7. 王育德，台灣話講座，臺北市：自立晚報，1993 年 5 月。

8. 王育德著、何欣泰譯，閩音系研究，台北：前衛出版社，2002 年 7 月。

9. 王育德，台灣語研究卷，台北：前衛出版社，2002 年 7 月。

10. 王崤淵，漢音學研究，台中市：瑞成書局，民 86 年 6 月。

11. 王福堂，漢語方言語音的演變和層次，北京：語言出版社，2005 年 4 月 2 版修訂本。

12. 孔仲溫，孔仲溫教授論學集，台北：臺灣學生書局，2002 年 3 月。

13. 何大安，聲韻學中的觀念和方法，臺北市：大安出版社，1996 年第二版。

14. 李新魁，古音概說，廣東：廣東人民出版社，1979 年。

15. 李如龍、陳章太，閩語研究，北京：語文出版社，1991 年。

16. 李如龍，漢語方言的比較研究，北京：商務印書館，2003 年 4 月。

17. 周祖謨，語言文史論集，臺北市：五南圖書，民 81 年 11 月。

18. 周祖謨，魏南北朝韻部之演變，臺北市：東大圖書，民 85 年 1 月。

19. 周辨明，廈語音韻聲調之構造與性質及其於中國音韻學上某項問題之關係，廈門

市：廈門大學語言學系，1934 年。

20. 周長楫，閩南話的形成發展及在臺灣的傳播，臺北市：臺笠出版社，1996 年。

21. 周長楫等編撰，漢字古今音表，北京：中華書局，1999 年。

22. 吳守禮、陳麗雪，台語正字，臺北市：林榮三文化公益基金會，2005 年。

23. 林慶勳，臺灣閩南語概論，臺北市：心理出版社，2001 年。

24. 林慶勳、竺家寧，古音學入門，臺北市：臺灣學生書局，1989 年。

25. 林華東，泉州方言研究，廈門市：廈門大學出版社，2008 年。

26. 林正三，閩南語聲韻學，臺北市：文史哲出版社，2002 年。

27. 林寶卿，閩南方言與古漢語同源詞典，廈門市：廈門大學出版社，2002 年 7 月。

28. 竺家寧，古音之旅，臺北市：國文天地雜誌社，1987 年 10 月。

29. 竺家寧，音韻探索，臺北市：台灣學生書店，民 84 年 10 月。

30. 竺家寧，聲韻學，臺北市：五南圖書出版，2002 年 10 月。

31. 竺家寧，音韻探索，臺北市：台灣學生書店，民 84 年 10 月。

32. 松浦章著、卞鳳奎譯，清代在臺漢人的祖籍分佈和原鄉生活方式，臺北市：博揚文化事業，2004 年。

33. 姚榮松、李如龍，閩南方言，福州：福建人民出版社，2008 年。

34. 洪惟仁，臺灣河佬語聲調研究，臺北市：自立晚報，民 73 年。

35. 洪惟仁，彙音妙悟的音讀：二百年前的泉州音系，臺北市：中央研究院歷史語言研究所，1990 年。

36. 洪惟仁，臺灣方言之旅，臺北市：前衛出版社，1992 年。

37. 洪惟仁，彙音妙悟與古代泉州音，中和市：國立中央圖書館臺灣分館，1996 年。

38. 馬重奇，漳州方言研究，香港：縱橫出版社，1994 年 10 月。

39. 馬重奇，閩臺方言的源流與嬗變，福州：福建人民出版社，2002 年 12 月。

40. 馬重奇，清代三種漳州十五音韻書研究，福州：福建人民出版社，2004 年。

41. 馬重奇，閩臺閩南方言韻書比較研究，北京：中國社會科學出版社，2008 年。

42. 袁家驊，漢語方言概要，北京：文字改革出版社，1983 年。

43. 高振鐸，古籍知識手冊（2），臺北市：萬卷樓，89 年 10 月。

44. 張光宇，閩客方言史稿，臺北市：南天書局，民 85 年 9 月。

45. 張屏生，臺灣地區漢語方言的語音和詞彙，臺南市：開朗雜誌事業有限公司，民 96 年 5 月。

46. 陳新雄，古音學發微，臺北市：嘉新水泥公司文化基金會，1972 年。

47. 陳新雄，等韻述要，臺北市：藝文印書館，1974 年。

48. 陳新雄，文字聲韻論叢，臺北市：三民書局，1994 年。

49. 陳新雄，古音研究，臺北市：五南圖書出版，1999 年。

50. 陳新雄，廣韻研究，臺北市：臺灣學生書局，2004 年。

51. 陳新雄，聲韻學，臺北市：文史哲出版社，2005 年。

52. 陳志清，《切韻》聲母韻母及其音值研究，臺北市：文史哲出版社，民 85 年 7 月。

53. 許極燉，臺灣語概論，臺北市：語文研究發展基金會，1990 年。

54. 許極燉，臺灣話通論，臺北市：南天書局，2000 年 5 月。

55. 許極燉，臺語學講座，臺北市：開拓出版公司，2003 年 7 月。

56. 黃典誠、周辨明，語言學概論，廈門：廈門大學出版社，1954 年。

57. 黃典誠，《切韻》綜合研究，廈門：廈門大學出版社，1994 年 1 月。

58. 黃典誠，黃典誠語言學論文集，廈門：廈門大學出版社，2003 年 8 月。

59. 黃笑山，《切韻》和中唐五代音位系統，臺北市：文津出版社，1995 年。

60. 游汝杰、周振鶴，方言與中國文化，上海：上海人民出版社，1986 年。

61. 游汝杰，漢語方言學導論，上海：教育出版社，2000 年。

62. 華學誠，漢語方言學研究，臺北市：藝文印書館，民 90 年 12 月。

63. 董同龢，上古音韵表稿，臺北市：中央研究院歷史語言研究所，1967 年。

64. 董同龢，語言學大綱，臺北市：洪氏出版社，1982 年。

65. 董同龢，漢語音韻學，臺北市：文史哲出版社，民 91 年 10 月。

66. 葉鍵得，十韻彙編研究，臺北市：臺灣學生書局，77 年 7 月。

67. 董忠司，臺灣話語音入門，臺北市：遠流出版社，2001 年。

68. 董忠司，福爾摩沙的烙印——臺灣閩南語概要，臺北市：行政院文化建設委員會，民 90 年 12 月。

69. 詹伯慧，漢語方言及方言調查，湖北：教育出版社，1991 年。

70. 詹伯慧，現代漢語方言，臺北市：新學識文教出版中心，1991 年 9 月臺初版。

71. 楊劍橋，漢語音韻學講義，上海：復旦大學出版社，2005 年 6 月。

72. 鄧洪波，中國書院史，臺北市：國立臺灣大學，2005 年。

73. 劉曉南，漢語歷史方言研究，上海：上海人民出版社出版，2008 年 4 月。

74. 盧廣誠，臺灣閩南語概要，臺北市：南天書局，2003 年。

75. 盧淑美，臺灣閩南語音韻研究，臺北市：文史哲出版社，1977 年。

76. 盧淑美、陳癸淼，臺灣閩南語文指引，臺北市：中華語文出版社，2004 年。

77. 羅常培、周辨明，廈門音系及其音韻聲調之構造與性質，臺北市：古亭書屋，1975 年。

四、論文及文章

1. 王育德，泉州方言の音韻體系，明治大學人文科學研究所，1970 年。

2. 楊秀芳，閩南語文白系統的研究，臺灣大學博士論文，1982 年 5 月。

3. 徐芳敏，閩南廈漳泉次方言白話層韻母系統與上古音韻部關係之研究，臺灣大學博士論文，1990 年。

4. 張媄雅,《彙音寶鑑》研究,國立中興大學中國文學系研究所碩士論文,民 86 年。

5. 張耀文,《彙集雅俗通十五音》研究,臺北市立師院應用語言文學研究所碩士論文,2004 年。

6. 陳淑娟,關廟方言「出歸時」的研究,國立臺灣大學中國文學研究所碩士論文,1995 年。

7. 梁淑玲,臺灣省彰化縣鹿港方言音韻研究,臺灣大學碩士論文,2001 年。

8. 簡秀梅,關廟方言區「出歸時」回頭演變之社會方言學研究,國立高雄師範大學臺灣文化及語言研究所碩士論文,2006 年。

9. 黃以丞,臺灣閩南語漳泉方言音韻比較研究,國立新竹教育大學碩士論文,民 97 年 7 月。

10. 丁邦新,漢語音韻史上有待解決的問題,第三屆國際漢學會議論文集語言組,2003 年 4 月。

11. 王世慶,民間信仰在不同祖籍移民的鄉村之歷史,美國社會科學研究會 SSRC,1971 年。

12. 王建設,南音唱詞中的古泉州話聲韻系統,《方言》2000 年第 4 期,2000 年 11 月。

13. 王大慶,中古重紐問題簡論,現代語文 2009 年第 2 期,2009 年。

14. 方怡哲,由魏晉至五代字書,音義書中反切研究聲類諸文之檢討,東海中文學報。

15. 1998 年第 12 期,1998 年。

16. 何大安,語言史研究中的層次問題,漢學研究第 18 卷特刊,民 89 年 12 月。

17. 周祖謨,切韻的性質和它的音系基礎,北京大學中文系語言學論叢,1963 年。

18. 李英哲,臺灣閩南語的音系問題,東海大學學報五卷一期,1963 年 6 月。

19. 李如龍,關於方言語音歷史層次的研究,漢語方言研究文集,2002 年。

20. 李斐,漢語方言研究方法簡析,香港中國語文學會語文建設通訊第 91 期,2009 年 2 月。

21. 沈鍾偉,言轉換和方言底層,上海教育出版社,2007 年 11 月。

22. 吳翠屏,從語意角度看閩南語文白異讀的競爭現象,南亞學報第二十六期,民 95 年 12 月。

23. 林清源,王力上古漢語聲調說述評,東海中文學報 1986 年,1986 年。

24. 林寶卿,閩南方言三種地方韻書比較,漳州師範學院學報 2000 年 2 期,2000 年。

25. 洪惟仁,臺灣的語言戰爭及戰略分析,第一屆臺灣本土文化學術研討會,1994 年 12 月。

26. 洪惟仁,漳泉方言在臺灣的融合,國立臺南師範學院《國語文教育通訊》,1995 年。

27. 洪惟仁,變化中的汐止音:一個臺灣社會方言學的個案研究,第二十屆全國聲韻學學術研討會論文,2002 年 4 月。

28. 洪惟仁，閩南語的方言比較與通變系統，第八屆閩方言國際學術研討會，2003 年 11 月。

29. 洪惟仁，高屏地區的語言分佈，中央研究院語言研究所，2004 年 11 月。

30. 洪惟仁，變化中的臺灣話——真實時間的比較，漢藏語研究：龔煌城先生七秩受慶論文集，2004 年 5 月。

31. 洪惟仁、許世融，臺北地區漢語方言分佈，國立臺中教育大學，。

32. 洪惟仁、簡秀梅，關廟方言區「出歸時」現象的漸層分佈：一個社會地理方言學的研究，中央研究院語言研究所語言微觀分佈國際研討會，2007 年。

33. 馬重奇，《彙集雅俗通十五音》文白異讀系統研究（一）（二），《方言》2004 年 2 期 3 期，2004 年。

34. 涂文欽，彰化縣閩南語方言分佈與祖籍關係之研究，新竹教育大學臺語所，2009 年。

35. 張光宇，閩方言音韻層次的時代與地域，清華學報第 19 卷第 1 期，民 78 年 6 月。

36. 張冰，試論陳澧考證《廣韻》韻類的方法，現代語文（語言研究），2009 年 3 期。

37. 尉遲治平，欲賞知音非廣文路——《切韻》性質的新認識，第三屆國際漢學會議論文集語言組，2003 年。

38. 陳淑娟，西拉雅語及漳浦方言對關廟方言「出歸時」特點形成之影響——語言接觸的角度，語文學報 11 期，2004 年。

39. 陳龍廷，民間社會的漢文傳統與布袋戲，大同大學通識教育年報 5 期，2009 年 6 月。

40. 梁炯輝，〈臺灣府城教會報〉語料音韻系統之調查，臺灣語言與語文教育 6 期，2005 年 12 月。

41. 黃秀仍、曾春潮，明鄭清領時期臺灣閩南語的形成——兼論在臺灣閩南語史分期的定位，遠東學報第 22 卷第 2 期，民 95 年 6 月。

42. 楊秀芳，方言本字研究的觀念與方法，漢學研究第 18 卷特刊，民 89 年 12 月。

43. 楊秀芳，論文白異讀，上海教育出版社，2007 年 11 月。

44. 楊志賢，福建古代韻學概說，龍巖師專學報 1998 年，1998 年。

45. 董峰政，臺灣語言源流演變及特色，國立高雄餐旅學院，2003 年夏天。

46. 蔡淑玲，臺灣閩南語地名的語言層次與文化層次，臺灣語言與語文教育 5 期，2003 年 12 月。

47. 鄭張尚芳，漢語方言異常音讀的分層及滯古層次分析，第三屆國際漢學會議論文集語言組，2002 年 4 月。

48. 潘悟雲，漢語南方方言的特徵及其人文背景，上海師範大學語言研究所。

49. 潘悟雲，三等腭介音的來源，上海師範大學語言研究所。

50. 駱嘉鵬，臺灣閩南語受到臺灣國語影響的音變趨向，福建師範大學第九屆閩方言國際研討會，2005 年 10 月。

51. 駱嘉鵬，漢字同音字表的新做法——以臺灣閩南語字音表爲例，臺灣清雲科技大學通識教育中心。

52. 駱嘉鵬，漢語相關語言間音韻對應規律的統計方法，第 39 屆國際漢藏語研討會。

53. 羅杰瑞著、梅祖麟譯，閩語詞彙的時代層次，《方言》第 4 期（英文）《大陸雜誌》88 卷 2 期 1979 年，1994 年。